春休みに出会った探偵は

大崎梢《おおさきこずえ》

光文社

春休みに出会った探偵は

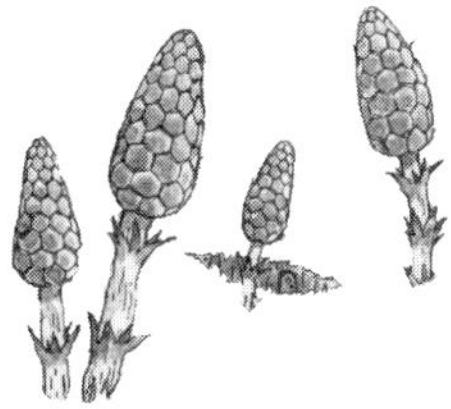

目次

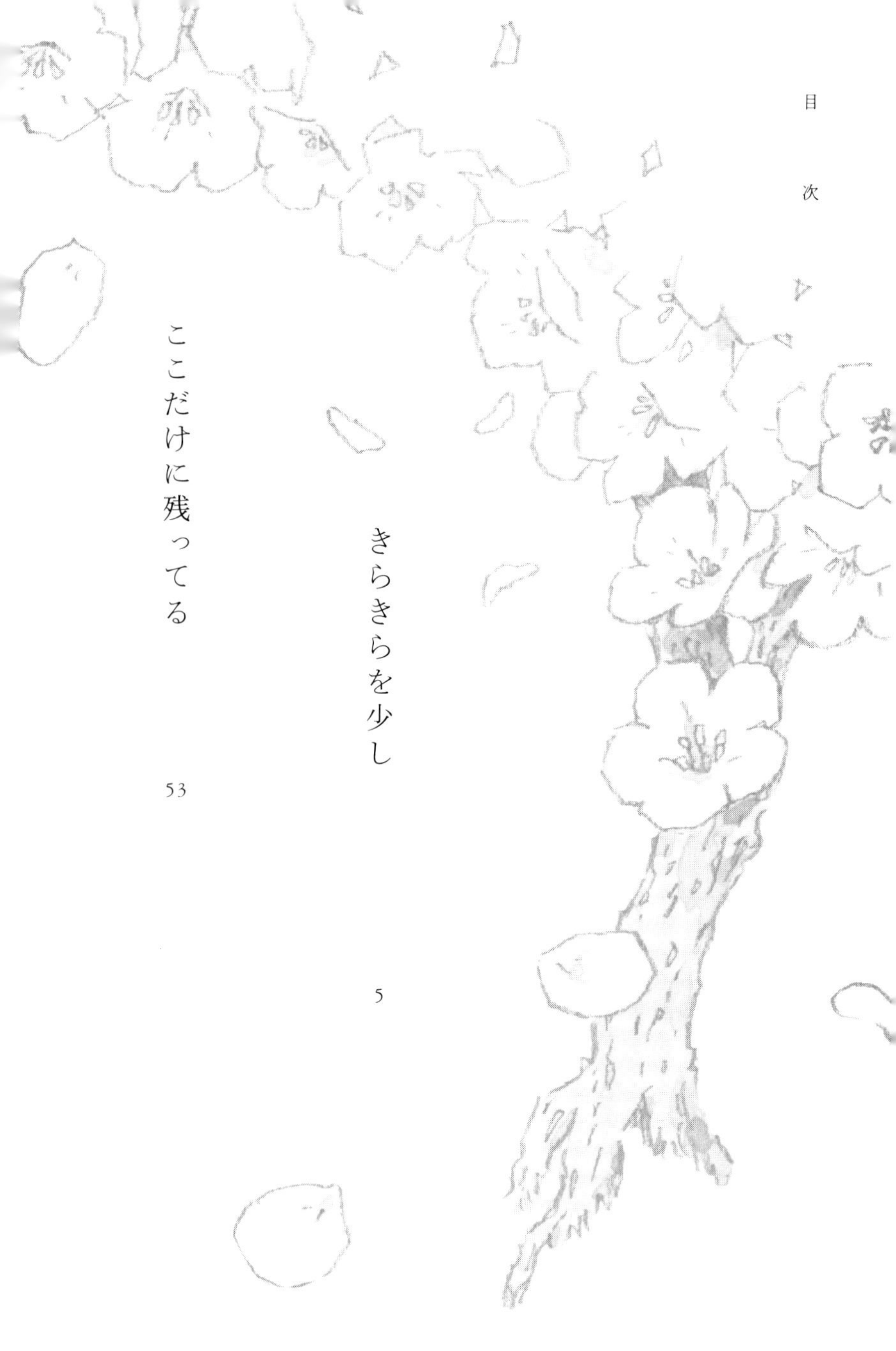

きらきらを少し

1.

目を覚ましてスマホを見ると朝の七時二十五分だった。春休みにしては上出来の時間だろう。

花南子《かなこ》がそう思ったのもつかの間、耳を澄ますまでもなく薄い壁越しに、カチャカチャと物音がした。となりの部屋に住む五月《さつき》さんだ。朝ご飯の支度に取りかかっているらしい。

早起きの五月さんは毎朝五時には起床して、顔を洗って身支度を調え、川沿いの遊歩道をぐるりとまわり、児童公園でやっているラジオ体操に参加して戻ってくる。雨の日以外の日課だそうで、今日もひととおりすませてきたにちがいない。御年、八十三歳。なんてお元気な。父親の祖母なので、ひいおばあちゃんに当たる。

ひ孫である花南子は眠気を払えず、くしゃくしゃになっていた布団をたぐり寄せた。首まですっぽりくるまる。三月下旬とはいえ横浜市内の朝はまだ冷える。

横浜から五千数百キロ離れたシンガポールは、年間を通じて二十五度から下がることはめったにないそうだ。三月でも初夏くらいの陽気とか。目を閉じると瞼《まぶた》の裏に、街角を彩る南国らしい花々が浮かんだ。

長いこと父と娘の二人暮らしだったが、その父は海外勤務が決まり、昨日の飛行機で日本を離れた。無事現地に着いたとLINEを受け取り、良かったねと返したところで花南子の気持ちは一区切り付いたのだが、父からは珍しく写真やメッセージが次々に届いた。空港から乗った大型バスだの、泊まるホテルの外観だの、公園の噴水だの。

初めての海外勤務とあって、父なりの興奮やら緊張やらがあったのだろう。今朝はまだ静かなので寝ているにちがいない。シンガポールと日本には時差があり、日本の方が一時間進んでいる。向こうは今ごろ六時半だ。

八時までには来てねという五月さんの言葉を思い出し、花南子はのろのろ身を起こした。

五月さんが大家さんを務める「さつきハイツ」は、六畳の洋室と和室がひとつずつ。あとは台所とトイレ、お風呂の2Kだ。二階建て全八室がすべて同じ間取りで、一〇一号室に五月さんが住み、花南子のいる一〇二号室は貸さずに置いてある。

これまでもちょくちょくお世話になっていたし、花南子だけでなく、父の姉である宏美《ひろみ》が住んでいた時期もある。おかげで室内にはベッドやカーテン、テーブルといった家具一式はもとより、テレビや冷蔵庫などの家電製品もひととおり揃っている。遠慮なく使わせてもらっていたのだが、今回は長そうなので寝具類は持ち込んだ。学用品や衣類、靴や鞄も。

花南子はベッドから下りて台所のシンクで顔を洗い、ふかふかのタオルで水気を拭き取った。お気に入りの柔軟仕上げ剤の匂いがして、ほのかな幸せ気分に包まれる。重要なひとときだ。父からはさんざん変な匂いと非難され、父の買ってきた無臭の洗剤との攻防戦を繰り広げてきたが、これからは好きな洗剤を好きなように使える。さらに、ふかふかのお高いタオルを置き忘れ、父に使われてしまうという痛恨のミスも犯さずにすむ。

父が担当していた風呂洗いは面倒だが、バラの香りの入浴剤にも好きなだけ浸れるし、ニキビのケアを揶揄《やゆ》されることもなくなる。いいことずくめではないか。

ついでに、パジャマ代わりのスウェット上下のまま、となりに行ければいいのだけれど。さすがに中二でブラなしはまずいと思い直す。

時計を見れば八時五分前。花南子はブラを着けて、上だけロンTに着替えて外に出た。

五月さんの住む一〇一号室は、六畳の洋間に食卓や椅子が置かれており、食事やお茶はそちらでいただく。築三十五年という古いアパートなので天井は低く、壁も柱もくすんでいるけれど、家具類が少なくきちんと片付けられているのですっきりしている。壁に掛けられているお手製のタペストリーや水彩画のせいか、殺風景という印象にもならず、窓辺の観葉植物は目に優しい。食卓に飾られた小花はなかなか可愛らしい。

五月生まれの五月さんは、グレイヘアをショートカットにした細身のおばあさんだ。自分のことを「おばあちゃん」とも「ひいおばあちゃん」とも言わず「私」で通す。孫やひ孫には「さっちゃん」と呼ばせている。戦後間もなくの頃からこの土地に暮らしているそうで、やたら顔が広く知り合いも多い。

誘ったり誘われたりも多くなるのか、アパートの管理人をしながら、公民館でやるような趣味の教室に複数通い、合唱や太極拳のサークルに参加し、川掃除などのボランティア活動にも勤《いそ》しんでいる。

アパートの自室にはお客さんがよく来るので、掃除の手を抜かず、お茶やお菓子も欠かさない。今で言う、コミュ力の高い人だ。

「今日は花南ちゃんがいるから目玉焼きにウインナーもつけたの。若い人はお肉がほしいでしょ。気をつけて買い物してこなきゃ」

「さっちゃんが焼いてくれると目玉焼きまでおいしい。野菜も付いているし。ここで暮らしていたらお肌の色艶まで良くなりそう」

期待を込めて花南子は口にした。五月さんはすぐさま「あら嬉しい」と満面の笑みで応じる。

朝食はパンではなくご飯、それも五穀米だ。ひじきの煮付けやカブの浅漬けも並んでいる。今までもさつきハイツにお世話になるときは食べていたので、馴染みのある味であり、食生活の向上が期待できて嬉しい。

「とにかく遠慮しないでいっぱい食べてね。私も最近は出歩くことをセーブしているの。お料理の方を頑張るわ」

「セーブ？　今日も明日も明後日も用事があるって言ってたよね」

八十を過ぎ、社交ダンスや散歩の会はリタイアしたそうだが、ここしばらくの予定を聞いた限り、相変わらず忙しそうだ。

「町内会のちょっとした用事よ。このあたりはみんな年寄りばかりになって、なかなか替わってくれる人がいなくて。花南ちゃんみたいに若い子がいるとホッとするわ。力を貸してほしいときがあると思う」

「私、なんでもする。言ってね。四月からは中三だけど、行けるところの県立高校でいいし。部活はゆるい料理部で、それだって夏休み前に引退するもん」

「勉強はちゃんと頑張らなきゃダメよ。うちで預かって成績が下がったなんて、許しませんからね。手伝ってくれるのは大歓迎。さっそくだけど、昨日じゃがいもをたくさんもらったの。ポテトサラダを作ってほしいわ。豚ロース肉は塩麴のタレに漬けて、お豆腐はカレー味の炒り豆腐にしたいの。作り方わかる？」

そっちの手伝いかと心の中で顔をしかめる。町内会費の集金や会報配布の方がどちらかと言えば得意。料理はイマイチだ。

「花南ちゃんは部活もお料理なのね。頼もしい」

「得意じゃないから入ったの」

「何事も肝心なのはやる気よ」

ついでに掃除や整理整頓も苦手だが、それはバレているので黙って目玉焼きを平らげた。五月さんの口癖に「好きこそものの上手なれ」というのがある。自分は何が好きなのだろうか。花南子はときどき考える。家事全般に加え、勉強も好きじゃない。運動も別に。絵も上手ではなく、音楽は流行の歌をカラオケで歌えれば満足。夢中になるアイドルもなく、おしゃれも今のところ制服やジャージがらくでいいと思っている。

アクティブでコミュ力抜群の五月さんから遠く離れた、たぶん残念なひ孫だ。「たぶん」を付けてしまうことを今しばらく許してほしい。

朝ご飯が終わると五月さんは部屋の掃除を始めたので、花南子もとなりの部屋に戻り、やり残していた自分の荷物を片付けた。両親が離婚をしたのは花南子が三歳の頃だ。理由は性格の不一致と聞いた。母は郷里である北海道に帰ってしまい、それ以来一度も会っていない。

父との二人暮らしは、五月さん流に言うとまあまあ平穏無事になるのだろう。保育園や、小学校の頃は学童保育の方が印象として強く、お世話になった先生たちの顔や、季節ごとの行事が自然と浮かぶ。家は暗くなってから帰る場所であり、ご飯を食べたりお風呂に入ったりしているうちになんとなく寝てしまい、朝になったら慌ただしく身支度をして出て行くような記憶しかない。

ひとり親だといざというとき困るからと、花南子が小学二年生のとき、さつきハイツに近いアパートに移り住んだ。行き来が増えたおかげで父の海外勤務が決まったときも、さつきハイツに転がり込むという案が自然と生まれた。中学校を転校せずにすむので、どれだけ助かったかしれない。

仲良しの友だちも喜んでくれたが、春休みは引っ越しと言っていたせいか、遊びの誘いは入らない。塾の短期集中コースも始まっている。みんな忙しいのだろう。

一〇一号室の鍵は持っているので花南子は昼前に入り、五月さんが留守の間にポテトサラダを作った。昼過ぎに戻ってきたので一緒にインスタントラーメンを食べ、炒り豆腐の作り方を教えてもらって、再び出かける五月さんを見送った。

父からまたしてもランチの写真が届く。本場の海南鶏飯《ハイナンチーファン》だそうだ。スタンプだけ返し、豚のロース肉を塩麹に漬け込む。炒り豆腐は後回しにして一〇二号室に戻り、友だちから借りた漫画を読んでいるうちにうたた寝をしたらしい。スマホの着信音で目が覚めた。

五月さんからだ。出たとたん、「花南ちゃん」と緊迫した声が聞こえた。

「大変なの。私、ついさっき救急車で三益《みます》病院に運ばれたの」

予想だにしない言葉に、花南子は跳ね起きた。

「もしもし花南ちゃん、聞こえてる？」

「どうしたの。何があったの」

体が震えてスマホがうまく持てない。

「ぎっくり腰よ」

「は？」

「またやっちゃったの。今度のはかなりひどくて道端にうずくまったきり動けなくてね。親切な通りがかりの人が救急車を呼んでくれた。ありがたかったけど、救急車なんて初めてでしょ。恥ずかしかったわー。でもほんとうに痛くってねえ」

全身から力が抜けて、またしてもスマホを落としそうになる。

「ほんとうに大丈夫なの？　なんだっけほら、命がどうのこうのって、ない？」

電話越しに陽気な笑い声が聞こえた。

「命に別状ね。ないない。平気。心配かけてごめんなさい」

「ぎっくり腰だけならいいけど。そうだよね？　そういうことだよね？」

「うん。でも今度のはちょっとひどくて、すぐには帰れそうにないわ。検査をかねて、入院しなきゃいけないみたい。悪いけど、これから言うものを持って病院に来てくれる？」

花南子は何度もうなずき、手近な紙にメモを取って電話を切った。こういうときこそしっかりしなきゃと思うも、胸の動悸《どうき》がなかなかおさまらなかった。

パジャマやコップなど言われたものをかき集め、花南子は悲愴な顔で三益病院に向かった。自転車に乗ればアパートから十分ちょっと。最寄りの総合病院だ。

慣れない場所なので受付でいろいろ教えてもらい、案内板に従って入院病棟を目指し、ようやく五月さんの名前を大部屋の入り口にみつける。六つあるベッドの真ん中のひとつに五月さんは横たわり、海老《えび》のように小さく丸まっていた。深く刻まれた皺《しわ》やしみの多さ、乾燥しきった唇に、年老いたおばあさんという現実を感じずにいられない。

「さっちゃん」

「ああ、花南ちゃん。いたた」

身じろぎしたとたん、唇がすぼまり瞼にまで皺が寄る。

「ダメだよ、じっとしてなきゃ」

「痛み止めが効いているから大丈夫。ああでも腰以外のところが痛い」

五月さんは頭をずり上げて枕に乗せ、曲がった体を少し伸ばす。

「すごく驚いたでしょ？」

「びっくりして心臓が止まりそうだった」

「そうよねえ。悪かったわ」

「いろいろ持ってきたよ。どこに置こうか」

パジャマや充電器をサイドテーブルの引き出しや、ベッド脇の物入れに入れていく。

「ここは以前にも入院したことがあるし、お見舞いにも来ているから勝手はわかっているの。心配しなくて大丈夫よ。誰かにもう、知らせちゃった？」

「ううん。まだ」

五月さんはわかりやすくホッとした顔になる。

「シンガポールに行ったばかりの人に、心配させては申し訳ないと思っていたの」

生死に関わるならともかく、ぎっくり腰でとんぼ返りは難しいだろう。父は今日、賃貸ルームへの入居手続きをするらしい。勤め先への挨拶回りも予定されている。

これまで幼い子どもを抱えての父子家庭という配慮があったのか、転勤の話はほのめかされることもなかった。今回はシンガポールに赴任していた人の家族が手術を受けることになり、その後の介護もあるそうで帰国を願い出た。急遽《きゅうきょ》、声がかかったのが父だ。花南子も中学生になり、幼い子どもではなくなっていた。

英語が苦手で海外の水は合わないと前々から口にしていたので、父子家庭は体《てい》のいい言い訳だったのではないかと今にして思う。「短ければ三ヶ月、長くても半年」という見通しも、本人の願望だけという気がする。

父の気持ちはさておき、長くてもいいやと花南子はのんびり構えていたけれど、それは五月さんが元気でいればこそだ。

「花南ちゃん、お父さんにはしばらく内緒にしておいてくれる?」

「それはいいけど。伝えるのはヒロちゃんだけにしとく?　すぐ来てくれるよ」

伯母《おば》の宏美は父よりひとつ上の四十歳。独身で、昔から五月さんを頼り切っている。

「待って。あの子に伝えるのももうちょっとあとにして」

「どうして?」

「前に、私が肺炎になって入院したとき、知らせを受けて駆けつけようとして駅の階段を踏み外したの。尾てい骨にひびが入り、打撲もひどくて、あの子の方が長く入院したわ。私はすぐに帰れたのに」

怪我《けが》をした話はうっすら覚えているが、詳しいいきさつは知らなかった。でも宏美ならばと思ってしまう。物心つく頃から、遊園地にも動物園にも水族館にも連れて行ってくれた。女の子らしい服や靴を選ぶときにも頼りになったし、ファンシーな雑貨の詰まったショップで、一緒にきゃーきゃーしたのも楽しい思い出だ。母のいない寂しさを埋めてくれた大事な身内であり、温和で優しい人柄は信頼に足る。

その一方、どういうわけか貧乏くじを引きやすく、失敗も多い。父などは「天性のドジ人間」「要領悪すぎ」とにべもない。

「救急車で運ばれたなんて聞いたら、ヒロちゃん、その場でひっくり返るかもね」

「でしょう。あの子も今は仕事が忙しそうだから、そっちを頑張ってほしいのよ」

引っ越しの日に手伝いに行けずごめんねと何度も謝られた。

「さっちゃんがそれでいいなら、私は連絡しないでおくけど」

「ありがとう。もちろん花南ちゃんのことも考えているわ。ひとりにさせるのは心配よ。預かった責任もあるし」

「私は大丈夫。一週間も二週間もじゃないでしょう？　今は春休みだから学校もないし。お見舞いも毎日来られるよ。ほしいものがあったらなんでも言って」

五月さんはうなずかず、眉根を寄せて首を傾けた。そこからひねり出す打開策を花南子は瞬時に思いつく。顔の広い五月さんなら、ひ孫の預け先もすぐに浮かぶのではないか。たぶんきっとそう。冗談じゃない。預け先はほぼ百パーセントどこかのおばあさん宅だ。朝から晩まで監視されて、「いい子」でい続けなくてはならない。無理。

「とりあえず今日はポテトサラダに豚ロース肉でしょ。明日以降も冷蔵庫の中身をせっせと食べなきゃ勿体《もったい》ない。ご飯がなんとかなればあとはお風呂に入って寝るだけ。お留守番くらいできるから、さっちゃんは心配しないで」

わざと軽めに「お留守番」と言ってみる。もちろん大らかな笑みも添えて。五月さんはしばらく思案したが、今日のところは疲れもあるのだろう。戸締まりをしっかりして、誰が訪ねてきてもけっしてドアを開けないようにと、『オオカミと七匹の子ヤギ』のようなことを言う。

花南子は何度も首を縦に振った。のどかな春休みを死守するためだ。

2.

五月さんの病室には友だちもやって来て、その人は細かな買い物から入院に関する手続きまで、万事心得ているらしい。花南子は丁重にお願いして速やかに病室をあとにした。ぼやぼやしていると、自分を預ける話が始まりそうで長居は危険だ。

小学生ならばともかく今は中学生、それも中三になるというのに、妙なところで子ども扱いが続く。父と暮らしているときも、仕事で父の帰りが遅ければ、花南子は学校から帰るとずっとひとりだ。翌日も父が眠っていれば顔も見ずに、朝ご飯を食べて登校する。そんな日が珍しくないのに、泊まりの出張になるとやけに騒ぐ。宏美を呼ぼうとしたり、さつきハイツに預けたり。結局は出張を断ったこともあるし、無理して帰宅したこともある。

「心配されている」は、「心配をかけている」とイコールであり、「面倒をかけている」にも言い換えられ、だったら自分は「面倒な存在」ということになるのではないか。ほんのときたまそう考えて憂《ゆう》鬱《うつ》になる。

「まあ、しっかり者とは言えないけれどね」

アパートに戻って五月さんの一〇一号室に入る。鍵を閉めて五月さんのベッドの上に寝転んでくつろいでいるともう夕方だ。起きなければと思いつつスマホをいじっていると玄関の方から物音がした。ノックではない。チャイムも鳴らない。ドアに付いている新聞受けに、チラシでもねじ込まれたのだろうか。五月さんは新聞を取っているが、夕刊は病院から帰ったときに引き抜いたばかりだ。

起き上がって洋間を横切り、ご飯の用意をしなくてはと台所に向かう。ふと気になって、新聞受けの中を覗いた。

茶封筒が入っていた。投入口に合わせてゆるくふたつ折になっている。広げてみると差出人の名前はなく、封もされていない。町内会からのお知らせだろうか。

花南子は中身を取り出した。A４の紙が数枚ある。最初の一枚には活字が並んでいたが、その後ろには地図や写真やら。地図はさつきハイツがある湘東台《しょうとうだい》二丁目のようだ。写真は住宅街の中の一軒を写したもので、「直井善弥さん宅」と手書き文字が添えられていた。

初めて花南子はこれはなんだろうと思った。

晩ご飯どころではなくなり、洋間の椅子に腰かけて書類の活字を追っていく。

読み進めていくにつれ、湘東台二丁目十四―二に住む直井善弥《なおいぜんや》さんについて書かれたものだとわかってくる。

年齢は七十九歳。三つ年上の奥さんは半年前に高齢者施設に入所。子どもは五十二歳になる娘がひとり。現在アメリカのオハイオ州にある医療機器メーカーに勤務。独身。日本在住の親族としては岩手県や秋田県に住む甥《おい》や姪《めい》がいるものの、ここ数年は行き来がない。

善弥さん自身は足腰にやや不自由があり、歩行のさいに杖《つえ》を突いているものの、日常生活に支障はなく要介護認定も受けていない。公民館で行われている写真講座やカラオケの会に参加し、好きな被写体は風景。夕暮れの町並みを写した写真が公民館に飾られている。持ち歌のレパートリーは美空《みそら》ひばりや青江三奈《あおえみな》。年に一度の発表会は衣装にも力を入れ、女性歌手の歌を楽しげに披露してくれるそうだ。

そのときの写真まで添付されていて、蝶ネクタイ姿でマイクを握るおじいさんに、花南子は困惑するしかなかった。

これはいったいなんだろう。疑念は晴れるどころか深まるばかりだ。

このおじいさんと五月さんにどのような繫がりがあるのか、さっぱりわからない。その一方、「直井」という名前に覚えがあった。花南子が一〇二号室に引っ越してくる前の日の朝、ちょっとした騒ぎがあったそうだ。

老人のひとり暮らしなのに、夜中に大きな物音や悲鳴のようなものが聞こえ、近所の人が不審に思っていたところ、毎朝六時には全開になる雨戸が微動だにしない。気になって玄関のチャイムを押してみたが誰も出てこない。庭にまわって雨戸を叩いても無反応だ。

にわかに心配になり警察を呼んだものの、玄関の鍵が閉まっているので本人の意思で出かけたとも考えられる。警察は近親者に連絡を取ると言って引き上げた。

一連の話を、花南子はとなりのクラスの根尾新太《ねおしんた》から聞いた。根尾は花南子と同じ料理部に所属しているため、クラスはちがうけれど前から知っている。住まいがさつきハイツの近くというのもわかっていたので、引っ越しの前日、コンビニで「安住《あずみ》さん」と苗字を呼ばれたときには、ちょうどよかったとばかりに事情を話した。

「これからほんとうのご近所になるからよろしくね」

「へえ。海外勤務か。シンガポールってマーライオンだっけ。行ってみたい」

「私だって旅行ならいいよ。遊びに行くだけなら。でも、期間さえはっきり決まってなくて、今までのアパートもキープしたまま。さつきハイツへはすぐにいるものだけ持って来たんだ」

「だったら二カ所借りて、家賃もダブル？」

「さつきハイツでは、貸さずに置いてある部屋に住まわせてもらうから、家賃は丸々出さないと思う。私の食費やらなんやらはいるだろうけど」

「まるっと二軒分じゃないのは助かるね。そこ重要だ」

細面《ほそおもて》でひょろりとして顔立ちもあっさりしている根尾は、気負いやガツガツとしたところがないので自然体で接せられる貴重な男子だ。互いの家庭事情がわかってからはさらに話しやすくなった。花南子は娘ひとりの父子家庭で、根尾は息子ひとりの母子家庭。

他にも似た境遇の同級生はいるだろうが、重すぎず明るすぎずのスタンスがほどよく似通っている。いろいろ諦めたり達観もしているが、絶望というほど暗くもない。でも他人の脳内お花畑的な発言にあうとイラッとする。そんな微妙なさじ加減が合っているらしい。

その根尾が、「じゃあまたね」と言いかけた花南子に、「あのさ」と話しかけてきた。

「今日というか、昨日の夜というか、気になることがあったんだ」

「え？　なになに」

思わず距離を詰めると、根尾は他の人に聞かれたくなかったらしく、コンビニから近くの公園へと移動した。

「昨日はゲームやってるうちに夜更かししちゃって、小腹が空《す》いて、さっきのコンビニまでチャリで出かけたんだ。夜中の一時近くだったよ。ピザパンだけ買って戻ったら、アパートの手前で車に出くわした。道路の真ん中を走っていたから、あわててよけて路肩にチャリを停めたんだ。ちょうど通り雨がざっと降ったあとだった。再びチャリをこぎ出したら、一軒の家の前に車一台分、濡れていないスペースがあった。ここに路駐していた車かな。この家を誰か訪ねていたのかと思ったんだよね。そこまでだったら『ふーん』なんだけど、今朝、まさにその家に警察が来ていた」

「警察？」

「野次馬のひとりに聞いたら、おじいさんがひとり暮らしをしている家で、夜の十時頃、大きな物音がするのを近所の人が聞いたんだって。翌朝になっても雨戸は開かず、玄関のチャイムを押しても返事はない。それで心配になった近所の人が警察を呼んだらしい」

「おじいさんはいたの？」

「鍵が閉まっているので、警察の方で近親者に連絡を取るみたいだ。いくら警察でも今の段階で鍵をこじ開けて中には入れないんだと思う」

根尾は短く息をつき困り顔を花南子に向けて言った。

「おれが夜中の一時頃に見かけた車は、そのおじいさんちの玄関前に駐《と》まっていた。なんか気になるけど、これをすぐ警察に言うのもな。通報ってのは大げさだし」

花南子は「そうだね」とうなずいた。いきなり警察ではなく、ひとまず親にという選択肢が根尾にはなかったらしい。お母さんは朝早くから仕事に行っていると聞いた。自分が同じ立場だったら、父がいても話せたかどうかは怪しい。

結局ふたりの会話は「そのうち何か進展があるよな」「何かあったらいつでもLINEしてよ」というふたりなりの前向きなやりとりで終わった。誰かに聞いてもらいたかったという根尾の気持ちはよくわかるので、偶然会えただけでもよかったと花南子は楽観視していた。

そのとき耳にしたおじいさんの名前が、たしか「直井」だったような。下の名前は聞いていない。五月さんのもとに届いた書類の人と、騒ぎがあった家のおじいさんが同一人物であるかどうかだけでも知りたい。

ちがうならそっと封筒に戻し、五月さんに渡そう。でも、同じなら?

考えがまとまらないまま花南子は夕飯の用意に取りかかり、ポテトサラダやら豚ロース肉やらを食べ終え、食器を片付けたところでスマホを手に取った。一〇二号室に戻る前に、一〇一号室から根尾にLINEを送った。

〈ちょっと聞きたいことがあるんだけど、この前言ってたおじいさんのフルネームってわかる？　コンビニで会ったときに話してたでしょ〉

すぐに既読になり、二分後に返事が来た。

〈直井善弥さんだよ。何かあった？〉

ビンゴだ。けれど、その場合どうするかの結論は出ていなかった。

とりあえず、自分も話し相手がほしい。根尾に関係していることでもある。花南子は五月さんの部屋に届いた茶封筒の件をＬＩＮＥで打ち明けた。驚いたというスタンプが押され、電話で話せないかと聞かれる。これまでは文字だけのやりとりだったが、たしかにそれだとまどろっこしい。

花南子の方から電話をかけると、「ありがとう」と言ったあと、直井善弥さんがまだ見つかっていないことを教えてくれた。

「警察は家の中に入ったの？」

「いや。でも家族とは話ができたみたいで、その家族が言うには直井さんは泊まりがけで出かけてるらしい。本人から家族のもとに連絡があったんだって。そうなると警察も勝手に中には入れないんだね。たぶん」

根尾は花南子と話したあと、近所の理髪店に行き、髪を切ってもらいながら自分なりに聞き出したそうだ。

「無事ならいいやとおれも思ってたんだけど、安住さんの手元にある調査書からすると、子どもは今、アメリカに住んでいるんだよね」

食卓の椅子に腰かけて花南子はうなずく。

「そう書いてあるよ。子どもはひとりだけで」

「なんか勝手に、近くに住んでいるような気がしていたから、アメリカってすごく遠くに感じられる。国内ならまだしも、時差だってあるよな。警察からの問い合わせにすぐ応じられたというのが、変な気分」

　納得できない根尾の気持ちは伝わる。花南子はできうる限り、今わかっていることを整理してみた。

「根尾くんの話からすると、三日前の夜の十時くらいに、直井さんの家から大きな物音や悲鳴がしたのを近所の人が聞いている。そのしばらくあと、日付の変わった深夜の一時頃に、根尾くん自身が不審な車を見た。夜が明けて、雨戸が開いてないのを心配した近所の人が警察を呼んだ。警察が調べたところ、直井さんは泊まりがけで出かけたと家族に言われた。今ここか」

「うん。整理ありがと」

　ストレートに言われて、照れてしまう。

「でも警察が聞いた相手が、アメリカにいる人とも限らないよ。直井さんがいつも連絡を取っている別人かもしれない。もともと出かける予定があって、何かの事情で早まって、根尾くんの見かけた車に乗って出かけたのかもよ」

「それはふつうに考えられるね」

　物わかり良く同意してくれたものの、根尾の歯切れは悪いままだ。

「どうしたの？　根尾くん最初から直井さんのことを心配してるみたいだね」

「不審な車を見てすぐ結びついたわけじゃないんだけど、おれの住んでいるアパートの部屋から、直井さんちってよく見えるんだ。二ヶ月くらい前かな、夜中に二階の電気がついて、カーテンの合間から赤い服を着た長い髪の女の人が見えた。翌朝、学校に行くときに通りかかったら、直井さんは近所の人と立ち話をしてて、『どうせひとりで誰もいないからどうぞ』って、近所の人を家の中に招き入れていた。おれ、引っかかって立ち止まりかけたよ。二階に誰かいたはずなのに、なんでひとりって言うんだろうって。そう思うと気になって、直井さんの家に目が行くようになった。そしたら他の日でも二階に電気がついてるときがあった」

根尾にとって直井さんには、前々から首を傾《かし》げたくなることがあったらしい。

「おれの行ってる床屋さんの話によれば、直井さんのところは奥さんが施設に入り、それからずっとひとり暮らしらしい。だったらあの女の人は誰だよ」

「私の目の前にも変なものはあるよ。直井さんに関する調査書。どうしてこれが五月さんの部屋に届けられたのか、見当も付かない」

根尾が見たいというのでビデオ通話に切り替え、カメラレンズを書類に向けた。一枚ずつめくっていくと、「ほんとうだ」「ちゃんとした調査書だね」という言葉のあと、直井さん宅の写真でストップがかかった。

「塀の一番奥に見えているの、古新聞じゃないかな」

花南子が目を凝らすと、たしかに紐《ひも》でくくられた束が積み重なっている。

「たぶんそうだと思う。新聞紙の束だね」

「だとしたら少なくとも一週間以上前に撮られたものだよ」

このあたりの古紙回収は二週間に一回だ。根尾の着眼点に「おおっ」と賞賛の声を送る。

つまり警察騒ぎが起きる前に撮られた写真であり、しばらく前から調査活動が始まっていたことになる。

「五月さんにも根尾くんみたいに引っかかることがあったのかな」

「じっさいに調べたのは誰だろう。その調査書を書いた人。新聞受けに投函した人と同一人物かな」

「さあ。五月さんに聞いてみればいいんだけど、今、病院だから」

根尾がふっと声の調子を変えた。

「おれたちで調べてみない？」

「私たちで？」

「どうせ学校は休みだよ」

行方のわからないおじいさんのこと。そのおじいさんを調べた報告書のこと。

「いいね、それ。やってみよう。やりたい」

友だちとの約束もしばらく入っていない。気ままにぶらぶらするだけの春休みだ。病院へのお見舞い以外は、手の抜きようがいろいろある家事全般をちょこっとすればいい。

何をどうやって調べるのかは見当も付かないけれど、警察が呼ばれるような事件が起きて、謎の塊が今、自分の手の中にある。こんな巡り合わせはそうそうない。あったからには答えまでたどり着きたい。

よそのおばあさん宅に預けられなくて良かったと、花南子はしみじみ嚙《か》みしめた。

3.

翌日の九時半、二丁目にある小さな公園で根尾と待ち合わせた。花南子はデニムのシャツにカーゴパンツ、根尾はロンTにジーンズという、お互いいつものかっこうだ。幼児とその保護者が砂場にいるだけだったので、離れた場所にあるベンチに座り、花南子は手提げ袋の中からクリアファイルを取り出した。中に例の調査書が入っている。

根尾に渡すと彼は一枚ずつ丹念に眺め、感心したように言った。

「すごくきちんとしてる。的確にポイントを押さえ、くどくど説明せずに報告してる」

「そうか。そうかもね」

「これを書いた人に心当たりはない？」

「まったく。ちっとも。ノックもせずに投函してるから、五月さんの知り合いだろうけど」

「入院中で不在というのは伝わっていなかったのか」

「だね。急だったから、まだ連絡できてないのかな。なるべく内緒にしておきたい、というのもあるみたい」

「安住さんがひとりで留守番というのは広めたくないよな」

防犯上は根尾の言う通りだが、五月さんを思い浮かべると、ぎっくり腰で救急搬送されるなんてと、本人が一番ダメージを受けている。しばらくそっとしておいてほしいだろう。

調査した人物のことは横に置き、とりあえずは現場からの情報収集だ。何を知りたいのかを根尾がノートに書き出した。
・数ヶ月前から夜、直井さんちの二階にいたのは誰なのか。
・直井さんはそれが誰なのかを知っているのか。
・騒ぎのきっかけとなった物音や悲鳴はなんだったのか。
・通報したのは誰なのか。
・他にも聞いた人はいるのか。

・大きな物音がしたあと、日付が変わった深夜に、直井さん宅で何があったのか。
・車で乗り付けた訪問者はいたのか。
・車は直井さん宅の前にほんとうに駐まっていたのか。
・その車はどこに行ったのか。
・警察が連絡を取った相手は誰なのか。
・直井さんの外出先はどこなのか。
「大きく分けると四つだね。ひとり暮らしのはずの直井さんちの二階に、誰かいたとしてそれは誰なのか。夜中の物音や悲鳴はなんだったのか。おれが見かけた車はなんだったのか。警察に直井さんの情報をもたらしたのは誰なのか」

「聞きたいこと、知りたいことはいっぱいだね。でもじっさいどうやって調べればいいの？」

「昨夜からずっと考えてるけど、中学生ってのがハンデだよな。誰もまともに取り合ってくれない。情報なんて漏らしてくれない。でもそこを逆手に取れないかと思うんだ」

「さかて？」

「逆転の発想だよ。中学生だから聞くことができて、相手も油断する」

「そんなうまい方法あるの？」

花南子が疑いの眼差しを向けると、根尾は若干ひるみつつも目に力を入れて言う。

「おれたちには学習目的ってのがあるじゃないか。中学生として、直井さんに聞きたいことがあって、家を訪ねたけれど留守みたいだ。どうしたのか知りませんか、困っていますとあちこちに聞いてまわる」

「ちょっと待って。直井さんに何を聞きたいの？」

「たとえば、アメリカの医療機器メーカーの話とか。日本人がアメリカで働くことについてとか」

根尾は調査書の一カ所を指さしながら言った。直井さんの一人娘はたしかにアメリカの医療機器メーカーで働いている、らしい。

「そうか。町の歴史やお年寄りの日常なんかだと、他の人でもよくなっちゃうもんね」

「直井さんの娘がそういうところで仕事をしていると知り、話を聞くつもりだったと。知った理由については適当にぼやかせばいいよ」

「わかった。それで行こう。私たち中学生の、将来のための調べ学習だね」

ベンチから立ち上がり、花南子はお腹《なか》に力を入れて拳を握りしめた。頑張ろうというポーズのつもりだ。根尾もうなずき大事な書類を丁寧にクリアファイルにしまう。花南子に手渡し、鞄に入れる間も急《せ》かすことなく待ってくれた。

母ひとり子ひとりという家庭環境も影響しているのだろうか。根尾は細やかな一面を持っている。自分はあの父に育てられたかと思うといろいろ不安だ。がさつで大雑把《おおざっぱ》でいい加減な人間になってないだろうか。

以前、友だちにちらりと言ったら、花南子をまじまじと見返し「いい加減な方がらくに生きられるよ」と肩を叩かれた。なんのフォローにもなっていない。むしろ、がさつさを肯定されたような気がする。

公園から住宅街に入り根尾の案内でいくつか角を曲がった。横浜市のはじっこにある湘東台はＪＲの駅前にだけ高層、と言っても十二階くらいのマンションが何軒か建っているものの、ほとんどが低層のマンションやアパート、一戸建てだ。バス道路から離れた二丁目は昼間でも人影はまばらで車も走っていない。洗濯物はひるがえっているし、庭木の手入れはなされ、ところどころ花も咲いているので穏やかな生活の気配は漂っている。

めざす直井さんの家は生け垣に囲まれた二階建て住宅だった。くすんだ茶色の壁や灰色の屋根瓦からしてかなりの築年数を感じさせる。生け垣の合間から目を凝らすと、庭先の物干し竿には何も干されておらず、雨戸はたしかに閉まっていた。

門柱にチャイムはなかったので、花南子たちは顔を見合わせ玄関ドアまで歩み寄り、壁に埋め込まれたチャイムを押した。なんの反応もない。二度、三度押すと、かすかに室内で音がする。チャイムは鳴っているらしい。応える人がいないのだ。

あきらめて道路に戻り、再び生け垣のそばから中をうかがっていると、斜め前の家から年のいった女の人が出てきた。表札からすると北川《きたがわ》さんだ。

「あなたたちどうしたの？　直井さんに何か用事？」

花南子はすかさず笑顔を浮かべた。根尾とふたりで話し合っていた内容だ。直井さんの身内にアメリカで働いている人がいると知り、どんな様子なのか教えてほしくて春休みに訪ねてきました。すぐそこの湘東台中学校の生徒です。学校の方角を指さしながら言うと、北川さんの眼差しから険が取れた。痩せているせいか皺が深く、こちらを探るような目つきも恐かったけれど、口元がほころぶと顔全体が柔らかくなる。

「あなたたちの住まいはこの近くなの？」

「はい。二丁目です」

「だったらほんとうに近くね。直井さんとこのお嬢さんも湘東台中学の出身よ。勉強がよくできてとても優秀だった。直井さんはそういったことを自慢しない人で、一人娘さんなのに反対もせず海外に出したの。なかなかできないことよ。ご立派だわ」

花南子は感心した雰囲気でうなずき、笑みを返した。

「お会いしたいです。でも今はいらっしゃらないみたいですね」

北川さんの表情がにわかに曇る。

「急に出かけられたみたいなの」

「午後、また来ればいいでしょうかね？」

「それくらいに戻ってきてくれれば、私も安心できるんだけど」

相手は何か言いたそうにしている。絶好のチャンスだ。話を引き出したいが、気持ちが先走って舌がうまくまわらない。

横から根尾が助け船を出してくれた。

「直井さん、どうかしたんですか」

「私にも何が何だかわからなくて。四日前の夕方、回覧板を持っていったときにはふだんと変わらない様子だったのよ。出かける話もしていなかった。なのに翌朝にはお留守になっていて。その日は町内会の用事があったの。一緒に行きましょうと約束もしていたわ。すっぽかすなんて、これまで一度もなかったのに」

「夕方から朝にかけて、急に用事ができたってことですか」

「そうなるんでしょうね。奥さんが施設にいるから、そちらで何かあったのかとも思ったけど。でももう丸三日。そんなに家を空ける人じゃなかったからよけいに気になって。いなくなった前日の夜には大きな物音や悲鳴を聞いたという人もいるし。ご無事ならばいいのだけれど」

北川さんはそう言って顔を上に向けた。視線の先をたどり花南子は驚く。直井さん宅の二階をじっと見つめている。根尾が不審な人影を見かけた場所ではないか。

「あの、二階が何か?」

花南子が話しかけると北川さんは首を横に振る。

「なんでもないわ。あそこは娘さんの部屋だったなと思っただけで」

ほんとうにそれだけだろうか。気になるけれど、どう尋ねていいのかわからない。

根尾は顔つきを変えつつも、二階ではなく別のことを口にする。

「直井さんの家から、物音や悲鳴が聞こえたんですか」

「ここからは見えないけど、裏のお宅に住んでいる人が夜の十時くらいに聞いたらしいの。大きな物を倒したり落としたりする音がして、叫び声みたいなものも聞こえたって」

「ということは、十時までは家にいたんですね。夜の十時過ぎに出かけたとすると、バスはまだ走っているのかな」

「バスじゃないわ。夜道をバス停まで歩くとは思えない。駅はもっと遠いし。出かけるなら……そうね、タクシーか、誰かに迎えに来てもらうか」

直井さん自身は運転をしないようだ。自宅にも車庫はない。根尾が慎重に話しかける。

「車で来てくれるような知り合いが、直井さんにはいるんですか」

北川さんは眉をひそめ、まるで不満でもあるような顔になった。

「これまでもカラオケのお仲間が雨の日に直井さんを乗せていったり、ちょっと離れたところにあるホームセンターまで連れて行く人がいたり、そういうのはあったわ。でもみんな昼間で、暗くなってからのお出かけはなかった。今度のことがあってにわかに、夜遅くに直井さんちの前に車が駐まっていたとか、出入りしている人影を見たとか言い出す人がいて、ほんと、わけがわからない」

「夜の外出ってふつうはあまりないですよね」

「でしょう？　どうなっちゃってるのかしら。ただでさえお年寄りのひとり暮らしって危ないのよ。悪い人から狙われやすいし。うまいこと言って近づいて、変なものを売りつけたり、おかしな契約書に判子を押させたり、家に上がり込んで金品をくすねたり。そんなことが起きないよう、町内会でも気をつけているんだけど」

花南子には遠い話ではない。五月さんもひとり暮らしだが、町内会活動に長年携わり、お年寄りを詐欺被害に遭わせないための活動に力を注いでいる。花南子も啓発ステッカーを配り歩き、公民館で行われた寸劇に参加したこともある。「おばあちゃん、待って。それおかしいよ」という台詞《せりふ》を今でも覚えている。

「直井さん、出かけたことはまちがいないんですか。今、家の中にいるのではなく」

「チャイムを鳴らしても返事はないし、雨戸も閉まったままよ。心配してたら町内会長さんが、泊りがけで出かけたらしいって言うの。あなたたち、直井さんに会いたいなら町内会長さんに聞いてみるといいわ。話し好きの人だから詳しく教えてくれるかもしれない」

このあたりは一丁目ごとに町内会長がいる。花南子の自宅アパートがあるのは三丁目だが、五月さんに頼まれて夏の納涼会や神社の祭礼を手伝ったことがあるので二丁目の町内会長も知っていた。とてもふくよかな中年男性だ。初老と言ってもいいのかもしれない。工務店を営んでいる。

北川さんにお礼を言って別れ、今度は花南子が根尾を連れて工務店に向かった。途中、根尾の住んでいるアパートの前を通る。さつきハイツと似たり寄ったりの築年数だ。間取りは2LDKなので少し広い。根尾に言わせれば「LDKじゃないし」だが、謳《うた》い文句の誇張は花南子もよくわかっている。

彼の家は両親の離婚後、父親からの養育費の支払いは滞り、非正規で働くお母さんの収入だけが頼りなので、家計はいつも逼迫《ひっぱく》しているようだ。さつきハイツの家賃を知り、移ろうかなと言われたこともある。まんざら冗談ではないだろう。高校には行かせてもらえるけれどバイトをしなきゃといつも話している。

「ここから直井さんちの二階が見えるのね？」

「おれんとこも二階で、角部屋なんだ。寝てる部屋の窓からちょうど見える」

「根尾くんと同じように、北川さんも不審な灯りや人影を見ているのかもね」

「うん。前から妙だと思うことがあったから、今回の突然の留守にぴりぴりしているような気がする」

直井さんの家から目が離せなくて、花南子たちに気付いたのだろう。

「寄ってく？」

アパートを指さされ、花南子は「ううん」と首を振った。

「調査の必要があったときにね」

二丁目の町内会長は、工務店の駐車場で作業着姿の若い男性としゃべっていた。花南子たちが近づいて会釈すると「おれ？」と鼻の頭に指を押し当て、男性との話を切り上げてくれた。

「すみません、お話し中に」

「昼飯の相談みたいなものだから大丈夫だよ。ほらもう行っちゃった」

若い男性はバイクに跨《また》がり片手をあげて走り去った。花南子たちは湘東台中学校の生徒であると自己紹介し、直井善弥さんに用事があったのだけど留守だったことを話し、いつ帰ってくるのかご存じですかと尋ねた。

町内会長は「あれねえ」と腕を組んで首を縦に振る。雨戸が閉まったままなのを近所の人が心配して警察を呼んだ。交番では何かあったときの連絡先を住民から聞いている。戸別訪問のときに尋ね、答えるかどうかは各人の自由なのだが、直井さんは伝えていたそうだ。

「それがアメリカに住んでいる娘さんで、警察は連絡を取って確認したらしい。直井さんは急な用事ができての外出だってさ。娘さんが言ってるんだからまちがいないよ」

「そうなんですか」

「おれも以前、娘さんの名刺をもらっててね。それを思い出してメールしてみたんだ。そしたら向こうも、警察からの問い合わせにびっくりしたばかりだと、すぐに返信があった。そりゃ驚くよね。そばに住んでるこっちだって、ぎょっとしたんだから。そんなやりとりをしてほっとしたもんだから、直井さんがいつ帰るのかは聞き損ねたな」

用があるならまた訪ねてごらんと言われ、花南子たちは礼儀正しく頭を下げて、その場をあとにした。

角をふたつほど曲がったところで、ふたりとも大きく息をつく。収穫はあった。直井さんが出かけたことを、警察や町内会長に伝えたのは直井さんの娘だった。信頼のできる情報だ。少なくとも直井さんは事故や事件に巻き込まれたのではないらしい。

けれど根尾は難しい顔で首をひねる。

「ほんとうに本人だったのかな。アメリカの家族に届いたのがメールなら、なりすましかもしれない」

花南子は迷わずうなずいた。

「ありえるね。電話で本人がしゃべっていても、横でナイフなんかを突きつけられて、無理やり言わされているのかもしれない」

「疑いだしたらきりがないって思うんだけど、もやもやが晴れないよ」

「いやー、根尾くんが簡単に晴れない人でよかった。私も調査書の謎を抱えたままだもん。ぜんぜんすっきりしない。でもわかったこともあったから、午後のお見舞いで五月さんに直接聞いてみようかな」

「うん。それがいい。アプローチは任せるよ」

「話の持って行き方ね。了解。新たな情報をゲットしたらすぐ知らせる。待っててね」

4.

根尾とは最初に待ち合わせた公園の近くで別れた。アパートに帰り昼食をすませてから花南子は病院に向かった。頼まれた着替えやタオルに加え、バッグには茶封筒に入れ直した書類もしのばせた。

病院に着くと五月さんは笑顔で迎えてくれたものの、先生の診察や心電図の検査などがあって落ち着かない。売店への買い物も頼まれ、戻ると看護師さんによる入浴の説明が始まる。ふたりきりになる時間が取れないまま、昨日と同じ五月さんの友だちがやって来て、いっそう難しくなった。

五月さんとその人は前々からどちらかが入院したときに、支え合う約束をしていたそうだ。ふたりの話を聞いて興味を持つ人や、仲間に入りたがる人がいて、これからどうしようかと話し合いを始める。独り身の高齢者が入院時に助け合える、コミュニティの仕組みや参加資格、会費などのお金の問題。いつもながらなんてポジティブな。疲れないかと心配になるが、ふたりの表情はのどかで明るい。いきなり会の名前を思いついたと言い出し、「new in come on」と聞かされたときには笑ってしまった。入院カモンで、入院を恐れずという意味だそうだ。

結局、茶封筒の話はできず、夕飯の献立を指示され、アパートの掃除やら草木への水やりやらを頼まれて帰宅した。

「あら花南ちゃん。お掃除ありがと」

さっそくアパートまわりの落ち葉を片付けていると、二階のお姉さん、粕谷《かすや》さんに声をかけられた。しょっちゅう来ているのですっかり顔なじみだ。粕谷さんの仕事は美容師で平日が休みだ。

「大家さんの髪を切る約束をしてるんだけど。日にちを決めなきゃいけなくて。今いる？」

一〇一号室を指さされ、花南子は首を横に振る。

「しばらくちょっと出かけてて留守なんです」

「あら。出かける前に切りたかったかしら」

「いいえ、大丈夫です。戻ってきたら声をかけますね」

「今週はずっと遅番だから帰りが遅いの。もしよかったらメモを入れといて」

了解して笑顔で見送る。粕谷さんは自分の美容院を持つのが夢らしく、とても倹約家だ。大家である五月さんの髪を切るのもその分、家賃が割引になるから。どちらもしっかりしている。「持ちつ持たれつ」って言葉があるのよと五月さんに言われ、今どきはウィンウィンと言うのだと教えてあげた。

集めた落ち葉をポリ袋に入れてると、二階からまた降りてくる人がいた。さっきの美容師さんが二十代だとしたら、それより年上と思われる男性で、名前は今津《いまづ》さん。黒いシャツに灰色のズボンというういつもの恰好《かっこう》で、ボディバッグを身につけている。出かけるのだろう。これまでも平日の昼間に姿を見かけたことがある。

花南子は箒《ほうき》の手を止めて会釈した。かなり前からさつきハイツにいるはずだが、親しく口を利いたことはない。今日も黙って通り過ぎるのかと思ったのだが。

「大家さん、留守なの？」

さっきの会話が聞こえたらしい。

「おれも用事があったんだけど」

「そうなんですか。伝えることがあったらなんでも言ってください」

「いや。それはいい」

初めて目が合い、わりと整った小作りの顔立ちに、「もしかしたらイケメン？」と思ったのもつかの間、ぴしゃりと拒絶される。

「どこに出かけたの？」

「わりと近くです」

「いつ戻るの？」

「さあ。まだよくわからなくて」

今津さんは「ふーん」と気のない声を残して、花南子の前を通り過ぎた。箒を握り直して息をつく。緊張していたらしい。長年住んでいる人なのだから五月さんのお眼鏡にかなっているのだろう。怪しい人物ではないと思うのだけれど、関わりのほとんどない人、特に男性には漠然と警戒心が働く。

ここに住む以上、頻繁に顔を合わせるだろうから、尻込みするより慣れた方が自分のためだ。もっと積極的に笑顔で挨拶してみようか。そう思って落ち葉を片付けながら笑みを作ってみたが、わざとらしくて逆に向こうから恐がられそうだ。想像して吹き出した。

そして、今津さんがもしも一〇一号室をノックしてきたら、ドアを開けていいのかいけないのかで首をひねる。これまで父とのアパート暮らしではセールス以外の訪問者はほぼいなかった。でも五月さんは交際範囲が広いので、今朝も採れたての野菜をもってきたおばさんや、サークルのちらしを持ってきたおじいさんがいた。明るい時間帯だったのでドアを開けて応対したが、夕方以降はどうしたものか。さらに夜では知った人でも悩ましい。

もう一度、五月さんに確認してみよう。

そんなことを考えているとスマホに着信があった。根尾からの電話だ。

「もしもし、どうした？」

五月さんに茶封筒が渡せなかったことは伝えてあるので、根尾の方で何かあったのだろう。

「アパートの部屋にいて、ときどき直井さんとこを見てたんだけど、今、誰かいる」

「え？　ほんと？」

「二階のカーテンが開いてレースのカーテンだけになった。だから、人が動いているのがぼんやり見える。顔はよくわからないけど」

「男性？　女性？」

「男かな。なんとなく」

「だったら直井さん、帰ってきたんだね」

「でも動きがきびきびしてて、もうちょっと若い人のような気もするんだ」

「私、行ってみる。自転車ならすぐだよ」

「おれも行く」

電話を切るやいなや掃除用具をしまい、花南子は自転車に跨がった。


直井さん宅が見える角を曲がると、家の前に黒い乗用車が駐まっていた。根尾が見たのと同じ車かもしれない。花南子は自転車のスピードを落とし、ゆっくり近づいた。運転席に誰かいる。バックミラーで気付かれるかと思いながらものろのろ走らせると、車はふいに動き出し、住宅街の先へと進んで角を曲がってしまった。

あっという間のことで顔は見えなかった。落胆と共にサドルから降りると声をかけられた。細い路地から根尾が姿を現す。花南子が何か言う前に、「しっ」と人差し指を立てる。

そばに寄って、小声で話しかけた。

「今の、根尾くんが夜中に見た車と同じ？」

「うん。色と大きさからすると、たぶん」

「運転してる人は見た？」

彼は表情を引き締めてうなずく。

「おれが来たとき、ちょうど玄関から出てきた。おじいさんっていうより、もう少し若い感じのおじさんだった」

「二階にいたのはその人かな」

「かもしれない」

「直井さんは？」

根尾の頭が傾く。わからないらしい。路地から離れ、直井さん宅の生け垣に近づく。葉っぱの間から庭を覗き込むと雨戸が開いている。ガラス戸も開いている。

帰ってきたのだ。花南子はその場に自転車を置き、根尾と共に玄関に回った。

「心配することなかったかな。でもよかった」

「だね。とりあえず挨拶だけしておこう」

玄関ドアの前に立ち、チャイムへと指を伸ばすと庭の方から物音がした。悲鳴のようなうめき声も聞こえる。

根尾が素早く動き、花南子も身を翻《ひるがえ》した。建物沿いにほんの数歩、生け垣と家屋の間に挟まれた庭の幅は三メートルあるだろうか。低木の根元にプランターや植木鉢がごちゃごちゃと詰め込まれ、真ん中に二メートル四方くらいの地面がある。そこにおじいさんが倒れていた。

ふたりは駆け寄り、大丈夫ですかと手を差し伸べた。おじいさんは腕や足首に包帯を巻いていて、湿布の匂いが鼻をつく。そんな状態で庭に出て転んだらしい。頭を打ったのか、こめかみから血を流している。

「今、救急車を呼びます。しっかりしてください」

根尾が言うとおじいさんは体をよじり、片腕を伸ばした。何か必死に訴えようとしている。

「どうかしましたか」

「動かない方がいいと思いますよ」

ふたりは口々に言ったが、おじいさんは体に力を入れてさらに身を起こし、ふたりに支えられながら指を庭先に向けた。

「火を」

見れば、そこには古びた一斗缶が置いてある。中には赤や黄色といった色とりどりの布が押し込まれている。まわりが枯れた草や灰色の石、白茶けた土なので、場違いな花束でも見るような思いだ。

「そこに灯油の残りがある。上からかけて火を」

「燃やすんですか」

おじいさんはうなずき、地面に落ちていた着火器具をたぐり寄せた。これを使えと言いたいらしい。根尾に押しつける。とまどうことさえ許さないような必死の形相だ。頭から血を滴らせているので、その迫力に花南子も根尾も圧倒される。

「早く」

絞り出される声は弱々しいのに強い。

「頼む」

皺だらけの瞼の奥、小さな目が潤んで揺れている。

そのとき庭に入ってくる人がいた。花南子は目を向けて息をのむ。ついさっき、さつきハイツの玄関先で見送ったばかりの男性、今津さんだ。

なぜここに？

呆気《あっけ》にとられる花南子をよそに、彼はポケットから小さなタオルのようなものを取り出し、庭先に設置された蛇口をひねって水で濡らした。こちらに歩み寄っておじいさんのそばに片膝を突く。根尾に代わって背中に手をまわす。おじいさんは一瞬は顔をしかめたものの、らくな姿勢になったらしく全身で息をついた。

「落ち着きましょう。燃やしたい物はいつでも燃やせます。頼み事ならなんでも聞きます。だから今は落ち着いて。頭にタオルを置きますよ。冷たいですからね」

今津さんは穏やかな声で言い、おじいさんのこめかみにタオルをあてがった。

「ひどい怪我ではなさそうです。打撲と裂傷。念のため、あとで医者には診てもらってください」

「あんたは……」

「ただの通りすがりです。たぶん、この中学生ふたりも。そうだよな？」

じろりと含みのある視線を向けられ、花南子たちは首を縮めた。

「えっと私たち、物音やうめき声が聞こえて驚いて」

「あの、けっして怪しい者ではなく」

「だったらほら、怪しくない中学生、これをゆすいできてくれ」

差し出されたタオルを花南子が受け取り、蛇口の水で汚れを落として戻ってきた。出血はまだ続いているが、流れた血はあらかた拭き取られ、おじいさんの昂《たか》ぶりもようやく収まってきたようだ。呼吸もなだらかになっている。タオルは再びこめかみにあてがわれた。

ほっとする思いで根尾を見ると、彼は険しい顔で一斗缶を見つめていた。花南子も目を凝らす。さっきは気付かなかったが赤や黄色の布に混じって、人の髪の毛のようなものがはみ出していた。息が止まる。悪寒《おかん》が走る。

「名前を聞いてもいいですか。表札からすると直井さんでしょうか」

今津さんに尋ねられ、おじいさんはうなずいた。

「さっき頼み事ならなんでも聞くと言いましたが、そこの缶の中身を燃やすのはまだ先にしませんか？」

「いや、それは……」

「誰にでも秘密はあります。おれにもあります。そこの中学生たちだって。なあ」

唐突に話を振られ花南子たちは驚いたが、直井さんも目を剝《む》き、しどろもどろになる。

「秘密って、あんた」

「ちょっと気付いたことがありまして。直井さん、この家の二階は娘さんの部屋だったんですね。姿見の鏡でもありましたか？」

「どうしてそれを」

「ここは半年前から男性ひとり、つまり直井さんだけが住んでいる家です。それなのに夜になるとときどき二階の灯りがついて、女の人が見える。それを心配した近所の人がいるんですよ。ああ、どうか悪い方に考えないでください。ほんとうに、純粋に心配しただけです。最近は、独居老人宅にこっそり忍びこんで悪事を働く輩《やから》がいますから。あなただって逆の立場だったら、落ち着かない気持ちになったと思いますよ。何かあってからでは遅いと心ある隣人なら考えます。それが誤解ならば、今後は誤解されないよう気をつければいいだけです。缶の中身を燃やすより、姿見を一階に下ろしてはいかがですか」

直井さんは口をぽかんと開け、ぼんやりしているように見えた。やがて力なく頭を振り「もういいんです」と言った。

「階段から落ちて足も手もダメになった。もうやめなさいって神様が言ったんだ。だからきれいさっぱり処分しようとしたのに、またこんな無様なことに。わたしは心底どうしようもない人間です。こうなったら一刻も早くお迎えが来た方がいい」

うなだれて、包帯をしてない方の手で目元をこする直井さんに、今津さんは言う。

「まだ処分されていないってことは、神様はやめろとも燃やせとも、言ってないんじゃないですか。われわれのような小さな人間のささやかな秘密に、取り合ってる暇はないんですよ。怪我はそのうち治ります。もう少し手元に置いておきませんか。直井さんの秘密の中には、きらきらしたものも混じっているような気がするんですよね。もしそうならひねり潰さず、これくらいは持っていてもいいんだよと、逆におれを励まして欲しいです。人生の先輩として」

直井さんは不思議なものでも見るような目で今津さんを眺め、再び頭を横に振ったが、途中で止めて唇を噛む。

「ちっともきらきらしてない。誰が見たって見苦しくて、気色悪い」

「それは見ていないので答えようがないんですが、あなたのまわりの人からしたら、この家に質《たち》の悪い人間が出入りしているかどうかの方が気がかりなんです。心配する気持ちもわかってください」

「それは、その」

「順番の問題です。あなたの趣味趣向より、あなたの身の安全の方がずっと重要」

きっぱり言い切られ、直井さんは目を伏せて「はあ」と首を縦に振った。気の抜けた声に張り詰めていた空気もゆるむ。強めの言葉とは裏腹に、直井さんの身体を支える今津さんの腕はしなやかな弧を描き、指先が軽く直井さんの肘のあたりを叩く。宥《なだ》めるような静かな動きだ。

それを見ているうちに、趣味趣向という言葉の意味に花南子は気付く。派手な色の布は女性のドレスで、人の髪の毛のようなものはウィッグではないか。それらが直井さんのものだとしたら、奥さんが施設に入りひとり暮らしになった直井さんは、かねがねなのか、ある日突然なのか、女性の装いを身につけるようになったのかもしれない。姿見のある二階の一室は、秘密の自分になれる特別の場所だったと考えられないだろうか。

何か話しかけたくて、花南子は車のことを尋ねた。

「さっきそこに黒い車が駐まっていました。直井さんのお知り合いですか？」

「あれはカラオケ仲間だ。親しくなるにつれ同好の士であることがわかって、なんていうかその、内緒の友だちだ」

「いいですね。素敵です。そういうの」

花南子が身を乗り出して言うと、直井さんの口元が初めてほころんだ。

「気の優しい男でね。ついつい甘えてしまう。階段から落ちたときも駆けつけて、わたしが情けないことばかり言うもんだから、とてもひとりにしておけないと、自宅に連れ帰って病院にも行かせてくれた」

「ご近所の方が心配してましたよ。急にお留守になったから」

「ほんとうに申し訳ない。娘のところにまで、警察から電話があったそうだ。大丈夫だと伝えたんだが」

横から根尾も話しかける。

「ついさっき、この家に戻ってきたんですよね？　二階に人影が見えましたが、直井さん、二階に上がれたんですか？」

「いやいや、わたしにはとても。車で送ってくれた男に頼んで、服やカツラをみんな下ろしてもらった。わたしはもう上がれそうになかったから」

「燃やす話もしたんですか？」

直井さんはしおれた花のようにうつむいた。

「言わなかったが察しはついただろう。哀しげな顔をしていた。ダメだね。優しくしてくれた人を哀しませるなんて。一番いけないことだ。君たち、わたしのようなまねをしちゃダメだよ」

にわかに諭され、花南子も根尾も口々に返す。

「直井さんもですよ」

「良い方のお手本を見せてください」

「見せられないから、こうしてひっくり返っているんだよ」

「だったらもう起きますか」

「近所の人たち、すぐに来ますよ」

口々に言われ直井さんが身じろぎしたので、今津さんがこめかみのタオルを外す。花南子に「洗ってきて」と渡す。さっきと同じように水でゆすいで戻ってくると、男ふたりが直井さんを左右から抱えて立ち上がらせていた。慎重に支えて、すぐそばの縁側まで移動する。直井さんは痛そうに顔をしかめたが、縁側に腰を下ろすと肩から力が抜けた。花南子の差し出すタオルを受け取り自分の顔を拭う。こめかみの流血は止まっていた。

布団はどこですか。横になった方がいいですよ。その前に病院ですか。そんな話をしていると庭に誰か入ってきた。北川さんだ。

「まあ、直井さん！　うちの人が雨戸が開いたと言うんで来てみたんですよ。あなた、ほんとだわ。直井さんが帰られている」

後ろから現れた男性は旦那さんらしい。

「ご無事でよかった。おや、どうしました。そんなに包帯を巻いて」

「家の中で転んだんですよ。カラオケ仲間が医者に連れて行ってくれたんですけど、年のせいか、そこから妙に動けなくなって」

北川さんは「カラオケ仲間？」と聞き返す。

「はい。ときどき車が駐まってたでしょう？　雨の日なんか、公民館まで乗せてってくれたんですよ。気のいいやつで、今回もえらく心配してくれて」

「そうね。そういう方は来てましたね」

北川さんの疑念や誤解が解けることを祈りつつ、花南子は根尾や今津さんと共に、衣服の押し込められた一斗缶をそっと移動させた。縁側の脇に寄せ、近くにあった木の板で蓋《ふた》をする。丸くすべすべした石を上にのせた。地面に落ちていた着火器具は根尾が拾い、空の植木鉢に入れた。

庭には直井さんが履いていたサンダルも転がっていた。ひっくり返った拍子に脱げてしまったのだ。奥さんのものかもしれないが、まだ新しそうな赤いサンダルで、ピンク色の小花があしらわれていた。

拾い集めて縁側の下に揃えた。

雨戸の内側にはレースのカーテンがかかり、廊下にはパンジーの咲くプランターが置かれていた。そのプランターに描かれているのは華やかなアクセサリーとリボン。どことなくマリー・アントワネット調だ。

花南子のクラスにも可愛いものや綺麗《きれい》なものが大好きな男子がいて、駅ビルでばったり会ったときは楽しかった。コスメショップで色とりどりのマニキュアを塗り合って、スニーカー選びのアドバイスをもらい、本屋さんではファッション誌を一緒に覗きこんだ。彼は将来、自分のブランドを立ち上げたいそうだ。話を聞いて自分の中にまできらきらが流れ込んだ。

さっき今津さんが言った、直井さんの秘密とも通じているだろうか。


花南子たち三人は直井さんや北川夫妻に挨拶して、通りすがりの人間らしく庭から失礼した。自転車を押してゆっくり歩いていると、角を曲がったところで今津さんの足が止まった。

何か言われる前に、自転車を止め、花南子はすみませんと頭を下げた。

「一〇一号室に茶封筒を入れたのは今津さんだったんですね」

「あれは、大家さんに宛てた封筒だ」

「内緒なんですけど、五月さん、ぎっくり腰で昨日の夕方に入院したんです」

「入院?」

「もうすぐ帰ってくると思います。それで一〇一号室で夕飯を食べようとしていたら、あの封筒が。町内会のお知らせかと思い、何の気なしに見てしまい……」

調べられていた人物が直井さんだったこと。その名前に覚えがあり、根尾に連絡したこと。根尾は問題の夜に不審な車を見ていたこと。さらにその前も、夜中に直井さんちの二階で女性らしき姿を見ていたことを話した。

「そんな連鎖があったとは」

いかにも苦々しい雰囲気でため息をつかれ、花南子はあわてて言った。

「まさか、さつきハイツに探偵さんが住んでるなんて。今もドキドキです」

神妙な面持ちで恐縮していた根尾も、とたんに目を輝かせる。

「驚きもしたけど、すごくすごく感激です。おれ、昔から探偵に憧れているんです。いつかどこかで会いたいと思っていたら、こんなに早く叶《かな》うなんて」

「ちょっと待て」

今津さんはふたりに迫られあとずさる。

「おれは探偵じゃない。小さな調査会社で働いている、ただの調査員だよ。五月さんがそれを知って、直井さんのことで心配してる人がいる、調べられないかと言ってきたんだ。根尾くんだっけ、君が二階を見て怪しんだのと似たような話だ。それだけだよ」

「でも、直井さんの特別な趣味について、突き止めていたじゃないですか」

根尾が鋭く指摘する。

「ふつうに考えれば誰でもわかるよ。電気をつけたら目立つ夜に、なぜ電気をつけるのか。昼間の直井さんを見ていると、隣近所やら宅配やらわりと頻繁に訪ねてくる人がいる。あがり込む人もいる。そういった昼の時間ではしづらい用事を、夜にしているのかと思った。それも、一階ではなく二階で。

間取りからすると電気がつくのは娘さんの部屋だ。たまたまおれが様子を見ている日にも、夜に電気がついてカーテンの隙間を横切る人がいた。昼間から夜にかけて来訪者はいなかったので、見えたのは直井さん自身だろう。そう思いながら直井さんの交友関係も調べると、カラオケのお仲間のSNSを見つけ、もしやという趣味にたどりついたんだ」

「調査書には書かれてませんでしたね」

「細心の注意を要する個人的な内容だから。五月さんと直《じか》に話す機会があったら、場合によっては耳に入れようかと思っていた。いらない情報なら伝えなくてもいいし」

根尾はそれを聞いて満面の笑みを浮かべた。

「そこまで考えられるのがちゃんとした探偵です」

「だからちがうって」

本人は否定するが、花南子も根尾の言葉にうなずいた。そういう人が身近にいてくれたらどんなにわくわくするだろうかと、思うくらいには花南子も漫画や本を読んできた。頭の中に決め台詞の数々がよぎり、顔のゆるみが止まらない。

「ふたりとも変な目で見るなよ。暑苦しい。離れろ。おかしな妄想に付き合わせるな。そんなことよりも、直井さんの件をよそでしゃべったりしたらダメだからな」

もちろんですと、花南子も根尾も両手の親指をぐっと立てる。

「おい、近づくなって。もういい。帰って中学生らしく宿題をしなさい。おれのことは一刻も早く忘れるように」

そう言って今津さんは踵《きびす》を返す。忘れやしないと思いつつ、足早に去って行く彼の後ろ姿をおとなしく手を振って見送った。焦らなくてもいい。騒がなくてもいい。

何しろ住まいは押さえてあるのだから。

5.

それからも五月さんの入院は続いている。今日で丸三日目だ。

今津さんからは、直井さんに関する新たな報告書が届いたので病室に持っていった。五月さんは何食わぬ顔で受け取り、ベッドサイドの引き出しにしまう。花南子もその件には触れなかった。

ひとり暮らしは多少の緊張感があるものの、何事もなく過ぎていく。戸締まりに気をつけ、冷蔵庫の保存食をどんどん食べ、五月さんのお友だちからの差し入れも遠慮なく受け取っていると、その中のひとりが「ねえ」と声を潜めた。

「最近、このアパートのまわりに変な人を見たのよ。三十代か、四十代か、それくらいの男の人」

さらに「一〇二号室を覗いていた」と言われ、花南子は目を瞬《しばた》いた。

父はシンガポールでようやく仕事に取りかかったばかりだ。伯母の宏美も倉庫会社の事務員として忙しそう。五月さんが入院した話すらまだしていない。

どうすればいいのか。誰かに相談したいけれど誰がいるだろう。とりあえず根尾に電話をすると、「気味悪いね」と心配してくれた。

「警察にはもう言った？」

「教えてくれたおばさんが、交番には伝えておくって」

「だったら、巡回が少しは増えるかな。夜の時間も来てくれるといいけど」

「それだけ？　そんなちょっとの対応で、変な人を撃退できる？　アパートのまわりを電流の流れる柵で囲みたい」

とたんに吹き出す声が聞こえた。

「笑わないでよ。本気なんだから」

「電流は無理だって。でもさ」

根尾は言葉を切り間を空ける。脳裏に何がよぎったのか、花南子にはわかるような気がした。

たぶん同じ顔が浮かんでいる。

知り合ったばかりの名探偵。

本人が全力で否定しようとも、調査はお手の物のはず。

不審者だってきっと恐るるに足りず。もしかしたら大好物かもしれない。

「相談してみようかな」

「だね」

「まずは待ち伏せから」

思わず頬が緩み、口元もほころばせ、花南子は「よし」と拳を握りしめた。

ここだけに残ってる

1.

アパートの玄関先、二階に続く階段の手前から、花南子は住人のひとりを呼び止めた。

帰ってくるのを今か今かと待ちわびて、気配を察知するやいなや玄関ドアを開けて声をかけたのに、相手は振り向くことさえ煩《わずら》わしげだ。

これまでだったら、ひるんで終わったかもしれないけれど、今日は自分を励まし強く言う。

「不審者が現れたんです」

「は？」

「私を狙っている不審者です。どうすればいいですか。今津さん、相談に乗ってください」

花南子はこの春、曽祖母の五月さんが大家を務める「さつきハイツ」の一〇二号室に引っ越してきた。父ひとり子ひとりの父子家庭に育ち、新学期から中学三年生という春休みに、父が海外赴任したためだ。

物心つく頃から馴染んでいるアパートで、五月さんとも気心知れている。なんの憂いもなかったはずなのに、肝心の五月さんがぎっくり腰で入院してしまい、つかの間のひとり暮らしが始まった。よそのおばあさん宅に預けられるという恐ろしい危機は全力で回避し、ささやかな事件を通じて〝探偵〟というサプライズにも遭遇した。春の陽気のようにうきうきしていたところ、まるで足をすくわれるように、近所の人から不審者の出没を聞かされた。

二階の住人である今津さんは、同級生の根尾と共に名探偵認定をした特別な人だ。本人は調査会社に勤める調査員と再三否定するが、名探偵は自称よりも他称の方がかっこいい。そして市井《しせい》に生きる名もなき人々を助けるために、必ずやその力を発揮するにちがいない。根尾とも意見が一致した。

頑張らねばならない。

「ぜひぜひ、よろしくお願いします」

「不審者がこのあたりに？　そういう話、最近あったっけ」

「このあたりはさておき、ピンポイントで私の部屋です。近所の人が教えてくれました。日の暮れた暗い時間に行ったり来たりしたあと、とっても怪しげに覗いていたと」

「ほんとうに君の部屋なの？」

「一階の、右からふたつめの部屋なら、私のいるところです」

今津さんは階段の一段目に乗せていた足を下ろし、ため息をついた。渋々耳を傾けているけれどまったく気乗りしていないと、如実に物語る仕草だ。

「部屋の中を見るとしたら庭に面した窓からだろう。庭と道路の間にはフェンスもある。フェンス越しに見ていたとしたら、たとえ君の部屋の真向かいにいたところで、斜め横、斜め上の可能性もある。それとも庭に立ち入って、ガラス戸にへばりついて一〇二号室の部屋の中だけをうかがっていたのかな」

　ふたつのシーンを想像し、あとの方で花南子の腕に鳥肌が立つ。

「近所の人が見たのはフェンス越しの姿です。ガラス戸にへばりついてなんて、恐いこと言わないでください」

「状況を確認しただけじゃないか。それとも聞かない方がいいの？」

「いえ、そうではなくて」

「暗がりに立っていたとしても、覗き見しているとは限らない。誰かを待っていて、暇つぶしに近所の家を眺めていたとか、このあたりで賃貸の物件を探しているとか、虫の音や猫の鳴き声に耳を傾けていたとか」

　思わず「すごい」と声が出る。

「さすがです。教えてくれた近所の人は藪内《やぶうち》さんと言うんですけど、もっとしっかり話を聞かなきゃダメですね。不審者が覗いている、わー大変、こわーい、だけでなく、具体的な状況を摑んだ上でさまざまな検討を重ね、事件を解決に導く。なるほどです。勉強になります」

「なんの勉強？」

「そりゃもちろん」

　言いかけて花南子は首をひねる。はてなんだろう。

　とっさに考えがまとまらなくて斜め上に視線を向ける。出入り口の庇《ひさし》が見えるだけだ。何も浮かばないときに出てくる言葉はほぼ決まっている。

　まあいいや。あとで考えよう。

「わかりました。藪内さんによく聞いてきます」

「待て。おれの質問への答えになってない」

「そ、そうでしたか？」

今津さんは鋭く整った端正な面差《おもざ》しに、レイヤーの入った長めのショートカットで、前髪の間からのぞく双眸《そうぼう》も、推定三十代という年齢も、中学生女子には近寄りがたいものがある。着ている服はいつも似たようなモノトーンばかりで、鞄も靴も高級品には見えず、住んでいるのは横浜市内からこぼれ落ちそうなほど外れに建っている古いアパート。なのに、不思議とみすぼらしさや野暮ったさを感じさせず、生活感に乏しいのも得体の知れなさを増幅させている。

けれど調査員とはそういうものなのかもしれないと納得し、そのとたん、質問の答えとやらに気付く。調査員、ひいては探偵がどういうものなのか知りたくて、今津さんとのやりとりは学びになるのだ。

これを言えば引かれるにちがいない。面白がっていると誤解されるかもしれない。そんな気持ちがまったくないとは言いがたい。

「とにかく詳しい状況がわかったら報告するので、よろしくお願いします」

「いやだから、報告の必要はない。君のひいおばあさん、ここの大家さんは顔の広い人だ。相談すれば君が身を寄せる先くらい、すぐに見つけるだろう。そちらで安全に暮らした方がいい。不審者は警察に任せるべきだ」

もっとも避けたい案を口にされ、とてもじゃないけどうなずけない。

「もう夜の六時を過ぎています。今日は病院には行けない。今晩やっぱり私はひとりきりで。入院中の五月さんに知らせるのも気が引けると言うかなんて言うか。不審者なんて聞いたら、アパートそのものも心配になると思います」

「たしかにもう夜か。だったら君は余計なことを考えず、戸締まりをしっかりしていつも通りに、いやいつも以上に静かに過ごして早めに寝るように。どうしてもと言うなら……」

言うなら？

「二階のベランダから様子をときどき見るようにするよ。それでいい？」

「おお！」

ぎりぎり崖っぷちからの、ほぼ理想通りの展開ではないか。花南子は「よっしゃ！」とガッツポーズを取ってしまいそうになり、あわてて頬を引き締めた。

「そんなに心配しなくても大丈夫だよ。ちゃんと見とくから」

「ありがとうございます」

「ほら」

声をかけられて視線を上げると、目の前にスマホがあった。

「LINE、やってるだろ。非常時だけの連絡手段だ。他は一切してこないように」

ID交換をしてくれるらしい。心の中で再びガッツポーズを取る。頭の上では天使がラッパを吹いていた。

2.

〈えらい〉〈でしょでしょ〉〈安住さん、けっこう凄腕だね〉〈私も思った〉

根尾に賞賛されたＬＩＮＥの画面を開き、花南子は一〇二号室ですっかりくつろぎ顔をにやけさせていた。

不審者が出没していると聞かされてから、一〇一号室で晩ご飯を食べるのは控えるようになった。五月さんの住まいであるそちらの方が保存食やら食材やらが豊富だが、たとえとなりであっても夜間の出入りはやめた方がいい、と自分で考えたからだ。

住宅街の中のアパートなので昼間であっても人通りは少ない。夜はさらに人の気配がなくなり、外灯に照らされた場所以外はほぼ真っ暗だ。誰かが物陰に潜んでいてもまったく気付かないだろう。物騒なことはなはだしい。

夕飯は生野菜を適当に切ったサラダとレトルトのカレーにした。洗い物もあっという間だ。ＹｏｕＴｕｂｅを流しながら漫画雑誌を読んでいれば、いつもの夜と何も変わりはないのだけど、やはり外が気になる。何度も戸締まりを確認したのでこれ以上することはないのに。

〈なんか落ち着かないなあ〉と、思うままの言葉を根尾にＬＩＮＥした。

すぐに既読になり、〈ひとり暮らしって、そういうものなんだろうね〉と返ってきた。

根尾は母ひとり子ひとりの母子家庭だ。今は母親と暮らしているが手狭なアパートとあって、独立する日を常に考えているようだ。

〈根尾くんは男だから。女のひとり暮らしよりプレッシャーは少ないと思う〉

〈そうかな〉

〈男ってだけでアドバンテージがあるから。ときどき、自分が男だったらなあって憂鬱《ゆううつ》になっちゃう。女の子だから夜はひとりにしておけないみたいに言われてさ。面倒かけてるんだと嫌でも思い知らさ

れるんだよね〉

世の中の事件の大半は女性が被害に遭っているような気がする。「いきなり襲われて」のパターンでは致命傷を負うのはほぼ女性だ。「本人の警戒心が薄かったから」と非があるように言われるのもよく聞く。

だから夜道を歩くときも家の戸締まりも見知らぬ人とのやりとりも、花南子は気を抜かないよう心がけている。根尾と話していると男はちがうと気付くことがいろいろあって、ある意味新鮮だ。もちろん男だって暴漢の被害に遭うことはあるので無防備は禁物だが。

〈女の人が大変だってのは安住さんの言うとおりだと思う。でも、男じゃない方がいいこともあるよ〉

〈へえ。なになに〉

〈おれはしょっちゅう、女の子だったら家の手伝いをしてくれてお母さんも助かったのにと、親戚や近所の人から言われる。男の子は気が利かなくてがさつで話し相手にもならず、ひとりで大きくなった顔をしてさっさと家を出て行くんだって。おれの母親に面と向かって「かわいそうに」と気の毒がるおばあさんもいる。娘はいつまでも母親のそばにいて、すごく優しくしてくれるらしい〉

花南子はLINEに表示される長文を読み、「うわっ」と声を上げた。いかにも言いそうな人の顔が次々に浮かぶ。女の子は細やかで気が利いて率先して家事を担い、控えめで心穏やかで優しく人の話に耳を傾ける、というイメージができあがっているのだ。勝手な理想を押しつけているとも言える。

〈根尾くんは家事もそこそこやってるよね〉

〈まあね。やらないわけじゃないよ〉

話を聞く限り、花南子とそう変わらない。

〈男女のちがいというより、もはや個性なんだよね。私は何かといい加減で、気配りもないみたいだし。あんまり言いたくないけど〉

涙のスタンプと共に送ると根尾からは「ぷっ」と吹き出すようなスタンプが返ってきた。

こういうときは、「そんなことないよ」と言ってほしいのに。画面に向かって口を尖《とが》らせていると、別の着信が表示された。切り替えると今津さんからだ。〈どうしてる?〉と一言だけ。

根尾にそれを報告し、今津さんには〈カーテンを閉めてテレビを見てます〉と返事を送る。すぐに反応があった。

〈落ち着いて聞いてほしいんだが、おかしな動きをしている人がアパートのそばにいる。何かあったらおれが通報する。君はそのまま部屋の真ん中でテレビでも見ているように。またあとでLINEする〉

花南子は息をのみ、身を硬くして視線を窓に向けた。カーテンは微動だにしていないが、その向こうに変質者が仁王立ちしているような気がする。

強《こわ》ばる指先を動かし、今津さんとのやりとりをスクショして根尾に送った。驚きを分かち合える相手がいるのはありがたい。一緒に呆然《ぼうぜん》としたり鳥肌を立てたりしてほしかったのだが、根尾は〈おれ、見に行く〉と返したきり応答がなくなった。

たった今、男の子と女の子の話をしたばかりだ。性別よりも各人の個性だとわかったような口を利いたのに、その数分後、自分は不審者の出没に怯《おび》えて縮こまり、根尾は夜の住宅街に飛び出していく。

もどかしくて歯がゆい。根尾が羨ましい。やっぱり男の方が自由度が高いのではないか。

忸怩《じくじ》たる思いにかられていると、遠くでかすかな物音がした。カーテンの向こうではなく天井のさらに上からだ。ドアの開閉音だと気付く。二階の住人、今津さんの顔が浮かぶ。彼はベランダから不審者を見ていたはずだが、外に出るために玄関ドアを開けたのではないか。外廊下を歩き、階段を下りていく。不審者を捕まえるつもりだろうか。

花南子は立ち上がって狭い台所を横切った。ドアを開けてすぐにでも追いかけて行きたい。「私も」とくっついて行きたい。けれどそれがどんなに愚かしい行為であるかはよくわかる。外に何が待ち受けているのか、予断を許さないのだ。

ドアノブを見つめてため息をつく。待つしかない。自分に言い聞かせて部屋に戻ろうとすると、すぐ近くでドアの開閉音がした。あまりにも近いのでおそらくとなりの一〇三号室だ。そこから出てきたらしい人物が一〇二号室の前を通り過ぎ、一〇一号室のチャイムを鳴らす。壁越しに「ピンポーン」と聞こえた。さらにドアを叩く。ためらいがちにコツコツと。

こんな時間に誰だろう。となりならば住んでいるのは渡辺《わたなべ》さんという男性だ。今年九十歳になるらしい。高齢者が出歩く時間ではもうない。だったら渡辺さんの家族？　今まで一度も会ったことがないけれど。

戸惑っていると花南子のいる一〇二号室のドアが叩かれた。

「どなたですか」

「花南ちゃん？　私だよ。となりの渡辺」

肩に入っていた力が抜ける。チェーンを外してドアを開けた。通路を照らす電灯の中に背中を丸めた渡辺さんが立っていた。

「こんな時間にどうしたんですか」

「五月さん、いないのかな。昼間もチャイムを鳴らしたけど留守みたいで。何か聞いてる？」

「すみません。ちょっと出かけてるんです」

「そうか。具合が悪いとかではなく？」

さすが高齢者。的を射た質問が投げかけられる。

「大丈夫です。もう帰ってくると思います。用事でしたら伝えますよ」

渡辺さんは首を横に振りながら「昔のことを思い出してねえ」と言う。

「懐かしくなって五月さんと話したくなったんだが」

「申し訳ありません」

「戻ってきたらでいいよ。いつでもいいんだ」

渡辺さんの皺《しわ》だらけの手には封筒があった。宛名は「渡辺敦夫様」。白地の部分が黄ばんでいて、ちらりと見ただけでも古びているのがよくわかる。模様も入っていて、ところどころにクローバーの葉っぱらしきものがあしらわれている。

花南子の視線に気付いたのか、渡辺さんは「昔の手紙だよ」と言いながら、ひょいと封筒をひっくり返した。「國分由貴」と記されている。

差出人だろう。覚えのない名前だ。それきり説明の類《たぐ》いはなく、またねという雰囲気で一〇三号室に引き上げていく。後ろ姿に「おやすみなさい」と声をかけ、花南子も自室に戻った。

スマホを見るとなんの着信もない。ふたりはどこにいて何をしているのだろう。手持ち無沙汰だったので、根尾と今津さんと自分とのグループＬＩＮＥを作る。

〈今どこにいますか？　私は不安でいっぱいです〉

短く書いて送ったが既読のマークはつかない。つけっぱなしだったＹｏｕＴｕｂｅを消して、ローテーブルに顎を乗せる。世界に人間は自分ひとりになったような気がする。することもなく目をつぶっているとブルッと着信があった。根尾からだ。グループLINEにコメントが届いた。

〈会って話がしたい。一〇二号室に行ってもいい？〉

OKのスタンプを送りながら立ち上がり、脱ぎ散らかしたカーディガンや食べかけのお菓子を片付け、いつもは開け放たれている和室との仕切り戸も閉めた。

台所の電気をつけていると玄関ドアがノックされた。根尾であることを確認してドアを開けると今津さんも一緒だった。挨拶《あいさつ》もそこそこにあがってもらい、テレビの部屋に案内した。

「不審者は見つかった？」

「うん。でも逃げられた」

立ち話もおかしいのでテーブルを囲む形で座ってもらう。

「何か飲む？」

花南子が冷蔵庫に向かうと今津さんから止められた。

「すぐ帰るから何もいらない」

「でもおれ、喉が渇いたかも。緊張したのかな」と根尾。

「だよね。町内清掃でもらったまま、入れっぱなしのペットボトルがあるんだ」

ガラスのコップも三個持ってきて、よく冷えたほうじ茶をなみなみとついだ。根尾がたちまち飲み干すと、今津さんも手を伸ばして飲み始めた。花南子も口をつける。春休みの前までは、考えられなかった光景だ。一〇二号室に根尾と今津さんがいてお茶を飲むなんて。

「それで、何がどうなったんですか。今津さんは二階のベランダから不審者を見かけたんですよね？」

「まあね。君に頼まれたのもあるし、大家さんにはお世話にもなっているから、お礼代わりでもないけど。最初は八時過ぎだったかな、ベランダに出てみた。そのときは何もなかった。次に出たのは九時半くらい。まわりを見渡すと誰もいなかったんだが、下に目を向けたら不自然に動くものがあった。一〇二号室の庭にはいくつか植物が植えてあるよね。その中でもまあまあ背の高い茂みに隠れるようにして、フェンスにへばりつく人がいた」

さつきハイツは洋間や和室が南に面し、一階住居には奥行き二メートルほどの小さな庭がついている。道路は低くなっているので、庭とは段差があり、道路に立つとフェンスは大人の目の高さまであるだろうか。

「明らかに怪しい人影だったから、君にＬＩＮＥして、仕事用のカメラを携え再びベランダに出た。何枚か写真を撮りつつ目を凝らしていると、そいつはフェンスから離れて引き返すようなそぶりを見せたので、追いかけることにしたんだ。できればどこのどいつなのか突き止めたかったから」

花南子はうなずくだけだったが、根尾は紙がほしいと言い出し、ペンもつけて渡すと地図を描き始めた。右から左に線が延び、曲がって下に延びる。角に描かれた横長の長方形がさつきハイツだ。小さく印をつけたところは一〇二号室なのだろう。

「根尾くんは自分のアパートから駆けつけたんだよね？　さつきハイツに着いたとき、不審者はまだいたの？」

根尾は首を横に振り、バス道路の近くの場所に長方形をもうひとつ書き加えた。彼の住んでいるアパートらしい。

「目立たないように気をつけて夜道を急いでいたら、さつきハイツの方角から歩いてくる人がいた。もしやと思い電柱の陰に隠れていたら、男の人がおれの横を通り過ぎて、道沿いにある小さな公園に入った」

「公園？」

地図に描き込んでもらうと近所なのですぐピンときた。すべり台とベンチが置いてあるくらいのささやかなスペースだ。昼間は買い物帰りの人が立ち寄って休憩などするが、夜間は閑散としている。

「何やってるんだろうと首を傾《かし》げていたら、男の人と同じ方角から今津さんがやってきた。おれは電柱から出て手を振って、今津さんも気付いて合流できたんだ」

根尾は満面の笑みを浮かべる。単に野次馬根性で駆けつけたのではなく、今津さんの追っている人物がどこにいるのかを教えたなら、ひとつは役に立ったことになる。羨ましい。

「公園に入った人が、さつきハイツを覗いていた不審者だったの？」

「うん。ですよね？」

「他に歩いている人はいなかったから、たぶんね」

今津さんの声は相変わらず単調だが、根尾は嬉しそうに白い歯を覗かせる。長い付き合いでもないが、こんなにストレートに感情を表すところは見たことがない。

不審な男性は公園のベンチに座りしばらくじっとしていたが、ふいに立ち上がり公園を出て歩き始めた。根尾と今津さんはそのあとを追いかけた。やがてバス道路に出て、男性は首を左右に振って停留所を探していたらしい。見つけたところで歩み寄り、立ち止まって時刻表を覗き込む。

バスが来たら乗るつもりだったと今津さんは言う。根尾にはとどまるよう、身振り手振りで伝えていると、バスではなく流しのタクシーが通りかかった。男性はさっと手をあげ、停車したタクシーに乗り込んだ。二台目のタクシーや路線バスが現れることはなく、ふたりはその場に残され、諦めるしかなかった。

花南子は落胆を抑え、バス停まで追いかけてくれた労をねぎらった。

「ほんとうにありがとうございます。こんなに夜遅くに」

「いやその、遅くもない時間だよ。取り逃がしたのは不覚だし」

意外にも今津さんは謙遜する。花南子が丁重な口を利くと落ち着かないらしい。

「ただ、おれなりに気付いたことはいくつかある」

「なんですか？」

「不審者は一〇二号室の前、正しくは一〇一号室寄りの一〇二号室前に潜んでいた。どうやらほんとうにこの部屋をうかがっていたようだ」

花南子は目を剝《む》いた。

「中学生狙いの変質者？　ですよね。こわい。気持ち悪い！」

「そうやってすぐ騒がない。不審者＝変質者とは限らないんだから」

「でも」

「多くの人には事情や背景がある。人の家のまわりをうろついたり、部屋を覗くようなまねはよくないが、今現在、犯罪行為をしているわけではない。おれの見た感じでは、公園のベンチで肩を落とし物思いにふけっている雰囲気だった。立ち上がって歩き出したときにはしっかりとした足取りだったので、気持ちが吹っ切れたんだろうな。それまでは迷ったり悩んだりしていたんだと思う。この住宅街に来たのにはたぶん、個人的な目的があるんだよ」

「目的？」

「どういう内容なのかはわからない。でもそれがあるからこそ家の前まで来るのに、庭先に立ち尽くして引き上げる。また来てしまう。それを繰り返す訳ありの人だ。君に聞きたい。心当たりはないか？　四十代前後の、中肉中背の男性だ」

花南子は力なく首を横に振る。

「思いつかないです」

横から根尾が言う。

「不審者が女の人なら、安住さんのお父さんに関係がある人かもしれないよね。お父さんに気があるとか、付き合ってるとかして、どんな子どもがいるのか見に来たとか」

「それ、うちのお父さんを知らないから広がる妄想だよ」

「男の人ならちがうと思ったよ。あ、安住さんのお母さんの身内ってのはどう？」

「うーん。弟がひとりいるみたい。私からしたら叔父《おじ》さんだね。でも、北海道に住んでいるから突然ここに現れるのはどうかな」

「お母さんの弟なら年齢的に合っているかもだけど。そうだ。前から聞いてみたかったんだ。五月さんってひいおばあさんだよね？　おばあさんってどうしているの？　お父さんの母親、あるいはおじいさんだったら父親だね」

もっともな質問だ。隠すような話でもないので花南子は手短に説明した。

花南子の父方の祖父は、父が小学生の頃に病気で亡くなったそうだ。祖母であり、五月さんのひとり娘でもある誠子《せいこ》さんは、移り住んでいた茨城県で花南子の父と、その姉である宏美を女手ひとつで育てていたが、子どもたちが高校生のときに再婚した。

「今は千葉に住んでいるから、たまにしか会えないのよ」

「ふーん」

「再婚相手の人と古民家カフェをやってて、私も行ったことがある。自然に溶け込む暮らしっていうのかな。山から切り出した木で、家具もテラスも作っちゃうの。元気で幸せそうだった」

訪ねたときにふるまってもらった川魚の天ぷらや果物のタルトはとても美味《おい》しくて、一緒に行った父親との山歩きも楽しかった。小学校の頃の思い出だ。

「だったら問題みたいなことは何もないんだね」

根尾の言葉に花南子はうなずいたものの、複雑な思いにもかられる。父親も宏美も、誠子さんの再婚に反対はしなかった。相手の人柄に信頼が持てたから受け入れて祝福したらしい。けれど本心はどうだったのだろう。ふたりは高校卒業を機に相次いで家から離れ、東京や神奈川に住むようになった。

五月さんや、その頃はまだ生きていた五月さんの夫の剛《つよし》さんのもとを、ちょくちょく訪れるようになった。すでにさつきハイツは今の場所にあったので、祖父母は孫がいつ来ても泊まれるよう、一〇二号室を人に貸さないようになったのだ。

「そういえば、この部屋にはお父さんのお姉さん、いつもの呼び方はヒロちゃんね、その人が住んでいたのよ。もしかしたら心当たりがあるのかも。ヒロちゃん自身が今、四十歳だし。明日の土曜日には五月さんのお見舞いに来るから、聞いてみる」

「元住人の可能性は高いね。安住さんはここに越してきてから、まだ数日しか経《た》っていない」

「それ、忘れてたわ。もう何年も前から住んでいたような気がして」

「事情があってチャイムを押しづらく、フェンス越しに様子をうかがっている人か」

「どんな事情かな。早く知りたい」

今津さんが「ふたりとも」と、たしなめる口調になる。

「元住人に聞けるものなら聞くべきだろう。疎遠になっている友人や知人というのは考えられる。でも先入観は禁物だ。もったいぶらずにフラットに尋ねて、具体的な話が出てきたら教えてほしい」

「今津さんに？」

「他に適役がいるなら、ぜひその人に」

「すぐ知らせます。お待ちください」

花南子の熱意に気圧《けお》されるように今津さんは腰を浮かし、「めぼしい話がなかったら報告はいらない」と言い残す。根尾も立ち上がった。花南子も玄関先まで見送り、表に出たついでにとなりの一〇三号室をうかがった。

静まりかえっている。とっくに寝たのだろう。今津さんにどうかしたのかと問われ、渡辺さんが訪ねてきた件を話した。

「五月さん、早く帰ってきてくれるといいんですけど」

思い出話を語り合うのも大切な楽しみのひとつだろう。あの手紙は貴重なアイテムにちがいない。待っていてくださいねと心の中で語りかける。

今津さんからは「戸締まり」としつこく言われ、ふたりの見てる前で室内に戻り、ドアの鍵をしっかり掛けた。

3.

昨夜は部屋から出られなかったので、今日は動こうと張り切ったものの、そのあては不審者の話を聞かせてくれた藪内さんちの奥さんと、五月さんのお見舞いにやってくる宏美だけだ。

他に誰かいないかな。手がかりを摑まなくちゃ。自分なりにモチベーションを上げながら朝ご飯を食べ終えると、花南子はまず藪内さん宅に向かった。

住宅街の単位からすると、ツーブロック先の角を曲がってすぐにある一軒家だ。犬を飼っているので散歩がてら近所をよく歩いている。そのおかげで見慣れぬ男性の出没に気付いたのだ。

週末の午前中とあって不在を危惧したがガレージに車はあって、チャイムを鳴らすとインターフォン越しに応対してくれた。奥さんは五月さんのコーラス友だちで、年齢は六十代くらい。長いことデパートで働いていたそうだ。ごく最近、初めての孫が生まれた。

待っててねと言われて玄関先に立っていると、潑剌《はつらつ》としたパンツ姿で現れた。メイクもばっちりなので出かける準備をしていたのかもしれない。犬はケージに入れてきたそうで、「この前の件で」と花南子が声を潜めると、玄関ドアを閉めて出てきてくれた。

「気になっていたのよ。その後、どう？」

「他にもそれらしい男性を見かけた人がいます。やっぱりさつきハイツのフェンスに、くっつくようにして立っていたみたいで」

「心配よね。警察にはちゃんと言ったけど、目を光らせてくれるわけではないし」

「もう少し手がかりがほしくて。その人のことで覚えていることや気付いたことはありませんか。なんでもいいんです。この前は、三十代か四十代で中肉中背のふつうっぽい男性と言ってましたよね。他にもあったら教えてください」

藪内さんは顔を曇らせ考え込む。

「他ねえ」

「藪内さんが見かけたのは、夜の九時過ぎと十時手前の二回ですよね」

「実は昨日の朝も見かけたの」

花南子は驚いて聞き返す。

「昨日？　朝ですか」

「七時半くらいで、近所の子どもが小学校に行く前の時間よ。まわりが明るかったから、私、思いきって声をかけようとしたの。でも、なんて言えばいいのかと思っているうちに、その人は歩き出してどんどん行ってしまったわ」

「もしかしてバス停の方角に？」

うなずいて「ごめんなさいね」と言う藪内さんに、花南子は首を横に振る。

「声をかけて何かあったら大変ですし」

朝と晩、一日のうちに二回も来たと言うことか。そのしつこさにゾッとする。

「明るかったなら、顔は見えましたか？」

「離れていたからはっきり見えなかった。ただ、むさ苦しい印象はなかったの。スーツ姿ではないけれど、身なりはきちんとしてたんじゃないかしら。これから仕事に行くような、ふつうの会社員に見えたわ」

　藪内さんは話しながら目を泳がせる。

「どうかしました？」

「もしかしたらあなたの住んでいる部屋を訪ねたかったのかもしれない。けれどできなくて、何度も出直している。つまり、あの部屋に関わりのある人かしらと思って」

　昨夜、今津さんからも同じようなことを言われた。目的があって繰り返し現れている人ではないかと。

「藪内さん、心当たりはありますか。私にはぜんぜんなくて」

「私が思いつくのはヒロちゃんよ」

　言いにくそうに告げられる。

「お付き合いしていた男性がいたでしょう？　花南ちゃん、知らない？　私は何度か見かけたことがあるわ。仲よさそうに駅からの道を歩いていたのよ。真面目で優しそうな人だった。あの人のこと思い出してね」

「ヒロちゃんの元彼？」

　何も知らなくて目を丸くする。

「もう何年になるかしら。十年くらい経つかも。五月さんも楽しみにしていたのよ。いい人とお付き合いできて良かった、これで肩の荷が下りるって。可愛がっていた孫娘ですものね。それなのにいつの間にか姿を見かけなくなって。ヒロちゃん、ずいぶん痩せてしまった。近所のおばさんでしかない私も心配したものよ」

　十年前なら花南子が五歳の頃だ。

「私、ぜんぜん知らないかも。お父さんはいっときすごくヒロちゃんのことを気にしていました。五月さんとも真剣に話し合っているような。でもあれ、会社の話じゃないですか。誰かに意地悪されているって」

「そのころ、会社でも何かあったみたいね。恋愛でも仕事でもうまくいかなくて、五月さんはダブルパンチと言ってた。ヒロちゃんはすっかり参ってしまい、どうなることかと気を揉んだわ。あれを思えば元気になってくれてほんとうによかった」

　うなずいて話を戻す。

「藪内さんが見かけた男の人は、その、元彼っぽかったんですか」

「そうなの。でも勘違いってこともありえる。何しろ十年も前の話だし。似た背恰好《せかっこう》というだけで『あの人だ』と思っちゃうから」

「今ごろ、なんで現れるんですか」

「さあ。それはわからない」

　藪内さんは困った顔になり、まずは五月さんの意見を聞くようにと言われた。五月さんの入院を知らず、ちょっとした不在だと思っているのだ。

　午前中の忙しい時間に、貴重な話を聞かせてくれたお礼を言って、花南子は藪内さん宅をあとにした。まっすぐ帰る気にはなれず足を延ばして小さな公園に寄る。

　ベンチに腰かけるとため息が出た。気持ちがひどく塞ぎ込んでいる。なぜだろうと思えば、宏美の恋愛話だ。仕事先の揉め事よりも、やっぱりそちら。もしもうまくいっていれば結婚し、仲睦まじい家庭を築いていたのかもしれない。子どもだって生まれていたかもしれない。温かで優しい一家団欒《だんらん》が思い浮かぶので、それを得られなかった現在がたまらなく苦い。すんだことではなく、花南子にとっては今だ。

今日はこれからランチの約束なのに。どういう顔で会えばいいのだろう。自分は素知らぬふりができるだろうか。いや、不審者の究明という意味では積極的に聞かなくてはいけない。ここしばらく出没している男性が、関係しているかもしれないのだ。

知らず知らず背中を丸めてうつむいていた。息を大きく吸い込んで、大きな木の枝葉を見上げているとスマホが振動した。

根尾からだ。出たとたん、「どこにいる?」とくぐもった声で尋ねられる。

「アパートのすぐ近く。藪内さんから話を聞いたところ」

「不審者がいる」

朝でもなければ夜でもない、土曜日の午前十時なのに?

「今すぐ戻って来られる?」

「もちろん」

「そっと来てほしい。おれも電柱に隠れている」

花南子はあわてて立ち上がり、公園を出て来た道を引き返した。アパートが見えたところで足音にも注意を払う。飛び出さないように気をつけて根尾を捜すと、アパートの手前、斜め前、路地の角に立つ電柱から腕が振られた。

駆け寄って根尾にぴったりくっつく。

「まだいる?」

「いるよ。こっそり見て」

おそるおそる電柱から顔を出す。右から数えて二番目の庭、緑に縁取られたフェンスの前に誰かいる。目を凝らし、花南子は固まった。

「大きな声を出すなよ」

「女の人? そうだよね?」

声を殺して言うと、根尾は首を縦に振った。

「どうして?」

「わからない。でも、安住さんちをずっと見ているんだ」

電信柱のそばには根尾の自転車が駐《と》まっていた。様子見がてらふらりとやってきて、妙な女性に気付いたそうだ。

「あれは誰なの」

「知らないってば」

「なんで男の人じゃないの」

「おれも聞きたい」

路地の幅の分だけ距離があるとはいえ、ほんの四、五メートルだ。後ろ姿ながらも相手の服装はよく見える。焦げ茶色の膝下スカートに灰色の上着。黒っぽい帽子をかぶり、髪の毛は肩よりも短い。バッグの類《たぐ》いは持っていない。

近所の人だろうか。そう思った矢先、女性が動いた。花南子たちは電柱と垣根の間で身を縮める。息さえ止めていると女性がやって来る気配はなく、どこに行ったのだろうとこわごわ覗けばさっきハイツの出入り口に吸い込まれていく。

そのまま北側の玄関に向かうと思いきや、一番右の、一〇一号室の庭に入っていった。建物に沿った通路には木戸の類いがなく、入ろうと思えば誰でも入れる。

「不法侵入だ」と根尾。

「違法だよね。警察に捕まえてもらえる」

花南子も負けずに言う。

女性はさらに移動し、一〇二号室の庭に移動した。各戸の庭は簡単な柵で仕切られているだけなので、となりに移るのはあっという間だ。

「こんな昼間に堂々と」

「警察に通報する？　した方がいい？」

「警察が来るまでに逃げられたら口惜《くや》しい。安住さん、そばに行って話しかけられる？」

「私が？　根尾くんは」

「写真を撮る」

スマホを示され納得せざるをえない。貴重な一手だ。ぼやぼやしている暇はない。

何かあったら声を出して呼ぶ、すぐに助けに行く、そんなやりとりをして花南子は電柱から飛び出した。迷わず路地を横切り、出入り口の脇から一〇一号室の庭に入る。後を追う形だ。女性は一〇二号室の庭にかがみ込んでいた。庭の雑草をしげしげと覗き込んでいる。

「ちょっと」

強めの声で呼びかけた。女性はびくんと身体を震わせて振り返る。花南子を見て、お化けでも現れたかのように驚く。その拍子に尻餅までついたが、「きゃっ」という悲鳴のあとすぐに立ち上がった。上着のポケットからサングラスを取り出してかける。

「何よ、あなた」

女性は毅然とした声で言い放った。サングラス越しに睨《にら》まれているのがわかる。

「いきなり驚かせないでちょうだい」

「それはこっちのセリフです。あなたは誰ですか」

「聞くからには、まず自分が名乗ったらどう？」

威勢の良さはさておき、明らかに高齢の女性だった。さっき会った藪内さんよりもおそらく年上。サングラスをかけ帽子をかぶっていても頬や口元の皺は隠しようもない。ほっそりとした手の甲も高齢者のそれだ。

「私はこの部屋の住人です。この庭も家の一部です。あなたは許可なく入った。警察を呼びます」

花南子は一〇二号室を指さして言った。

「この部屋の？　あらそうなの。大げさなこと言わないで。ちょっと見せてもらっただけよ」

「ここで何をしていたんですか。あなたのしているのは違法行為ですよ」

「ほんの庭先でしょ。えらそうに。探し物があったのよ」

「探し物？」

「ええ。私、以前ここに住んでいたの。珍しい植物を植えていたんだけど、引っ越し先で枯らしてしまって。ここにはまだ残っているかもしれないと思い、寄ってみただけ」

たしかに女性は庭の隅を覗き込んでいた。

「どういう植物ですか」

「珍しい……蘭《らん》よ」

「蘭？　なんていう蘭ですか」

「コチ……」

「は？」

「コチ蘭。聞いたことないでしょう？　だから珍しいの。でもなかったからもういいわ。お邪魔さまでした。もう来ないから安心して」

お高くとまった雰囲気で、女性は花南子の目と鼻の先を横切る。悠然とした足取りのつもりだろうが、足場の悪いところなのでところどころでつっかかる。

花南子は思わず手を伸ばし、転びそうになったところを支えた。

「あなたの名前を教えてください。でないと警察を」

「しつこいわね。私、警察にだって顔の利く人間よ」

「名前を」

「中山《なかやま》。これでいい？　気は済んだ？　お見送りはけっこうよ」

支えてくれた花南子を押しのけ、女性は足早に去って行く。路地には根尾がいたが、女性は目もくれず路地を突き進む。しばらく先に駐めてあった車の運転席に座りエンジンをかける。まっすぐ前だけを見て発車させた。

啞然《あぜん》とするあまりしばらく立ち尽くしたのち、問われるまま花南子は今のやりとりを根尾に語った。

「なんだよそれ」

「だよね」

「植物ってのは嘘ください。でも探し物ってのは有りかもしれない」

「うん。あの男の人も同じだったりして」

今の女性と昨夜の男性では共通点が何も浮かばない。けれど探し物と考えれば、似たような場所に立っていてもおかしくない。

「女の人は一〇二号室に住んでいたとも言ったのか。調べる方法ってある？」

「私、これからヒロちゃんに会うのよ。聞いてみようか」

「そっか。それいいね。珍しい植物について確認してくれる？　あと、庭で何か拾い物をしたかどうかも」

根尾はにっこり微笑むが、花南子はさっきの話を思い出して眉根を寄せた。

「どうかしたの？」

「ヒロちゃんのことなんだけど」

今度は藪内さんの話を伝える。根尾は神妙な面持ちになるだけで、面白がるようなリアクションもなければ無責任な憶測も口にしなかった。それにずいぶん救われる。

「せっかく会うんだから、元彼のことも含めていろいろ聞いてくるよ。頑張るね」

「写真があればはっきりするのにな。男の人のはないから」

根尾はそう言って、たった今撮ったばかりの女性の写真をＬＩＮＥで送ってくれた。サングラスをかける前の顔写真もある。

あらためて思う。この人は何者だろう。おそらく昨夜の男性と無縁ではない。

4.

五月さんの入院という一大ニュースは、五月さんとよく相談して細心の注意を払いつつ宏美に報告した。本格的な隠し事にしてしまうとバレたときに傷つけてしまうし、こちらの信用も失う。もとより隠したいわけではない。大騒ぎをさけたいだけだ。

そこで救急車での搬送とは言わずに、ぎっくり腰の再発で、念のための検査入院という体《てい》にした。

宏美はそれでも驚き、なぜ知らせてくれなかったのかと憤慨した。花南子がひとり暮らしになっていたことにも嘆く。今すぐ行く、さつきハイツにしばらく滞在する、というのを五月さんと花南子のふたりがかりで宥《なだ》め、週末の土曜日に来てくれることになった。さつきハイツの宿泊も、五月さんが退院したときに頼みたいと説得した。

病院近くにあるファミレスでランチを食べる約束になっていたので、根尾と別れて身支度を調え自転車で向かった。

宏美に会うのはお正月以来で久しぶりだ。相変わらず化粧っ気に乏しく、控えめな顔立ちがいっそうおとなしく見える。宏美は栄養士の資格が取れる専門学校を卒業した後、企業の社員食堂を請け負う会社に就職したもののそこが倒産。給食センターに非正規雇用された後、トランクルームを経営する今の会社で事務員として働き始めた。川崎《かわさき》市北部にある会社だったので、そちらに近いアパートに引っ越した。

いつだったか、仕事や資格について学んだ頃、宏美が栄養士としての資格を活《い》かしていないことに気付き、どうしてなのか尋ねたことがある。宏美が言うには、栄養士の資格を持っている人は多く、正規雇用の口がなかなかみつからないとのことだ。自活するために栄養士以外の仕事を探し、今の会社に入ったそうだ。

その会社もすでに勤続十年を超えている。最近では余暇の時間を使い、ボランティア活動に参加している。満足に食事を得られない人たちに、公園の一角を借りて豚汁や弁当を配ったり、食堂で子どもたち相手に夕飯をふるまったり。栄養士としてのスキルが役に立つこともあるようで、お正月に来たときは誇らしそうに話してくれた。

宏美の近況を聞き、話が花南子のひとり暮らしに移ったところで、「実は」と慎重に切り出した。変質者や痴漢とは決めつけられないよう言葉選びに注意を払う。

「ヒロちゃんに会えたら聞きたいと思ってたんだ。最近、アパートの近くに四十代くらいの男の人をよく見かけるの。ふつうの会社員みたいな恰好で、きちんとしている。ほんとうは一〇二号室を訪ねたいけど、ためらっているようにも感じられて。ヒロちゃん、心当たりはない?」

宏美はドリンクバーから持ってきたティーカップに手を触れたところで固まる。

「急にそんなことを言われても」

「困るよね。よくわかる。でも私もやっぱり気になって。最初にその人に気付いたのは藪内さんのところのおばさんなんだ。ヒロちゃんもよく知っているよね」

「うん、まあ」

「それで藪内さん、昔、ヒロちゃんが親しくしていた男の人にちょっと似てるかもしれないって。ちょっとだよ。ほんのちょっと。年頃と体格ね。藪内さんもちがうかもしれない、勘違いかもしれないとずいぶん言ってた」

宏美はテーブルに置いていた手を引っ込め、うつむいた。まるで古傷に塩を振りかけている気持ちになって花南子もいたたまれない。

「変な話をしてごめんね」

「ううん。ちょっとびっくりしただけ。もうずいぶん昔の話よ。十年くらいになるかも。花南ちゃんはぜんぜん知らないでしょ」

落ち着いた声で言われ、黙ってうなずく。

「私が二十代後半の頃よ。給食センターで働いていたときに、調理器具のメンテナンスに来る同い年の男の人と顔見知りになって。あるとき町の本屋さんでばったり会った。本について話せたのが楽しくて、相手もそう思ったみたい。ちょっとずつ言葉を交わしていたら、お互いにお休みの日に待ち合わせて、一緒に過ごすようにもなったの」

食事に行って、さつきハイツまで送ってくれることもあり、あるとき意をけっして「よかったらお茶でも」と宏美の方から誘ったそうだ。生真面目な彼は顔を赤らめ、たどたどしく驚いたり戸惑ったりしつつも寄ってくれた。紅茶とクッキーでもてなしたと言う。

宏美はダムの底に消えた遠い故郷の風景を思い浮かべるように、優しく丁寧にかつての日々を花南子に語ってくれた。慎ましやかで温かなものが、二十代男女の間に育まれていたことは、中学生女子にも大いに想像できた。短編映画を垣間見るような叙情的な気持ちにもなる。けれど慈《いつく》しむべき穏やかな時間がつつがなく続いていれば、現実は大いに変わっていたはずだ。

「それでね、ふたりで会うようになって一年が過ぎる頃、高校時代の女友だちからコーラスの発表会に来てくれないかと、チケットが送られてきたの。彼女は社会人の合唱サークルに参加していて、前にも定期公演会に行ったことがあったのよ。彼にそのことを言ったら、お互いの高校時代の話になって、ふたりともクラス対抗の合唱コンクールをよく覚えていた。懐かしいねと、彼も一緒に行ってくれたのよ」

場所は都内にある公共施設のホールだった。公演のあと、参加メンバーたちはロビーに出てきて観客たちを見送った。友だちもいたので宏美は挨拶に行き、彼を紹介した。友だちはとても喜んでくれて、よかったら次の公演会も来ないかと、その場でチケットを二枚くれた。

けれど宏美はあいにく風邪を引いてしまい、公演会には行けなかった。せっかくもらったチケットなのに申し訳ない、というようなことを流れでもって口にしたかもしれない。深い意味はなかったのに彼は真に受けたのか、ひとりで出かけた。そしてサークルのメンバーに誘われ、練習の場にも足を運ぶようになった。休日に宏美と会う時間は減っていき、彼が正式メンバーになる頃、ベートーヴェンの第九をしっかり歌いたいからしばらく会えないと告げられた。

「相手がベートーヴェンなら仕方ないって、あのときは思ったのよね」

宏美の顔に苦笑いが浮かぶ。

「歌えるようになったら『しばらく』は終わるとばかり思っていた。でもベートーヴェンの次にはモーツァルトがあって、そのあとは日本の叙情曲が続くのよ」

しばらくは終わらず、大事に育ててきた関係の方が哀しい曲がり角を迎える。

「ベートーヴェンから一年くらいして、その彼はチケットをくれた私の友だちと結婚したの」

予想の上を行く厳しい結末に、花南子は絶句した。

ファミレスのにぎやかな話し声や食器のふれ合う音、子どものはしゃぐ声が遠ざかる。

うまくいかなかったから彼は宏美のそばに今いない、ということはよくわかっていたのに、受け止めきれないほど重たくて痛い話だ。よりにもよって、友だちに取られるなんて。

気がついたら涙ぐんでいた。鼻をならして目尻をこすっているとティッシュが差し出された。

「泣かないでよ、花南ちゃん。あなたが哀しくなることはないのよ」

「なるよ、すごく。だって」

宏美には幸せでいてほしい。笑っていてほしい。傷ついてほしくない。

「ありがとうね。でも大丈夫よ。こうしてほら、元気にやっているじゃない」

「うん」

「あのときは仕事先も大変だったの。今で言うパワハラみたいなことがあって、セクハラみたいな侮辱もあって、ひたすら凹んでた。自分っていう人間がぜんぜんダメだから何もかもがダメになって、生きていく価値さえないような気がした。恋愛も失敗、仕事も失敗。これから先も全部失敗、みたいに思えてね」

ちがうよ、絶対ちがうと目で訴えると、宏美は気付いてくれたようで小さくうなずく。

「そんなときに仕事の方はいいことがあったんだ」

「いいこと?」

「パワハラの元凶だった部長を告発する文書が、会社の上層部に届いたの。写真や録音テープといった生々しい証拠品も多数添えられていたらしい。被害に遭っていたのは私だけじゃなく、他の女性もいたし若手男性の中にもいたから、誰が告発したのかは未《いま》だにわからない。そういう穿鑿《せんさく》をするどころではなく、社長や会長にまで話が伝わって大ごとになったの」

　人事は一新され、パワハラ部長をボスとした一派は子会社に出向となった。その後、こっそり戻ってくる者もいれば退職した者もいる。

「会社側からちゃんと謝ってもらい、仕事は辞めずにすんだ。信頼できる人たちと少しずつ働きやすい職場を作り、今でも私なりに頑張っているのよ。ボランティアを始めるきっかけをくれた人もいる。捨てる神あれば拾う神ありって言葉があるじゃない。あっちがダメでもこっちはなんとかなる。だから花南ちゃんが心配しなくていいの」

　優しく言われ、それにも心が揺さぶられる。むしろ手放しで大泣きしたくなったが、なんとかこらえた。十年前、どん底にいた宏美を助けてくれた人たちに感謝するばかりだ。

「ほんとうに私からしてもずいぶん昔に思えるけれど、あの部屋に多少なりとも関わりのある人で、四十代前後の男性となると彼しか思い浮かばないわね」

「その後、連絡は取ってる？」

「ううん。結婚したのもあとから知ったくらい。私の友だちも気まずいみたいで疎遠になってしまったし。今はどうしているかしら」

　宏美の声は小さくなり、手を伸ばして紅茶のカップを持ち上げた。すっかり冷めてしまっただろうが、気にせずほとんどを飲み干す。

「共通の友だちがいるから一応、聞いてみるね。たぶん家庭は円満だと思うよ。今さら私のところに来るとは考えられない。理由があるとすれば、よっぽどのことよね。そうだな、たとえば、家族に内緒の借金とか」

「え？　そういうのもあるかもしれない？」

「ないない。きっとない」

宏美は明るく首を横に振ったが、この話はもうやめようと言われてしまう。落ち着いているので大丈夫かと思ったが、ほんとうは長引かせたくない話題なのだ。

「変な話になってごめんね。私が知りたいのは謎の男性についてなんだ。これでも頑張って、友だちと一緒に調べているの」

「へえ」

「名探偵みたいでしょ」

茶化して言うと宏美は微笑む。

「なんだか花南ちゃんらしい。中学生というより小学生みたいだけど」

「ひどいな。もうすぐ中三よ。手がかりもあるんだから」

スマホを操作しさっきもらったばかりの、お高くとまった女性の写真を見せる。

「この人に見覚えない？」

「ないよ。ないと思う。男性を捜していると言ったけど、これは女の人だね」

「男の人と同じ場所に立っていたの。怪しいでしょ。ヒロちゃん、『中山』っていう苗字に覚えはない？　昔、一〇二号室に住んでいたと、この女の人が言ってた」

「あの部屋なら、私が住み始めるより前ってことよね」

さつきハイツができたのは三十年以上も前になるが、一〇二号室に限って言えば、宏美のあとは誰にも貸していない。宏美が引っ越したあとも、ときどきやってくる宏美や花南子がいつでも泊まれるように空室になっている。

「そうなるね」

「だったらほんの数人しかいないはずよ。中山さんはいたかな。あとでさっちゃんに聞いてみればっ？」

「そうだね。もうひとつ。ヒロちゃん、あそこの庭で蘭の花を見かけたことはない？　珍しい蘭らしい。もしくは変わった物を拾ったことはない？　何かはわからないけど、珍しい物」

「すごくざっくりしてるね」

思い出すヒントになればと、花南子は出かける前に撮った庭の写真を見せた。

「写真だとまるで広い庭みたい。緑が生き生きしてる」

「渡辺さんがうちのところまで手入れしてくれるから」

「ん？　どなた？」

「となりの渡辺さんよ。おじいさんの」

「一〇三号室のこと？　私がいたときはおばあさんとおばさんの母娘が住んでた。そういえば引っ越すときに、あちらも出て行く話をしていた。そのあと入った人ね」

渡辺さんはもうすぐ九十歳という高齢者なので、ずっと前からいるような気がしていた。宏美の話からするとほんの数年前に入居したらしい。

「他の部屋のことはよくわからないけど、近所に噂好きのおばあさんがいて、一〇二号室の入居者第一号については、いかにもな話を聞かされたよ。お金持ちの愛人さんだったらしい」

「えー、ほんとう?」

「別の物件に住んでいたんだけど、本妻さんにバレて居づらくなり、さつきハイツに転がり込んできたんだって」

「お金持ちの愛人が2Kのアパート?」

「私も思ったわよ。いくらその頃のさつきハイツが新しくたってねえ。そしたらそのおばあさんに言われたの。中島《なかじま》クリニックって知ってるでしょ、旦那さんはあそこの病院長よ。お金持ちに決まってるじゃないって」

花南子は知らない病院だ。でも病院長と聞けばリッチな気がしないでもない。

「前に住んでいた別の物件ってのは、きっとおしゃれなマンションだったよね」

花南子が言うと宏美もうなずく。

「さつきハイツに来て驚いたね。たぶん」

時計を見ればもう一時半だ。面会の時間が来てしまう。宏美には蘭の心当たりも珍しい拾い物もないそうだ。そんな話をしながら残っている飲み物を飲んで、トイレに行ったりして会計をすませた。

病院では宏美が五月さんと感動の対面を果たした。「もっと早く教えて」「驚かせたくなかったのよ」、そんなやりとりも笑顔に彩られてだ。宏美はかいがいしく世話を焼き、五月さんも心底嬉しそうだ。ちょっとした会話がなめらかに進むのは長年の付き合いがあるからだろう。「あれが」「あれね」で話が通じる。

花南子は眺めているだけでくつろいだ気持ちになり、小さな頃のうたた寝を思い出した。さつきハイツの一〇一号室か一〇二号室、ふたりの声を聞きながらまどろむと、自分の頭を撫でてくれる優しい手のひらや遠い歌声を感じられた。ぬいぐるみや毛布のような、心地よいイメージなのだろう。

小さな椅子に腰かけ、しまらない顔で見守っていたが、かろうじて思い出して五月さんに例の件を聞いた。けれどさつきハイツの今までの借主に、中山という苗字はなかったと言う。スマホで見せた写真にも首を横に振られた。

「この人は誰？　もしかして中山さんがこの人？」

「ううん。そうかと思ったけど、ちがうかもしれない」

横から宏美が言う。

「さつきハイツのこれまでだったら、そういうアルバムがなかった？　前に見せてくれたでしょ？建設当時の全景や、元気だった剛おじいちゃんが掃除をしているところ、さっちゃんとのツーショットも貼ってあるの」

五月さんが相好《そうごう》を崩す。

「あーあ、あったわね」

「えー、知らない。私も見たい。一〇一号室にある？」

「そうね。和室の本棚か、押し入れの中の棚か。薄いアルバムよ。わかるかしら」

「あったら見てもいい？　ちゃんと元通りにしまっておくから」

ねだるような花南子の声に五月さんはうなずいてくれた。

各種行われた検査の結果は年相応にまあまあ良好だそうだ。腰の回復を見ながら院内のリハビリを始めるので、入院はもう少しかかるらしい。心配していた知人宅へのホームステイは強く言われなくなり、代わりに知人が様子を見に来てくれるそうだ。昼食や夕食を自宅に招いてくれることもあるらしい。それくらいならばと花南子もお願いすることにした。

長く話していては五月さんの負担になるだろう。時間をおいてからまたそばにいたいと宏美が言うので、花南子は先に帰ることにした。宏美は病院内のカフェコーナーでしばらく過ごすらしい。

アパートに戻った花南子はすぐに一〇一号室でアルバム捜しに取りかかった。「薄い」という言葉を頼りに各種ファイルの間も気をつけながら捜すと、A4サイズの薄型アルバムが数冊出てきた。一冊ずつ調べていくとだいたいは旅行の写真だったが、四冊目でさつきハイツの全景が出てきた。建設途中の写真もある。看板の前でひいおじいちゃんの剛さんと五月さんが並んだ記念写真も。

このアルバムのことだ。あらためて最初のページからじっくり眺めていく。できたてほやほやのさつきハイツは今よりも綺麗《きれい》で初々《ういうい》しい。庭のフェンスは形がちがうので途中で造り直したのだろう。庭そのものも今とは異なる。植木の類いがまったくないのだ。そのせいで余計に新鮮に感じる。

ページをめくっていくと、入居者とのスナップ写真も出てきた。五月さんと一緒に写ったものもあれば、公園の盆踊りに、浴衣姿で参加したものもある。「二〇一号室　我孫子さん」「一〇四号室　岩田さん」と余白に書かれてる。

ときどき入っている日付からすると、さつきハイツがスタートした直後から数年の写真が貼られている。おそらくもう誰も残っていない。ここにしばらく住んで、どこかに転居していった人たちだ。

五月さんにとって、さぞかし懐かしいアルバムだろうと感慨にふけっていると、一枚の写真に目がとまった。若い女性と小学生くらいの男の子、おじいさんに近いおじさん、三人がさつきハイツの庭に立ち、笑顔で収まっている。添え書きに「一〇二号室　國分さん　一〇三号室　渡辺さん」とある。一〇三号室には今現在も渡辺さんが住んでいる。宏美の話からすると、宏美のいた頃は別の人が住んでいたらしい。その人たちが出たあと入ってきたようなのに、三十年前の写真にも同じ苗字の人が写っている。たまたまとも考えられるが、見たところ渡辺さんに似ている。今よりずいぶん若いけれど。

もしかしたら三十年前も渡辺さんは一〇三号室を借りて住んでいたのかもしれない。ありえない話ではない。そして一緒に写っている、國分《こくぶん》さんという人に花南子は少なからずハッとした。つい昨日、渡辺さんが手にしていた封筒の、差出人は國分由貴《ゆき》さんだった。

もしかしてこの女性？

渡辺さんは部屋の整理などして古い手紙を見つけ、懐かしくなって五月さんのもとを訪ねたのだろうか。

いつの間にか夕暮れになっていた。部屋の電気をつけて報告がてら根尾に電話した。

向こうは待っていたらしく開口一番、「どうだった？」と尋ねられる。宏美の話をかいつまんで説明すると、元彼と別れた顛末《てんまつ》については根尾も「うわっ」と声をあげた。誰が聞いても痛い理由なのだ。

不審者が元彼かもしれないという説は今のところ判断しきれない。宏美が一応、探ってくれることになった。一〇二号室の歴代入居者に「中山」という人はいない。これは五月さんも言うのだからまちがいないだろう。宏美が庭で変わったものを拾ったこともない。

そのあとは、さつきハイツにまつわる昔のアルバムがあることを知り、完成直後の姿や、となりの渡辺さんの写真を見つけたと話した。

ひととおり聞き終わった根尾は無言になって考え込む。

「どうかした？　そういえば根尾くんの方で何かわかったことってある？」

「ううん。何もない。不審な女の人について今津さんに伝えたくらい。ただ、女の人が言った『コチ蘭』については調べた。そんな蘭はみつからない。たぶん出任せだろうね。安住さんに詰め寄られ、珍しい植物を探していると答え、それは何かと問われて適当に蘭と口にした。さらに蘭の名前を聞かれ、胡蝶蘭《こちょうらん》が浮かんだんじゃないかな。それはちっとも珍しくないから、まずいと思ってコチで止めた」

「それっぽい。嘘くさかったんだよね。私のことを追っ払いたくて、適当に言った感じだった」

「だとしたら『中山』もいい加減に、本名をもじったのかもしれない」

「どんなふうに？」

「中島という本名をちょっとだけ変えて中山」

どこかで聞いた名前だ。中島。どこだろうと考えて思い出した。

「中島クリニック！」

宏美がかつて聞かされた噂話にその名前があった。一〇二号室に最初に住んだのは、中島クリニックの病院長の愛人らしい。

「それってつまり、あの女の人は中島クリニックの関係者ってこと？」

「可能性はあるんじゃないかな。あの人が乗っていた車はかなりの高級車だよ」

「服装もそうだったかも。スカートも靴も高そうだった。根尾くん、もしかしたら中島クリニックにまつわるすごいお宝の何か、宝石や金塊のしまってある金庫の鍵みたいなのが、うちの庭に隠されているのかもよ！」

「え？　もう一度言って」

「だから、すごいお宝を得るための鍵よ。その昔、病院長が愛人に贈ったの。でもその人は価値に気付かず、うちから引っ越すときに庭に埋めてしまった。それが今になってわかって、捜す人が現れた」

完璧な推理だと花南子は胸を張ったが、根尾の反応は薄い。

「三十年も前に埋めた物が今でもあるかな。フェンスのリフォームとかもあったんだよね。土を掘り返す作業もいろんな場面でありえるし。広いならともかく、すごく狭いよ」

「うちの庭をディスらないで」

「とりあえず、あの女の人の正体を突き止めようよ。写真も撮ってあるんだ。再会できたらほんとうのことを聞きだそう」

「もしかして中島クリニックを当たってみるの？」

「うん。近所のおばあさんの話では遠くなさそうだ。場所がわかったら明日にでも行ってみる」


夜になると今津さんからＬＩＮＥがあり、ときどきチェックするから不審者の心配はしないようにと言われた。思いのほか律儀な人だ。もちろんありがたい。花南子は宏美の元彼の話や、一〇二号室を最初に借りた人の話などをＬＩＮＥに書いておくった。既読にはなったが返信はなかった。

今津さんのおかげで不安は薄れ、夜の時間は穏やかに過ごせた。ベッドに入って目をつぶってからアルバムにあった写真を思い出す。となりの渡辺さんが写っていた一枚だ。

一緒に収まっていたのは若い女性で、添え書きからすると一〇二号室に住む國分さん。その女性が一〇二号室の初代の住人だとすると、病院長の愛人と噂された人なのだろうか。まどろみの中で思い返すと、目鼻立ちの整った綺麗な人ではあった。では、大人ふたりの間に挟まれるように立っていた男の子は誰だろう。どんな顔だったのか、さすがに覚えていない。

起き上がって確認しようと思っているうちに、花南子は眠りに吸い込まれていった。

5.

翌朝はいろいろあわただしかった。五月さんの友人という顔見知りのおばあさんが、朝の八時から張り切って現れた。ベッドの中でのんびりスマホをいじっていた花南子は、チャイムとノックで叩き起こされ、寝癖の髪をひとしきり笑われた。洗濯するからと、着ている物一式も剝《は》ぎ取られる。洗濯や朝ご飯の支度は一〇一号室でするそうだ。五月さんの許可は下りているのだろう。一〇二号室からはお引き取りいただきたくて、すぐさま一〇一号室の鍵を手渡す。言われるがままシーツと掛け布団カバーも差し出した。

根尾が調べてくれたところによれば、中島クリニックはとなりの藤沢《ふじさわ》市内に一軒あるそうだ。大船《おおふな》駅からモノレールに乗り、途中駅で降りて徒歩五分。他はどこも遠いのでおそらくここだろうと言われる。写真の人を捜すとなると時間がかかりそうで、五月さんの病院には午前中、顔を出すことにした。お手伝いに来てくれたおばあさんにもそう話し、用意してもらった朝食をすませると、洗濯物干し、掃除、整理整頓と忙しい。十時半にはお引き取りいただき、自分も出かけた。病室では五月さんから

「毎日来なくていいのよ」と言われるが、不審者調べという隠し事をしているせいか、いつもと変わらない自分をアピールしたくなる。

お昼ご飯は病院内のカフェでカレーセットを食べさせてもらう。午後は用事があるのかと五月さんに問われ、友だちと一緒に勉強すると答えた。

根尾も友だちのひとりであり、調査活動も勉強の一種だと思えば嘘ではない。

昼食を終えて五月さんと別れてから、花南子は根尾に連絡した。不審者の手がかりを得るために、とにかく行ってみようという意見には賛成したものの、今日は日曜日なので病院は閉まっている。

成果は期待できないと思っていたが、根尾はすでに現地に出向き、病院の緊急受付にいた人に女性の写真を見せたそうだ。

「すごい。度胸があるね、根尾くん」

「昨夜からずっと考えていたんだ。どう言えば怪しまれずに写真を見てもらえるかって」

電話越しの声に興奮が残っている。

「なんて話しかけたの？」

「財布を拾ってもらったので相手の人にお礼がしたいって。中島クリニックの関係者らしいと聞いたんですけど、それ以上のことがわからなくて、みたいな」

「お礼か」

言われた方は油断するかもしれない。助けてもらった恩返しと聞けば悪い話ではない。なぜ画像を持っているのか、そこは圧倒的におかしいのだけれど、ちらりとでも見たら、その画像に反応してしまう。

「おれはすごく真面目で礼儀正しい中学生を装ったよ。学生証も見せた。受付の人はあまり疑わずに写真を見てくれて、『これ奥さんだ』ってさ」

「奥さん！」

「病院長の奥さんらしい」

花南子はそれを聞いて大急ぎで駅に向かい、大船に出てモノレールに乗り換えた。根尾に言われた駅で下車して改札口で合流する。病院の最寄り駅よりふたつ手前の駅だった。そこから彼の案内で住宅街に入っていく。

「病院長の自宅まで教えてくれたの？」

「いや。でも病院のサイトを見れば院長のフルネームがわかる。それを頼りに検索をかけると、地元のタウン誌に夫婦揃ってのインタビュー写真が載ってた。その写真ってのが自宅の庭で撮ったもので、住所も途中まで書かれていた」

しゃべりながらも根尾の足は速い。花南子は小走り状態だ。町名と何丁目なのかがわかったところで、あとはグーグルマップの航空写真だ。大きそうな家を探しては片っ端から訪ね歩いた。その中の一軒に、昨日見た車が駐まっていたと言う。今は在宅の可能性が高い。けれど一度出てしまえばもう捕まらないかもしれない。

モノレール駅から小走りで七、八分。大きな一軒家に到着した。

ゆったりした敷地に、茶色の外壁が高級感を漂わせる二階建ての家で、庭木も緑豊かに茂っている。根尾が言ったように、二台分設けられた広いガレージに、見覚えのあるベージュの車が一台だけ駐まっていた。

意を決して、門扉に設置されたインターフォンに向き合う。

「今度は安住さんが行ってくれる？」

「私？」

「財布のお礼みたいな小芝居はいらないよ。正面から当たって、適当なごまかしではない、ほんとうの話を聞かせてもらうんだ」

ここまで根尾はたったひとりで奮戦してくれた。自分も気張らなくてはならない。

「わかった」

花南子は腹を据えてインターフォンのボタンを押した。最初に出てきたのは奥さんではなさそうだ。

昨日お会いした安住と申します、と言うと「お待ちください」と引っ込む。

次に出てきたのは奥さんか。聞き覚えのある声で「家をおまちがえでしょう」と切られそうになる。

花南子はスマホの画像をカメラに向けた。

「あなたの写真があります。うちの庭に立っています」

「ちょっと、どういうつもり」

「お話を聞かせてください。なぜうちの庭にいたのか、理由がわかればしつこいまねはしません。私は理由が知りたいだけなんです。ありますよね、理由が」

インターフォンが切れた。ダメだったかと立ち尽くしていると、玄関のドアが開いて昨日の女性が出てきた。しっかりしよう、全力で自分に言い聞かせる。横から根尾に「今津さんがついてるよ」と言われた。不意を突かれてびっくりする。

「励ましのつもり？」

「名探偵がこっち側にいるって、心強いでしょ」

「あの人がいたら、よけいなことをするなと怒るよ」

「そういうのがいかにもなんだよ。頑張っていい報告しよう」

むしろ内緒にすべきではと抗議したかったが、奥さんがもう目の前だ。肩をそびやかし、全身で怒りを表している。

もちろんたじろぐけれど、一昨日の夕方、今津さんを待ち伏せして呼び止めたときも、自分史上最大クラスの覚悟がいった。

「こんなところまで押しかけて、なんのつもり。どうしてここがわかったの」

「いくつかの手がかりがあったので突き止めました。うちの庭に無断で立ち入った理由を聞かせてください」

「そっちこそ、無断で写真を撮っていたのね。隠し撮りだって立派な犯罪よ」

「だったら警察を呼んでください」

花南子が言い返すと、奥さんは憎々しげに顔を歪《ゆが》めた。

「子どものくせに。どういう育ち方をしたのかしら」

「そんな話よりも、庭に入った理由です。コチ蘭というのは出任せでしょう。ほんとうはなんですか。それとも私の部屋を覗いていたんですか」

「まさか。植物を見ていたのはほんとう。蘭ではなくてバラだけれど。種類はわからない。ただあの庭にバラがあるかどうかが知りたかったの」

蘭と言われたときも困惑したがバラもだ。

「どうしてバラなんですか」

「うちの人が余命わずかなの。あともって数ヶ月。年は越せないでしょうね。そしたら、ある人に会いたいと思ったみたい。弁護士を通じて連絡したところ、相手はこう言い出したの。あの庭にまだバラがあったなら会いに行くって。私はたまたま報告しているやりとりを聞いてしまい、あやうく吹き出しそうになったわ。だって相手は四十過ぎの男よ。それがバラうんぬんなんて、少女趣味もいいとこ。馬鹿みたい」

奥さんはそう言ってほんとうに笑った。

けれど花南子の頭の中では様々なピースがめまぐるしくまわる。「あの庭」とは一〇二号室の庭を指すのだろう。それにこだわっている人間がもうひとりいるらしい。四十過ぎの男性だ。もしやと思い根尾を見ると、小さく目で応じる。同じことを考えているのだ。

「その男の人はどういう人なんですか」

「あなたには関係ないわ」

「あります。最近、フェンスの向こうに男の人が何度か立っていて、近所の人からも心配されています。私も恐いです」

「ああ、そういうこと」

奥さんの声音がストンと変わる。

「それは災難だったわね。痴漢か何かと思った？　あなたが必死な理由、ようやくわかったわ。心配しなくても大丈夫。目当てはあなたではないし、もう行くこともない。だってあの庭にバラはないもの。そうでしょう？　彼だって諦めたはずよ」

小さな庭なので見落としはないだろう。たとえ植えられていたとしても、おそらくバラは枯れてしまった。

「その男の人、会いたがっている人のもとに行かないってことですか」

「さあ、どうかしら。行けば認知してもらえるから」

「認知?」

「うちの人の息子だと、法律上認めてもらえる手続きをするのよ。そういう話になっているみたい。だから、バラがなくたって来るんじゃないの。認知されたら、うちの人が亡くなったときに遺産分与がある。でもね、そんなのほんのわずかな額よ。入《い》り婿《むこ》だったうちの人の財産なんてたかがしれている。私にしてもどっちでもいいの。認知されようがされまいが今さらよ。ただ、あのアパートの庭にひょっとしてと思ったら、好奇心がうずいただけ。あったら面白かったのにやっぱりないんだもの。あーあ、つまらない」

毒をはらんだ笑い声に、花南子は気圧《けお》されて立ち尽くした。

6.

それから何を言ってどう立ち去ったのかは覚えていない。来た道を黙々と歩いてモノレールの駅にたどり着く。ホームに上がると間もなく銀色の車両が入ってきたので、それに乗る。根尾は今の出来事を今津さんにＬＩＮＥで送っていた。

花南子の中には奥さんの話が未消化のまま横たわっている。むき出しの敵意に当てられへろへろだ。

この上、今津さんにも怒られるのかと思うと気持ちがどこまでも沈んでいく。

終点の大船駅で下車してJRに乗り換え、最寄り駅の湘東台に向かう。通路にあった自販機でミルクティーのペットボトルを買った。甘い飲み物だけがつかの間、心を癒やす。

「安住さん、今津さんから返事が来たよ」

「え?」

「話があるから、寄り道せずにまっすぐ帰るようにって」

「やだなあ。帰りたくない」

根尾は子どもみたいだと笑う。今津さんに怒られることが苦ではない様子だ。けろりとしている。見かけよりずっと神経の太い人間なのかもしれない。

「念のため聞くけど、根尾くんは今津さんが恐くないの?」

「昼間、ちょっと動いただけだよ。危ないことはしていない」

だから大丈夫だと言いたげだ。そうだろうか。いや、甘いのではないか。楽観論とシビアな分析がせめぎ合う中、花南子はアパートにたどり着く。

男性がふたり、アパートの庭に面した道路に立っていた。

ひとりは今津さん。もうひとりは誰だろう。

となりで根尾が小さな声をあげる。

「あの人、もしかして」

男性ふたりも花南子たちに気付いたようだ。歩み寄ると今津さんではない方が頭を下げた。

「まず最初に謝らせてもらわなきゃ。このたびは迷惑をかけてごめんね。このあたりに出没していた謎の男は僕なんだ」

白い綿シャツにジーンズ。ラフな恰好ながらも身だしなみはちゃんとしている。藪内さんが見かけたのはこの人だろう。

「恐がられているなんて思わずに、たびたび来てしまった。ほんとうに申し訳ない」

「どうしてここにいるんですか。なんで今津さんと一緒に」

花南子が問いかける目をすると、今津さんが手にしていたものを見せてくれる。封筒だ。一〇三号室の渡辺さんが一昨日持っていた手紙。

「君から聞いて、ちょっと気になって渡辺さんに話を聞きに行ったんだ。そしたら渡辺さん、このアパートが完成した当時も住んでいて、長らくよそで暮らしたあとに再入居したそうだ。たまたま空いていたのが前と同じ一〇三号室だったのは、不思議な巡り合わせだと笑っていたよ。手紙は預からせてもらった。こちらの男性は差出人である國分由貴さんの息子さんだ」

本人が「國分大介《だいすけ》」と名乗ってくれる。

「手紙の人に連絡したんですか」

「由貴さんはここを出たあと親戚のやっている旅館で働いていたそうだ。そこに電話してみたら、大介さんにつなげてくれた。君たちも昨日といい今日といい、ずいぶん活躍したみたいだね」

よくやったというニュアンスではなく、舌打ちのひとつもふたつもしてやりたいけれど今は我慢しているという顔や声だ。

「だって、ほんとうに恐かったから、なんとかしなきゃと思ったんですよ」

「根尾くんからの報告をＬＩＮＥで読んだ。おおよその状況は君たちの方でも摑んだみたいだね」

「偏った話かもしれないです。ほんとうに強烈な奥さんだったので」

大介さんが横から言う。

「君たちの報告を僕も読ませてもらった。まさか病院長夫人がここにやってくるなんて思いもしなかったよ。驚きもしたしあきれもした。ただ、話の内容はほとんどあっている。僕は感傷にとらわれて昔のバラの件を持ち出した。少女趣味と言われて顔から火が出そうだよ。恥ずかしくて穴があったら入りたい。奥さん、さすがの指摘だね」

今津さんが少しだけ説明を加える。大介さんの母である由貴さんは十年前に病気で亡くなったそうだ。最期にさつきハイツの庭に植えたバラの話をしていたので、大介さんの印象に強く残っていたらしい。それで今回、病院長から会いたいと言われたときに口をついて出てしまい、はからずも面会の条件のようになってしまったのだ。

「だったらそのバラはもしかして」

「まだここで暮らしている頃、病院長からもらった記憶があって」

大介さんの言葉を補足するように、今津さんは封筒から一枚の写真を取り出した。

覗き込むなり花南子は目を丸くする。

「これ、昨日五月さんのアルバムで見たのと同じ」

「渡辺さんと大家さんに、由貴さんが送ったんだろうね」

写真の真ん中に写っている子どもが大介さんだそうだ。三十年が経過し、今ではすっかりおじさん。と言ったら傷つきそうなので黙っておく。写真の大介さんは小さな鉢を持っていた。

「これがバラの苗？」

「うん。でも実は大きな思いちがいをしていた。ここに何度か来ているうちに気付いたんだ。小学三年生の五月、僕は母の日のプレゼントを買いたくて、渡辺さんに相談した。いつも何かと話し相手になってくれたとなりのおじさんだ。渡辺さんは僕をホームセンターに連れて行ってくれた。そこで籠に入った可愛いカーネーションを見つけ、母への贈り物に選んだ。そばには園芸コーナーがありいろんな苗が並んでいたんだよ。珍しさもあって僕はいろいろ見てまわり、バラという札の立った鉢を手に取った。これを植えたらバラが咲くのかな。渡辺さんにそう話しかけたら、大ちゃんの誕生日はもうすぐだねと言って、買ってくれたんだ」

「病院長ではなく?」

大介さんはうなずく。

「僕は大喜びで帰り、渡辺さんと一緒に庭に植えた。どうして忘れてしまったんだろう。もしかしたら、父親だったらよかったのにと心のどこかで思っていたのかもしれない。それで記憶をすり替えたのかな」

花南子は返す言葉をなくし、とても情けない顔になった。大介さんはそれを見て穏やかに微笑む。

「ほんとうのことを思い出してよかったんだ。ここで暮らした二年間は僕にも母にも特別な時間だった。渡辺さんにも大家さんにも他の人たちにも、優しく受け入れてもらい、話しかけてもらい、助けてもらった。ここでの日々があったから、母は自立を考えるようにもなった。引っ越した先でも頑張れたんだ。この年になって気付かされることばかりだ。僕もしっかりしなきゃね。誰かの良き隣人になりたいよ」

足を運びアパートを眺め、物思いにふけり、この人なりに気持ちの整理をつけていたのだろう。曇りのないまっすぐな視線が庭の緑に注がれる。

「花は残っていてほしかったけれどね」

肩をすくめての苦笑いに、今津さんが言う。

「ありますよ。ちゃんと元気に育っていて、もうすぐ花が咲く」

花南子も大介さんも根尾も驚いて聞き返す。

「どこに」

「目の前」

今津さんはすまし顔で涼やかな葉の茂みを指さした。一〇二号室のシンボルツリーとも言えるフェンス沿いの植物だ。

「モッコウバラといって棘《とげ》がないのが特徴なんだ」

「これがバラ？」

「棘を頼りに探したから、大介さんも病院長夫人も見つけられなかったんだね」

花南子も、そして根尾も知らなかった。というか、花の名前や種類をこれまでほとんど気にしていなかった。

話し声が聞こえたのか、そうではなくなんとなくなのか、一〇三号室の網戸が開いて中から渡辺さんが出てきた。杖《つえ》を突いてのおぼつかない足取りなのでゆっくりした動作だ。

「一〇二号室の庭に行ってもいいかな」

今津さんに言われ花南子は首を縦に振った。今津さんと大介さんと根尾。三人を連れて一〇一号室の庭から一〇二号室の庭に入る。一〇三号室の庭に立っていた渡辺さんは花南子たちに気付くなり、おやおやと腰を伸ばした。

「渡辺さん、手紙ありがとうございました。おかげで連絡がつきました。こちら、國分由貴さんの息子さんで大介さん」

「大ちゃん？　あの、小学生坊主？」

「お久しぶりです。お会いしたかったです」

「わあ、大きくなって。すごいなあ。見ちがえるほどだ」

「今、渡辺さんからもらった誕生日プレゼントの話をしていたんです。バラの苗、覚えていますか」

渡辺さんは相好を崩してうなずいた。もちろんだよと言いたげに一〇二号室の庭を指さす。

「わたしもここから引っ越してね、ずいぶん経ってから戻ってきたんだが、元気に育っていたよ。ありがたいねえ。大家さんがちゃんと世話してくれたんだ」

五月さんの気持ちも緑の葉っぱには宿っているらしい。

「もうすぐ花が咲くよ。薄いクリーム色のとっても綺麗な花だ」

「そうなんですか。僕は花を見たかな。見てないかな。一緒に植えたところしか覚えてなくて」

ふたりが和やかに談笑するのを見て、すっかり満たされた気持ちになる花南子だが、ふと言葉が口をつく。

「バラが病院長からのプレゼントでなかったら、病院長のところには行かないのかな」

聞こえたらしく、大介さんが振り返る。病院長の奥さんは認知するしないの話をしていたけれど、大介さんの顔を見ればそれ以前の葛藤が伝わってくる。思い出に残るような誕生日プレゼントをおそらくもらっていないのだ。

複雑な面持ちのすぐ脇で、今津さんが渡辺さんに話しかける。

「この手紙、渡辺さんはどうして一昨日、急に思い出したんですか。特別なきっかけがあったんじゃないですか」

渡辺さんは杖の頭に両手を置いて、道路の方に目をやった。

「一昨日か」

「はい。ほんの二日前です」

「朝の散歩の帰りに、そこんところに立つ男を見かけてね。一昨日だったかねえ。見たとたん、何十年も前に戻ったような気がしたんだ。同じ男が、昔も同じようにそこに立っていたから」

花南子も根尾も大介さんも視線をモッコウバラの向こうに注ぐ。

「そいつは若い恋人と、その間にできた子どもをフェンスの間からこっそり見ていた。わたしだって噂話くらいは聞いていたよ。不誠実でずるい男だと思っていた。けれど、一度や二度じゃないんだ。降り出した雨に濡れている日もあったし、凍えるような寒い朝もあった。気になるのなら訪ねればいい。なぜそうしないのか。ずるい男ならもっとうまく立ち回るだろう。無駄足なんて踏まないさ」

花南子の目の前にも、遠い昔の光景がよぎるような気がした。蕾《つぼみ》からこぼれる花の薫りのようにかすかなたたずまい。

どうして見ているだけで引き返したのか。理由はひとりずつの胸の中にそっと形作られる。正しいのか間違っているのかは問題ではなく、それぞれが自分の中に探した答えが、緑の葉っぱのように風に揺れている。

大介さんをうかがうと静かな横顔だった。渡辺さんがかつての人を思い出した横顔だ。

きっと似ているのだろう。

渡辺さんが大介さんを自分の部屋に誘ったので、花南子たちは遠慮して庭からも離れてアパートの外、道路に出た。様々な思いが行ったり来たりして、柔らかな地面を歩いているような浮遊感さえある。ぼんやりしていると冷水を浴びせかけるような声がした。

「ふたりとも」

今津さんだ。たちまち縮み上がる。

「こんなにも動き回る中学生だとは思っていなかった。病院長の自宅に突撃するのはやりすぎだ」

花南子と根尾はうなだれて「はあ」としょぼくれた声を出す。職員室の前で先生に叱られているパターンだ。

「調子に乗っていると足をすくわれるぞ。痛い目に遭う前に自重するように」

「はい」

「もっと細かく、具体例をあげて注意したいところだが、これから仕事でもう出なくてはいけない。無茶も無謀もやめとけ。何かあってからでは遅い」

「わかりました」

ふたりは顔を上げてうなずく。もしかしたら少し微笑んでいたかもしれない。反対に今津さんは渋面になるものの、時間がないのはほんとうらしい。踵《きびす》を返し、バス停の方角に歩き出す。「いってらっしゃい」の声に見送られ。

「あっ」

「どうした？」

「ヒロちゃんからＬＩＮＥが来てた。共通の友だちに頼んで探ってもらったところ、元彼は相変わらず家庭円満らしいって。だから、湘東台に現れるとは思えないって。それは当たっていたね。ヒロちゃんによけいなこと言っちゃった。嫌な思いをさせたよね」

「でも、そのおかげで中島クリニックにたどり着けた」

そうか、そうだったねと気持ちを切り替える。

宏美はとてもいい人だ。真面目で謙虚で働き者で気が優しい。元彼とのいきさつを聞いて信頼感は増す。つらい目に遭わされたのに、自分の力で乗り越えてきたのだ。それはけっして簡単なことじゃない。

「あとでいろんなお礼を言っとく」

「そうだね。それがいいよ」

「今津さんからはあらためて怒られるかな」

「どうだろ。それよりも、今津さんは渡辺さんの行動を聞いて、手紙の件から推理を働かせていったんだね。そのあたりもっとよく聞いてみたい。そしてやっぱりおれ、今津さんに相談したいことがある」

根尾が真面目な顔になり、声のトーンもかわる。

「ここしばらく、悩んでいることがあって」

花南子には見当も付かない。でも、誰にでも事情やら背景やらがあると、他ならぬ今津さんが言っていた。

素っ気ない態度を取らず冷たい眼差しも引っ込めて、ちゃんと話を聞いてあげてほしい。困っていることや悩んでいることを相談できる大人は、いても少ない。花南子にとって。おそらく根尾も。だからお願い。解決の糸口を探してあげて。
だってあなたは――。だってあなたは。
そのあとに続く言葉が花南子の心をくすぐる。花が咲くように口元がほころんだ。
私たちの名探偵なんだから。

マイホームタウン

1.

人は誰しも悩み事のひとつやふたつ、あって当たり前だろうということは、中学三年生への進級を目前に控えた花南子にもよくわかっていた。なので、春休みの間によくしゃべるようになっていた根尾が、眉間に皺《しわ》を寄せてため息をつく姿を見ても、なになにどうしたのとすぐには飛びつかなかった。

好奇心がふくらむのを抑え、そっと見守るという大人な態度を取ろうとしたし、じっさいそうなった。金曜日から新学期が始まるので、塾の春期講座に通っていた友だちとのやりとりも頻繁になり、ちょっとした時間を見つけては集まってクラス分けのシミュレーションに一喜一憂した。中学校生活の最後を飾る一年間がどのようなものになるのか。クラスの顔ぶれによるところは大きいだろう。担任が誰になるのかも、予測や噂話が飛び交って落ち着かない。

花南子の曽祖母、五月さんの退院についてはようやく目処《めど》がついた。新学期が始まってすぐの月曜日だそうだ。その日は伯母の宏美が有給休暇をとってくれるので、気にせず学校に行くよう言われた。ひとりで暮らしていても大きな不自由や不便はないと思っていたけれど、退院が決まって心から安堵《あんど》し、その日を楽しみにしている自分がいて感慨にかられた。

ぜんぜん大丈夫なつもりでも、「おはよう」や「おやすみ」の挨拶もなく、食事も後片付けも就寝もひとりというのは意外にも寂しかったらしい。

シンガポールに単身赴任中の父を思い出す。あの父でも、いた方がよかったのかと認めざるをえないような、いやいや待てよと曖昧《あいまい》にしたいような。相変わらず父からは現地のエスニックな食事内容や、ベンチにとまっている鳥の写真などが唐突に送られてきて「子どもかよ」とツッコんでいる。

そんな時間をすごしているうちに金曜日になり、新学期が始まった。花南子は三年二組になり担任は一年生のときと同じ社会科教諭。仲のいい友だちのひとりとは一緒になれた。ひとりいればなんとかなるだろう。目立つタイプの生徒が少ないので、よくいえばおとなしい、ふつうにいえば地味なクラスになりそうだ。揉め事てんこ盛りよりずっといい。

根尾とはまたしてもちがうクラスだった。帰り道でばったり会い、久しぶりの制服姿にこそばゆさを感じながら歩み寄った。

「春休み、終わっちゃったね」

「ちょっと残念。想像もしなかったことがいろいろあったから」

「まだ続いているような気もするよ。そういえば根尾くん、悩み事があるようなこと言ってたよね。もう解決した？」

数日とはいえ時間が経《た》っていたので自然と口にできた。

「さらに悩み中。今津さんに相談すると料金はどれくらいかかな。知り合い割引をしてもらっても高いだろうな」

「何がどうしたのか、聞かない方がいい？」

根尾は「いいよ」と返しつつ、花南子に尋ねてきた。

「前に安住さん、同じアパートに変な人がいたって言ってなかった？」

「ああ。さつきハイツではなく、お父さんとふたりで住んでいたアパートね」

父の海外赴任が決まり、そちらにも荷物を残しつつ、五月さんが大家を務めるさつきハイツに転がり込んできた。

「私が小学校五年生のときで、その頃は学童保育に寄らず、学校が終わるとまっすぐアパートに帰っていたのよ。となりの部屋に住んでいるお姉さんによく話しかけられ、誘われてお部屋にあがることもときどきあった」

二十代半ばとおぼしき女性で、働いている雰囲気はなかった。もともとその部屋には若い男性がひとりで住んでいたのだが、あるときから女性が加わり、楽しげな笑い声が聞こえたり、買い物に行くふたりとすれちがったりもしていた。いつの間にか男性の姿は見なくなり、女性だけが暮らしているようだった。

色白で華奢《きゃしゃ》で声も足音も小さく、どこか妖精めいた人で、郷里は遠方だと言っていた。友だちも知り合いも近くにいないと、寂しげに目を伏せる横顔の儚《はかな》げだったこと。じっさい経済的にも苦しかったのか、みるみるうちに痩せていき顔色も悪くなった。子ども心に不安を覚え、ご飯をちゃんと食べるように再三訴えたが、女性は「花南ちゃんがいてよかった」「おしゃべりするのが楽しみ」と微笑むだけだった。

そのおしゃべりの内容は次第に現実から離れ、神様が登場し、お導きという言葉が増えて、理解しづらい精神世界が延々と語られるようになった。困った花南子が父親にこぼすと、父親はとても驚き、彼女との付き合いを禁じた。そうは言ってもとなりの住人だ。顔を合わせずにいるのは難しく、父親がうちの子にかまわないでくださいと抗議すれば女性はうなずくものの、父親の目の届かないところで話しかけてくる。大家さんやアパートの他の住民をも巻き込み、警察介入の一歩手前まで揉め事は続いた。

「今思うと、『変な人』と言うのも気が引ける。悪い人じゃなかったの。でも親から見れば危険な隣人だよね。私を連れ出そうともしたし」

「そりゃ心配だよ。お父さん、やきもきしただろうね。で、どうなったの？」

「郷里の人たちも女の人を捜していたみたい。あるとき両親が揃って迎えに来て、びっくりするほどあっけなく帰っていった。ほんとうはもっと前から帰りたかったのかもね。アパートの部屋は借主だった男の人が契約を解除して、私はもとの暮らしに戻ったわけ」

今ごろどうしているだろうかと思いはするが知る術《すべ》はない。彼女の語った優しい神様が彼女に勇気を与えてくれていれば、穏やかな日々を送れているのではないか。それを願うばかりだ。

花南子の話に根尾がなるほどと言いたげな顔をするのを見て、今度は花南子が問いかける。

「根尾くんのアパートにも妙な人がいたりするの？」

「まあね。こっちは若い男。うんと若いわけでもなく、おじさんでもないから三十代くらいかな。二ヶ月前にとなりの部屋に引っ越してきて、そのときは何も思わなかったんだけど、昼夜を問わずアパートのまわりで見かけてさ。仕事やってないのかなと思っていたら、春休みになる少し前、うちの母親のあとをつけているのに出くわした」

「え？」

「最初はおれ、こそこそと電柱に隠れている男を見つけて、変なやつだと思うだけだった。でも男の視線の先に自分の母親がいてびっくりだ。母親は仕事帰りで、同じ職場のパートさんと一緒だった。そのパートさん、幡野《はたの》さんも湘東台に住んでいるから、時間が合うと連れだって帰るらしい。ふたりはぜんぜん気付かず、四つ角まで来ると立ち話をして、男もそれをじっと見てるんだ。しばらくしてふたりが手を振って別れると、男は母親のあとをつけてアパートに向かう。少し手前で足を止めて、母親が自分の部屋に入っていくのを見てから、おもむろに階段を上がっていく。おかしいだろ」

その場面を思い浮かべれば、いやでも眉間に皺が寄る。

「うげって思うね。お母さんには話した？」

「したよ。でも、縁もゆかりもない男の人が、自分のあとをつけるなんて考えられないって。関心を持たれるような美人じゃないしと言われると、確かにまあそうなんだよね」

「そんなことないよ。根尾くんのお母さん、きちんとしてて若く見えるよ」

保護者会で他の人と談笑しているところを見かけたことがある。明るい笑みが印象に残る賢そうな人だった。

「よく言ってふつうだよ。ふつうのおばさん。となりの男の人、川端《かわばた》っていうんだけど、その人はわりとイケメンなのかもしれない。都会的でしゅっとしてて、うちのアパートにはそぐわない感じ。そう思うとよけいに、おばさんのあとをつける理由がわからない。まだあるんだ。幡野さんに誘われてうちの母親、ちょっと前から川清掃のボランティアをしてるんだけど、となりの男はどういうわけかそれを知ってて、母親をアパートの廊下で呼び止めてさ。自分もやってみたい、どうすれば参加できますか、だって」

「越してきたばかりで？」

「たった二ヶ月だよ。それで地域活動に参加って、積極的すぎだろ。母親は『まあ嬉しい』なんて言っちゃってさ。今度一緒に行くことになった」

眉間をひくひくさせていた花南子は、さらに口や頬を動かし、これ以上できないほどの変顔になったところで我に返った。女友だち相手ならば両手両足でさらなるリアクションをつけるだろうが、目の前にいるのは冴えない表情をした根尾なので、なんとなく咳払《せきばら》いをして顔を戻す。

「謎の行動を取るイケメンか。それは私も見てみたいな」

「どうやって？　うちに来る？」

「もっといい手がある。私たちも川清掃に参加しようよ。次の日曜日でしょ。明後日じゃない。私も以前はよく参加してたんだ」

任せといてと花南子は胸を張る。根尾は少し考えてからうなずき、母親には内緒にしておくと言う。集まる人は二十人前後のささやかな活動なので、行けばすぐにバレる。驚かれたりしたらかえって気まずいのではないかと思うも、母親と息子の関係はわからないので「ふーん」と聞き流した。自分も父親には知られたくないことがたくさんある。友だちのあだ名という小さなものから、こっそり読んでいる過激な少女漫画まで。

2.

横浜市南西部を流れる川は市民の間で「いたち川」と呼ばれている。いくつかの細い川が栄《さかえ》区役所付近で合流し、西に流れて柏尾川《かしおがわ》に注ぐ。いたち川の両側には遊歩道が整備され、この橋からこの橋までというふうにいくつかに区切られ、それぞれの愛護会が水辺や遊歩道の保全活動を行っている。

月に一度の清掃活動もそのひとつだ。花南子や根尾の住む湘東台は稲荷橋《いなりばし》が一番近く、そこから元木橋《もときばし》までを受け持ちエリアとした愛護会が設立されている。何かと顔の広い花南子の曽祖母、五月さんも会の主力メンバーだったので、花南子も小学生の頃は面白がって一緒に出かけたものだ。参加目当てに、土曜日からさつきハイツに泊まりに行くことさえあった。けれど年齢を重ねるにつれ日曜の朝はだらだら過ごすようになり、すっかり遠ざかっていた。

これまでのアパートならば離れているからというのも理由になったけれど、さつきハイツにいればそうもいかない。肝心の五月さんは腰を痛めて入院中なので、今月に限ればパスが当然なのだけれど、

日曜日の朝、花南子は八時ぴったりにベッドから起き上がった。

清掃の開始は九時半なので、少し前に着くとしてもアパートを出るのは九時過ぎでいいだろう。根尾にもそう話し、顔を洗ったり着替えたり朝ご飯を食べたりしているとＬＩＮＥに着信があった。母親が出て行くのを待つのも嫌なので、先に出てコンビニにでも寄るという。

花南子も身支度を整え、若干の遠回りになるがコンビニに向かった。

「そうか。お母さん、となりの人と一緒に行くのか」

お菓子の棚の前で合流し、根尾のぼやきに耳を傾ける。

母親が若い男性と出かけるのを、じっと室内で待つのは息子として落ち着かないだろう。

「昨日の夜、持ち物とか聞きに来てさ。母親に『何時ごろ出ますか』って、わざわざ確認するんだよ。九時過ぎって言われて、ものすごい明るい声で『階段の下にいますね』、だって」

声をまねする根尾に花南子が引くと、あわてて「ちがうんだ」と否定する。

「胡散《うさん》臭く思えるから嫌なんだ。今さら母親が誰と付き合おうと、とやかく言うつもりはないよ」

「今さら？」

「離婚してもう五年になる。再婚を考えても不思議はないかなって」

根尾の両親の離婚の理由は父親の浮気だそうだ。浮気相手に子どもが出来たことで修復の余地はなくなった。落ち度は父親にあったため、慰謝料も養育費もほぼ要求額通りに決まったのに、支払いはほとんどなされていないらしい。

「お母さんが再婚するしないって根尾くんにとっても大問題なのに、タッチしづらいのはもどかしいね。歯がゆいっていうのかな」

「この前、安住さんのお父さんとそのお姉さんの話を聞いていて、すごくわかる気がした。お母さんの再婚には反対せず、相手がいい人だったから賛成したけれど、心の距離がどんどん開いていくって」

「そうか。そうだね」

話しながら集合場所である稲荷橋に向かう。明るい話題ではないのに、家々の軒先に洗濯物が干されているのを見ると重苦しさが薄れる。赤ちゃんの洋服が交じっているとさらになごむ。洗い物を日の光に当てて乾かすという日常が、気持ちを落ち着かせてくれるのか。

「安住さんはどう？　もしもお父さんが再婚したいって言い出したら」

さあねえと首をひねるそばから口が動く。

「そんなことがあったら見直すわ。お父さんと結婚したい女の人がいるのかって。そしてその人がまともな人だったらもっと見直す。すごいじゃん。よかったねって」

根尾は目を丸くして笑う。

「ほんと？　それ、ほんとうに言ってる？」

「うん。だって今、考える前に思ったもん。本音ってことだよ」

「お父さんってどんな人なの」

「絶対モテそうもないタイプ。根尾くんとことそこがちがうんだな」

赴任先のシンガポールで羽目を外し、向こうで出会った人と特別な関係になる可能性はゼロとも言いがたいが、むしろ騙されてカードの不正利用でもされやしないかとそっちの方が心配だ。

想像してため息のひとつでもつこうとしていると、賑やかな声が聞こえてきた。稲荷橋のたもと、遊歩道に面した小さなスペースに今日は人だかりができている。会が用意した軍手やゴミ袋を、集まってきた人たちが受け取っているのだ。

年配の人が多いが小学生やそれ以下の子どもたちも交じっている。保護者らしき人たちは顔見知りと挨拶したり子どもを注意したりと忙しい。ざっと見たところすでに二十人は超えている。数年前に比べてずいぶん増えているようだ。

花南子も根尾も軍手は持参していたのでゴミ袋をもらいに行くと、あちこちから「花南ちゃん」と声をかけられた。

「久しぶりね。大きくなって」

「高校生？　ああ、中学生か」

「五月さんは腰を痛めたんだって？　具合はどうなの」

「もう退院した？　まだ？」

口々に聞いてくるおばさんやおじさんには見覚えがある。数年前とほとんど変わっていない。よくしゃべりよく笑いよく動く。こういう人たちがいないと地域の活動は続かない。

五月さんの具合についてぼやかしながら答えていると、となりで根尾が身を硬くした。遊歩道の向こうから二人連れの男女がやってくる。根尾の母親と、見慣れぬ若い男性だ。男性はシャツとジーンズというラフな服装で、まわりの人たちと変わらないのに涼しげに整って見える。すらりとした綺麗《きれい》な歩き方をしているのだ。

根尾の母親も若く見える人なので、仲の良さそうなカップルに思えなくもないが、女性の方はたびたび川の向こうや背の高い建物を指差している。このあたりを説明しているのではないか。ふたりの間にはちゃんと隙間ができていた。

そんなふうに冷静に眺めているのは花南子だけで、根尾はすぐに視線をそらし、立木の陰に引っ込んでしまった。いつまでも隠れてはいられないのに。案の定、九時半が過ぎて愛護会の会長さんが始まりの挨拶をしていると、軍手やゴミ袋を手にした根尾の母親が集まった人たちを眺め、花南子のとなりを見てハッとする。

「何やってるの。どうしてここにいるの」

挨拶が終わり清掃活動がいざ始まると、まっすぐ歩み寄り根尾を問いつめた。親子げんかになってはややこしいので花南子は間に入り、自分が誘ったのだと、なるべく申し訳なさそうに説明した。母親はすぐに「ごめんなさい」「そういうことだったの」「怒ってるんじゃないのよ」と笑みを浮かべ、根尾には「ちゃんとやりなさいね」と言い残して行ってしまった。

ホッとしたのもつかの間、顔見知りの秋田《あきた》さんというおじさんがやってきて、「花南ちゃん」と話しかけられた。

「今の女の人、知り合い？」

「はい。まあ」

「さっき、若い男と一緒に歩いてたんだが。その人のことも花南ちゃん、知ってたりする？」

いきなり言われて面食らうも、秋田さんは興味本位で面白がっているようには見えず、どちらかといえば困り顔だ。花南子はとなりを指さした。

「同じ中学に通っている根尾くんです。女の人は根尾くんのお母さんですよ」

「え？　そうなの？　だったら男の方も知ってる？」

花南子に代わって根尾が答える。

「アパートの、となりの部屋に住んでいる川端さんです。二ヶ月前に引っ越してきました。今日は川清掃に参加したいと言われて、母親がここまで一緒に。それだけです」

「アパートってどこの？」

「二丁目の『コーポ鈴川《すずかわ》』」

「へえ。二丁目ねえ」

秋田さんはそう言ったきり口をつぐんでしまったので、花南子は話しかけた。

「あの男の人がどうかしたんですか」

「いや。どうもしてないんだが。一丁目界隈《かいわい》でよく見かけてさ。犬の散歩をしてるわけでもないのに足取りがやけにゆっくりで、同じようなところを行ったり来たりしている。目が合えば会釈なんかしてくれるから、おかしな人ではないと思うんだけど、若い男が真っ昼間にうろうろしてるとやっぱり目立つんだよね。どこの誰だろうと気になっていた」

「一丁目界隈ですか」

「住まいや名前がわかってすっきりした。ありがとね。川清掃に来てるなら、今度はちゃんと話しかけてみるよ」

秋田さんは「またね」という雰囲気で踵《きびす》を返した。

川の清掃活動とは主にゴミ拾いだ。遊歩道のところどころに設けられた扉、いつもは閉まっているそれが清掃日には開け放たれ、参加者はコンクリートの階段を降りていく。川の水面は幅が六メートルほど。両側に盛り土がなされ、草が生い茂っている。ゴミ拾いはこの盛り土部分で行われる。開始と同時に投棄された空き缶やペットボトルなどを草の間から見つけ出し、支給されたゴミ袋に収めていく。

花南子たちは上流から下流への流れに向かって右の川縁に降りた。根尾の母親は対岸である左側に降りる。例の男性、川端さんも左側だったが、作業に入ると互いを気にすることなく離れていった。

根尾の母親は小学生ばかりが十数人も集まっているところに歩み寄り、ふざけている男子たちをいさめ、小さい子には水に近づかないよう声を張り上げている。おしゃべりに夢中の女の子にもゴミを拾うよう身振り手振りで促す。まわりにいる大人たちとも顔見知りらしい。

一方の川端さんはにぎやかな集団に背を向け、草の間にしゃがんで姿が見えなくなるときもあるが、それはほんの短い時間だ。だいたいは中腰でまわりを眺めている。ときどき腰を伸ばして遠くの人たちを見ている。手はあまり動かず、ゴミ袋もぺしゃんこだ。

花南子は両者を観察しながら、足下にあった弁当の空容器を自分の袋に押し込んだ。

「人のこと言えないけど、川端さん、ちっとも真面目に拾っていないね」

「だよな」

自分から申し出て、わざわざ足を運んだわりには清掃活動に熱意を示さない。奉仕精神はいかにも薄そう。かといって根尾の母親にまとわりつくわけでもない。

「おれの母親とも離れたきりで気にするそぶりも見せない。ってことはほんとうに一緒に来ただけ？でも清掃活動も興味がない感じだし。だったら何しに来たんだよ」

「私も考えているけど思いつかない。さっきのおじさん、秋田さんが川端さんを一丁目でよく見かけると言ってたでしょ。もしかして、川端さんがあとをつけていたのはお母さんではなく、幡野さんの方だったのかも」

根尾は驚いて目を丸くする。

「幡野さんを？　なんで？　母親より十歳くらい年上の、すごくふつうのおばさんだよ。川端さんがあとをつける理由なんて考えられない」

「でも幡野さんが根尾くんのお母さんと立ち話をして、ちがう方向に歩いて行ったとしたら、家は一丁目にあるのかもしれない。もうひとつ。根尾くんのお母さんを川清掃のボランティアに誘ったのは幡野さんでしょ。川端さんは参加したらここで会えると思ったのかも」

根尾は不満げに顔をしかめる。

「幡野さんって今日はどうしてるの？」

「家の用事があって欠席らしい」

もしも参加していたら、川端さんはどうしていただろう。今と同じようにやる気なくぼんやりしているか、それとも。

「あっ」

根尾の声につられて視線を動かせば、川端さんが川上の方角に移動している。根尾の母親は川下にいるので逆方向だ。何をするのかと思えば、川上でおしゃべりをしているおじさんやおばさんの近くで、にわかにゴミ拾いを始める。

「行ってみよう」

花南子は草むらから立ち上がり根尾と共に階段を上がって遊歩道に出る。橋を渡って慎重に対岸に下りた。そのときはもう川端さんはどこかのおばさんと親しげにしゃべっていた。

聞き耳を立ててると、話の内容は川の真ん中で作業をしている人たちについてだ。胴長と呼ばれる胸から靴まで一体となったゴム製の着衣をまとい、川上から流れてきた木の枝の除去作業を行っている。顔ぶれのほとんどは近くにある警察学校の生徒たちなので、かけ合う声も若くて活気がある。

川端さんは「生徒たちがいるのはここだけか」とか「何年前から参加してるのか」とか、おばさんに質問していた。警察学校にはボランティア活動への参加という項目があるらしく、花南子にとっては物心つく頃から見ている光景だ。学校に近いのは稲荷橋なので、ここの清掃活動にだけ参加している。おばさんの答えも似たようなものだった。

川端さんは警察学校に興味があるのだろうか。そんなことを考えていると、今度は一丁目について話を始める。知り合いが住んでいるはずなのだけれど、なかなか家が見つからない。表札のかかってない家もありますよね、などと。

おばさんは「空き家になっている家も多いのよね」と言いながらひょいとこちらを向いて、花南子と目が合った。しまったと思ったけれどもう遅い。よく見れば知っているおばさんだ。

「あら、久しぶり。ちょっと見ないうちに大きくなったわね」

「こんにちは」

「もう中学生だっけ」

「はい」

「そうだ。湘東台に詳しいのはさっちゃんよね。こちらのお兄さんが人捜しをしてるんだって。さっちゃんに聞けばわかるんじゃないかしら」

五月さんと仲のいいおばさんというカテゴリーに入っている人なので、「さっちゃん」という愛称がすんなり出てきても抵抗はないが、そのさっちゃんは現在戦力外だ。説明がしづらくて口ごもっているうちにも川端さんを紹介されてしまう。そしておばさん自身は遠くから誰かに呼ばれて、あとは任せたと言わんばかりの笑顔をふりまいていなくなった。

中途半端に引き合わされて困っていると、川端さんは花南子のそばに立つ根尾に気付いて声を上げた。

「君、アパートのとなりの部屋の男の子だよね」

「はあ」

「君とこちらのお嬢さん、知り合いなの?」

「同じ中学の同級生で」

「そうか。すごいね、中学生なのに町内のことにすごく詳しいなんて」

詳しいのは自分ではない。ひいおばあさんである五月さんだ。そう言いたかったのだけれど、「お嬢さん」と呼ばれたくすぐったさに声が詰まり、そのあと、誤解されたままの方が都合がいいのかもしれないと計算が働いた。

「湘東台のことで、何か知りたいことがあるんですか」

「そうなんだ。よかったら話を聞いてくれるかな」

「はい。でも今は……」

「ここじゃない方がいいね。清掃が終わったあとにでも」

横から根尾が「おれもいいですよね」と口を挟む。

川端さんは「もちろんだよ」と満面の笑みを浮かべてうなずく。明るく大らかな笑顔であるものの、どこか作り物っぽい胡散臭さも漂う。警戒心がもたげるが好奇心も抑えがたい。花南子は会釈をしてその場から離れつつ、どこで話を聞こうかと頭の中に湘東台の地図を思い浮かべた。

ときどき場所を変えながら清掃活動は続き、十一時になる頃、終了の声がかかった。拾ったゴミをまとめながら最初の集合場所に戻る。会長さんの挨拶があり、お茶とバナナがふるまわれた。

持ち帰ってもいいし、バナナならその場でも食べられる。天気が良く風も気持ちよかったので多くの人がその場に残ってバナナの皮を剥《む》いた。遊歩道に面したスペースでは撤収の作業が始まり、根尾の母親も片付けを手伝うらしい。用具を抱える前に片手を振ってくれたので、花南子も頭をぺこりと下げた。

川端さんは行ったり来たりの集団から少し離れたところにいたので、花南子たちはそちらに向かい、川縁の遊歩道を連れだって歩いた。

話を聞く場というのを頭の中で検討してみたものの、稲荷橋の徒歩圏には小さなスーパーがひとつあるくらいで、ファミレスもコーヒーショップもない。あったとしても、花南子にとっては顔を合わせたばかりの人だ。わざわざお店に入るのは気が引ける。仕方なく最寄りの公園の中から人通りの少ない場所を選んだ。

そこに向かう道すがら、中学校のことを聞かれたり、川清掃の話になったりと会話はそれなりに弾んだ。川端さんは見かけよりも気さくで、自身の中学時代の思い出話なども、笑える失敗談やいじらしいエピソードなので親近感がわく。胡散臭さが薄れていく頃、小さな公園にたどり着いた。

3.

「実は今、人捜しをしているんだ」

公園のベンチに腰かけ、しばらく逡巡したあと、川端さんは口を開いた。

「その人は女性で三十歳前後。この町に実家があって、少なくとも十代の頃は住んでいたはずだ。今どうしているのかが切実に知りたい」

さっきまでの陽気な笑顔を消し去り、陰鬱《いんうつ》な面持ちでため息までつく。

川端さんは湘東台に引っ越してくる前、都内のスポーツジムでインストラクターをしていたと言う。いきつけのバーがあり、そこでひとりの女性と出会った。贔屓《ひいき》のサッカーチームが同じだったことから意気投合。一緒に試合を見に行くようになり、スポーツ雑誌の貸し借りや海外チームのネット観戦などを経て恋人同士という間柄になった。

けれど半年前、彼女はなんの前触れもなく姿を消した。思いつく限り手を尽くし捜したものの見つからない。なぜいなくなったのかもわからない。書き置きのひとつもなかったのだ。

川端さんは「この人だよ」と花南子たちにスマホの写真を見せてくれた。ウェーブのかかったセミロングの髪を揺らし、朗らかに口を開けて笑う綺麗な人だ。二十代後半だろうか。サッカーチームのユニフォームをおしゃれに着こなしている。

真剣に覗き込んでいると、見てもいいよとスマホごと渡された。受け取って画面をスライドさせると、歓声が聞こえてくるような応援席の盛り上がりやグラウンドを走る選手の写真のあと、食事の店で楽しげに笑っている彼女や、夜景をバックにしたツーショット写真、くつろいでいる室内の写真などが次々に表示された。

バーで出会ったのが昨年の六月。夏前には彼の部屋で過ごす時間が増え、八月の半ばには半同棲の暮らしが始まった。「半」というのは彼女のアパートはまだ契約中で、ときどきそちらに帰っていたからだ。家賃がもったいないからこっちにおいでよ、ひと部屋空けとくよ、年内には引っ越しを、そんな話をしていたそうだ。彼女も乗り気で、居候《いそうろう》になるのではなく生活費や光熱費をちゃんと払うと言っていた。

「ひと部屋空けるって。川端さん、そんなに広いとこにいたんですか」

思わずそこに反応してしまう花南子だ。

「身内が持っていたマンションの部屋を、生前贈与で譲り受けたんだ。３ＬＤＫだから片付ければなんとかね」

「都内に３ＬＤＫ！」

「今は賃貸に出している。だから無職でもやっていられる」

さらりと言われ、どこからどうツッコんでいいのかわからなくなる花南子だが、同じように驚いたであろう根尾がいち早く立ち直り問いかける。

「都内のマンションからどうしてここに？」

「いろいろ成り行きがあるんだけど、彼女のことが気になったというのも理由のひとつだ。警察はあてにならないし」

「その人、湘東台に住んでいるんですか」

川端さんは首を縦に振らず、困った雰囲気で眉根を寄せた。

「彼女というより実家だね。彼女の友だちが教えてくれたんだ。以前、懐かしそうにしゃべっていたらしい。彼女の実家のそばには警察学校があって、川清掃の日にはそこの生徒も加わっていたと」

「警察学校なら全国にあるでしょう？　川もあちこちに流れている」

「彼女は神奈川県の出身だ。付き合ったばかりの頃そう話していた。だとすると、神奈川県に警察学校は分校を入れても三つ。川清掃にボランティア参加しているのはここだけ」

まるで手品を見ているかのようだ。こんなにも簡単に地域を特定してしまうなんて。花南子は驚きをおさえて会話に加わる。

「彼女さんがいなくなってから、まわりに聞いてわかったんですか。そばにいた頃は家の話とかしなかったんですか」

川端さんは唇を嚙んでうなずく。

「あまりしたがらないから、こちらも聞かなかった。そっとしておくのも思いやりのような気がして。そのうち話してくれるだろうと、のんきに構えてもいたんだ」

学校だの家族だのが身近にあって、切っても切れない関係である中学生には遠い世界の話だ。

「だったら、彼女さんがいなくなってからいろいろ調べて、実家がこのあたりだろうということがわかったんですか」

「まあね。実家を突き止めたかったんじゃなく、手がかりがほしくて実家を捜した。あくまでも知りたいのは彼女の無事なんだ。それがわかれば十分だと今は思っている」

うなだれて、自分に言い聞かせるように川端さんは話す。大人の男性が自分の本音を赤裸々に語る姿を、花南子は初めて目にする。心が揺さぶられる。

「それで、具体的な実家の場所は突き止められたんですか？」

「おおよそのところは。彼女の名前は山本《やまもと》美由紀《みゆき》というんだが、あるとき、試合観戦のついでに寄ったレストランで、おれの名前を彼女がウェイティングリストに書いたんだ。ああいうのはふつうはカタカナなんだけど、前の人が漢字だったものだから彼女もつられて漢字を書いた。その字が『川幡』だったのでびっくりした。『端』よりも『幡』を思いつくなんて。おれに指摘されて彼女は笑っていたけれど、あとになって『幡』は彼女にとって馴染みのある字だったのかもしれないと思った。たとえば自分の苗字に入っているとか」

「川端さんに本名を名乗らなかったということですか」

「昔は『幡』のつく苗字だったのかもしれない。苗字が変わるケースはいくつかありえる」

たしかに、根尾も両親の離婚を機に変わったらしい。花南子の「安住」は父方の祖母、誠子《せいこ》さんの再婚相手の姓だ。花南子の父は高校生で「安住」になった。

もしくは美由紀さんという女性自身がバツイチという可能性もある。

「『幡』の字を手がかりに、湘東台の中を捜したんですね?」

花南子がちらりと根尾をうかがうと、向こうも同じことを考えていたらしい。川端さんは一丁目の幡野さんを見つけ出し、家のまわりを歩いたり、あとをつけたりもしていたのだろう。

「湘東台のすべてを当たったわけではないが、一丁目に幡野さんというお宅を見つけた。聞いたところによると二十代後半の娘さんがいて、長らく家から離れて自活しているらしい。条件にぴったり合っているんだ」

「だったら幡野さんに直接聞いてみればいいんじゃないですか。スマホの写真を見せて、娘さんかどうかの確認をして、今どうしているのかを教えてもらえば」

花南子が言ったとたん、川端さんは顔を曇らせ首を横に振った。

「やりたくてもできないんだ」

「どうして?」

「実家との仲が良好だったのかどうかもわからない。それに彼女、金銭トラブルを抱えていたみたいで」

不穏な言葉が飛び出し、花南子の身体に自然と力が入る。

「お金のトラブルですか」

「仕事先でどうもね。おれのもとから去ったのもそれが理由かもしれない。親御さんに打ち明けてないとしたら、知らせるのは荷が重い。もしもそれで親子間がおかしなことになって、彼女が帰る家を失ったらと思ってしまうんだ。かといって、詳しい事情を隠したまま親御さんと話すのもしんどい」

はあ、そうなんですかと、気の抜けた声が出る。

「だから、君に頼めないだろうか」

「は？」

「彼女が今どこにいてどうしているのか、幡野さんから聞き出してもらえないかな。君はここに住んでいる人たちに詳しくて何かと顔が広いみたいだ。幡野さん本人にかけ合わなくてもわかることがあるかもしれない。それだけでもいいんだ。おれはここに誰も知り合いがいない。何をどう言ったって信用してもらうのはむずかしい。伝手《つて》もない。動きようがないんだ」

弱り切った顔で懇願されて、花南子はたじろぐ。詳しいのは自分ではなく五月さんだ。五月さんならばこういうとき、なんて答えるだろう。わかったわと、一旦は引き受けるのか、無理よと突っぱねるのか。

横から根尾が言う。

「美由紀さんって人の実家が幡野さんち、というのは決定でいいんですか」

「おそらく。たぶん」

「はっきりしてないのなら、まずそこを確かめなくちゃ」

「どうやって？　ああ、ごめん。おれには確認作業もハードルが高いんだ。彼女の顔写真を見せて歩くわけにもいかないし。そんなことしたら捕まるのが落ちだ」

花南子は片手を半分ほどあげた。

「美由紀さんの写真、スマホの画面から撮らせてもらえませんか。近所の人に見せればわかると思います」

「実家の家族にはおれが捜していることも知られたくないんだ」

「私自身が知りたがっていることにします」

川端さんは逡巡しつつも、「信用するね」と言って先ほどの写真を表示してくれた。花南子はバーのカウンターらしき場所で、ビール片手に笑っている彼女を撮らせてもらう。

「もしもこれで幡野さんちの娘さんではないとわかったら、まったくの振り出しに戻ってしまう。それを思うと泣きたい気分だよ」

広げた手のひらで顔を覆い、肩を落とす川端さんを見ていると、同年代のクラスメイトとそう変わらない気もしてくる。

「他にも『幡』のつく苗字があるかもしれませんよ」

「そうかな」

「湘東台は狭いようでいて、世帯数は五千を超えるみたいなので」

川端さんは「え?」と声をあげて、悲愴感を増す。

「そんなにいるのか」

「一軒ずつ見て歩くのは確かに大変ですよね。でも昔は町内会の名簿があったんです。前から住んでいる人なら、それに載っているかも」

「名簿?」

「今では考えられない話ですけど、住人ひとりずつ、マンションやアパートに住んでいる人でも名前や住所、電話番号が載ってます」

「そんなものが。どこかにまだあるのかな」

「うちにあると思います」

アパートの入居者を書き留めた内々の資料ではなく、町内会が作成し各戸に配った冊子だ。捨ててしまった人もいるだろうが、五月さんはその手のものをきちんと保管している。

川端さんは「すごい」と目を輝かせ、すぐにでも手に取りたい顔をしたが、さつきハイツまで連れて行くのは避けたかった。当の五月さんが不在の今は特に。

「何かわかったら連絡します。待ってもらえますか」

行きたいと言われる前に立ち上がり、花南子はここまでという会釈をした。根尾もあとに続き、川端さんも腰を上げる。

「そうだね。ただでさえ厄介な頼み事をしてるというのに、耳寄りな情報につい興奮してしまう。君からの連絡を待っているよ。ほんとうに、心から。ぜひぜひよろしく頼む」

川端さんは頭を下げるだけでなく、両手を合わせ、花南子に向かって拝むまねまでした。

切実であることは伝わった。力になりたいという気持ちにもなる。けれどその一方で、戸惑いもふくらむ。こんなふうに大の大人から本気で懇願されたことなど、生まれて初めてだったからだ。

根尾の帰宅先は川端さんと同じアパートになるが、花南子と一緒に公園を出てさつきハイツまで来てくれた。しばらく歩いてから「ドラマみたいな話だね」「都会の恋愛ドラマだね」などとやりとりして、ようやくひとごこち付く。

花南子はさつきハイツに戻ってすぐ一〇一号室に入り、五月さんの本棚から名簿を見つけた。

「こんなのがほんとうにあるんだね。実物を見るまで信じられなかった」

さつきハイツの入り口には、自転車置き場との境目に低くブロックを積んだ場所があり、腰を下ろすのにちょうど良い高さだ。花南子と根尾は浅く腰かけ、薄い冊子を開いた。湘東台一丁目から四丁目を網羅した名簿だ。ところどころ近隣の店の広告が入っている。広告収入をもとに作られたのだろうか。今では考えられない個人情報の集約だが、許されるだけの大らかな時代がわりと近くまであったということだ。

眺めているうちに面白くなって、ひまわりベーカリーってないよね、スーパーレジデンスって何？　勝男《かつお》って名前多いね、などとしゃべっているとふいに声をかけられた。

「何見てるの？」

振り向くと二階の住人、今津さんが立っていた。根尾がここしばらくずっと相談しようとしていた人だ。

「名簿です、名簿。個人情報満載で、三十年くらい前に町内会で作られた冊子で」

「ふーん」

今津さんは軽く聞き流そうとしたが、花南子は半ば強引に名簿を手渡した。

「なぜこんなものを見ているかと言うと、話は長くなるんですけど」

「だったらいいよ。話さなくても」

今津さんは冊子を押し返そうとするが花南子は受け取らない。

「根尾くんのお母さんが怪しい男につけられていたので、今津さんに相談しようって話していたんです」

「怪しい男？」

「二ヶ月前に、根尾くんの住んでいるアパートの、となりの部屋に引っ越してきた若い男です」

今津さんは眉をひそめてため息をつく。

「君たちが積極的に動かなきゃいけない案件ではないな。大人に任せて手を引くように」

「でも私、ついさっきその男の人から頼まれちゃったんです。断れなくて、引き受けたような形になってしまって。どうすればいいと思います？」

「さっぱり話が見えない」

「だから聞いてくださいよ。男性の名前は川端さんで、急にいなくなった彼女を捜しているんです。根尾くんのお母さんのあとをつけていたわけじゃなくて、それがわかったのはよかったんですけれど、人捜しを手伝ってほしいと頼まれました。彼女の実家は湘東台にあるみたいで、でも自分はこのあたりに知り合いがまったくいないからと」

今津さんは噛んで含めるように言う。

「関わらない方がいい。中学生を使おうとするなんて、まともな大人じゃない」

自分の勇み足を真っ向からたしなめられ、花南子はかろうじて「はい」と声を出した。突きつけられたのが正しい意見だと言うことは理解できる。だから反論はできない。でも割り切れない思いがうずまく。

根尾の母親やその同僚のおばさんが、変な男にあとをつけられていても見て見ぬふりをすればよかったのか。首を傾《かし》げておしまいにしなくてはいけなかったのか。

「そもそも、引っ越してくる前はその、川端さんって人はどこに住んでたの？」

今津さんに尋ねられ、根尾が「東京です」と答える。

「東京から湘東台に？　知り合いがまったくいないのに？　まさか彼女の実家を捜すため、というのが理由じゃないだろうね」

「えーっと。なんて言ってたかな。うーん」

「そこ、一番重要だぞ」

「すみません」

「ふたりは川端さんから頼まれ事をする前、今日の朝から今まで、どこで何をしてたんだ」

「川清掃のボランティアです。それに川端さんも参加してて」

根尾はブロックから立ち上がり、空いた場所に今津さんを座らせた。そして母親のあとをつけている男を見つけたところから、順を追ってこれまでのことを説明した。今津さんはほとんど口を挟まずじっと耳を傾ける。川端さんがご近所に詳しい「さっちゃん」を花南子と誤解したことも根尾は話したが、わざと訂正しなかった花南子の計算には触れずにいてくれた。もっとも、今津さんは気付いたのかもしれない。冷たい一瞥《いちべつ》があったような気がする。

「それで、安住さんは女の人の写真をもらったんだよね」

「うん」

花南子がスマホの画面を差し出すと、今津さんは熱心に覗き込む。それだけではなく指を伸ばし、一カ所をズームする。花南子が目を見張ったので根尾が何々と聞いてくる。

「これはバーの店内で撮った写真だけど、カウンターにコースターが置いてあるの。そのコースターにお店のロゴマークみたいなのがついていて」

「え？　気が付かなかった」

根尾は目を寄せて「おおっ」と声をあげる。

「もしかして、だからこの写真を選んだの？」

「うん。まあね」

拡大してみるとコースターの右下に不恰好な丸が描かれ、その中にも不揃いな丸が四つ描き込まれている。添えられているアルファベットはぎりぎり読める分で「lotus」。その先にも文字があるようだがぼやけている。

「lotusというと、蓮《はす》だっけ」

根尾の言葉を受けて今津さんが言う。

「絵柄からすると蓮根《れんこん》だ。英語にすると『lotus root』。ぼやけている部分の長さからすると、それじゃないかな」

「川端さんの行きつけの店が『lotus root』、かもしれないんですね」

今津さんはうなずく代わりに立ち上がった。

「君たちに何もせずじっとしていろ、川端さんのことは忘れろと言っても、無駄なんだろうな。だったら、おれからの報告を待つ間は、というのを入れたらどうだ？」

何を言われているのか、理解するまで数秒かかった。意味がわかって花南子も立ち上がる。

「待っててもいいんですか」

「じっとしていろ、というのが守られるのならば」

「守ります。待ちます。根尾くんもだよね？」

「もちろん。川端さんと顔が合っても、何を聞かれても、めいっぱいはぐらかします」

まちがいなく素っ気ない対応が取られることだろう。根尾は未《いま》だに川端さんを快く思っていない。

それが言葉の端々から感じられる。

今津さんからはこの写真がほしいと言われ、LINEで画像を送った。町内会の名簿も預かるらしい。手にしたまま出かけようとするので、「よろしくお願いします」と念を押した。


後ろ姿を見送り、曲がり角の向こうに消えてからも、ふたりはその場から動けなかった。

「関わるなと忠告されたときはもうダメかと思ったけど、話を聞いてもらえてよかった」

「川端さんのばっさり酷評、気持ちよかった」

喜んでいるポイントがちがうようだ。

「そんなに悪い人には思えなかったけどな」

「絶対おかしいって。安住さんを『情報通のさっちゃん』と誤解して、利用しようとしたんだよ。本人の話の中にきっと嘘やごまかしがある」

それは感じていた。何もかも正直に打ち明けてくれたと思えるほど自惚《うぬぼ》れてはいない。

「自分の彼女が行方不明になっているのはたぶんほんとうだよね。でもその彼女を自分が捜していることを、家族には知られたくない。そこはちょっと引っかかった。幡野さんに聞けば一発ですむことを避けて、一丁目をうろうろしたり、幡野さんのあとをつけたりして。すごくまどろっこしくて用心深い」

「ほんとうに彼女かな」

「そこ疑う?」

「川端さんの話だけだから。写真だって都合のいいものを並べているのかもしれない。彼女が金銭トラブルを起こしたってのも、川端さんが言ってるだけだ。証拠の品みたいなものは何もない」

疑いだしたらきりがないとは言え、こちらは信用する材料を持ち合わせていない。川端さんはいわゆる素性のわからない人だ。根尾の言葉に思い知らされる。

「何もかも作り話かもしれないんだね。私、目の前でふつうにしゃべっている人がいるとつい信じちゃう。信じたくなってしまうみたい。その方が自分にとってらくだからね」

「おれだって、てんで甘いよ。川端さんがコーポ鈴川に引っ越してきた理由、今津さんにツッコまれて冷や汗かいた。ちゃんと確認せず、『いろいろ』みたいに言われて聞き流した」

名探偵への道のりはとてつもなく遠くて長いらしい。

常に神経を研ぎ澄ませて、相手の一挙一動に目を光らせるのは、言うよりずっと難しいと痛感する。得られたわずかな手がかりを吟味し、論理的思考をフルに回転させ、真相の一端がちらりとでも見えるのはさらに先だ。

我らの名探偵は今回の案件、どこまで行き着いてくれるだろうか。

4.

翌日の月曜日から授業が始まり午後まで学校にいたが、その間に五月さんは宏美に付き添われ退院した。

花南子が大急ぎで帰宅すると、アパートの一〇一号室から明るい話し声が聞こえていた。チャイムは鳴らしたものの合鍵を使ってドアを開けると、五月さんの「花南ちゃーん」という声が出迎えてくれた。腰痛持ちに適しているというひとり掛けの椅子が和室に置かれ、五月さんはそこに腰かけていた。にこにこと手を振ってくれる。

無理は厳禁でしばらくはおとなしくしているというが、腰の痛みもなくなり、衰えていた歩行もリハビリを経て回復してきた。各種検査結果も問題なかったらしい。前より元気になったと目を輝かせる本人を、セーブさせるのがまわりの役目になりそうだ。

宏美は火曜日も有給休暇を取ったそうで、ぎりぎりまで家事に精を出し夕食後に帰って行った。五月さんは家の中をスムーズに移動できるようになり、しばらくは外出NGという約束に不満顔だ。庭ならばいいでしょうと掃き出し窓から外をうかがっているが、体力は落ちているらしい。一日のうち何度かはうつらうつらしている。

へんな姿勢で眠らないよう気にかけて、身体が冷えないよう布団を掛けるのが花南子の主な仕事になった。食べ物は五月さんの友だちから差し入れがあり、掃除や洗濯はふたりなので大した量ではない。勉強の手は抜かないようにと宏美から厳命されているので、静かな寝息を立てている五月さんの近くで、新しい教科書を眺めているとLINEに着信があった。

今津さんだ。〈明日の木曜日の午後。付き合ってほしい〉と。

高鳴る胸の鼓動を抑えて〈了解です〉と返す。

〈時間は十六時でいいかな？　根尾と、川端さんにも来てほしい。場所は湘東台の某所。また連絡する〉

知り得た情報を教えてくれるのだと察するが、「川端さんにも」というのが引っかかる。川端さんに会う前に、内々で話を聞かせてくれるような気がしていた。その方がよかったが、LINEの文章からすると同席を望んでいるとも読める。今津さんなりの理由があるのかもしれない。

〈わかりました。根尾くんにLINEして、川端さんにも伝えてもらいます〉

花南子の送った言葉への返信はなかった。やはり三人一緒に来いということだろう。

どういう手がかりを得られたのだろう。件《くだん》のバーは見つかったのだろうか。予想すらつかないけれど、進展があったことはまちがいない。

翌日、花南子は授業を終えるとまっすぐアパートに帰り、一〇一号室に寄って五月さんの様子をうかがってから私服に着替えて外に出た。

今津さんが待ち合わせに指定したのは、湘東台四丁目の外れにある高齢者施設の駐車場だった。途中で根尾と川端さんに合流し、言われた場所にたどり着く。捜すまでもなく今津さんの姿があった。

大人ふたりは初対面だ。川端さんは根尾から「花南子と同じアパートに住む顔馴染み」とだけ言われていたので、「このたびはどうも」と警戒心をにじませる。今津さんは如才なく名刺を差し出した。

「調査会社？」

「はい。調査員をやってます。乗りかかった船と言いますか、中学生のふたりと話す機会がありまして、ちょっと気になって自分なりに調べさせてもらいました。事後報告ですみません」

「それはなんて言うか、その、場合によっては費用などお支払いします。実はこれまでもそういう会社に依頼はしてみたんですが、芳《かんば》しい結果が得られなくて」

「勝手にやったことなのでお気になさらず。もしも支払うに足る成果と思ったときにはお願いします」

川端さんは納得した様子で強ばっていた頰をゆるめる。

「そう言ってもらえると助かります」

「では調査報告の前に、少しお話をさせてもらえますか。事実確認です」

「いいですけど、ここでですか」

戸惑うのも無理はない。駐車場のフェンスの前で道端だ。今津さんは移動しましょうとみんなを促し、道路から人ひとりが通れるくらいの細い小道に入る。左側が駐車場のフェンスで、右側は手入れされていない空き地だ。フェンスが途切れるところまで進むと六段ほどの石段があり、降りれば狭い道路に出る。石段の分だけ低くなった土地に、道路をはさんで一戸建てが並んでいた。

今津さんは降りずに、石段の脇に立つ桜の古木に身を寄せる。

「立ち話になりますがここがちょうどいいので我慢してください。話というのはまず、保護者の許可も得ずに中学生を使うというのは、いかがなものかと私は思ったんですよね、川端さん」

「は？」

いきなり言われて川端さんは目を瞬《しばたた》く。花南子と根尾も驚き戸惑う。なぜこんな場所に来たのか、どうしてここで話すのか、それを聞きたいのに今津さんはのっけから糾弾だ。

「いや、使うだなんて。そんなつもりは」

「あなたがもしも悪い人なら、悪事の片棒を担がされることになりかねない。まずいなと思ったわけですよ。詳しくあなたとのやりとりを聞いてみれば、疑問点がいくつも浮かぶ。引っ越しというのは手間も時間も経費もかかるものです。けっして簡単な話じゃない。けれどあなたは東京からやってきた。ですよね？　仕事も中断したらしい。ですよね？　そこまでする理由が人捜しとのこと。半年前にいなくなった恋人を捜したい。なかなかできないことです。したくたってできない人がほとんどでしょう。大変な意志の強さであり熱意であり、これはもう、執着心と言い換えることができるのではないかと」

「ちょっと待ってください。執着心って……」

「付き合っていた男性のもとを離れた女性がいて、男性は納得できずしゃにむに捜しまわる。今どきはそれ、ストーカー行為って言いますよ」

「失礼な。いきなりなんですか！」

顔色を変えてくってかかる川端さんに花南子は縮み上がる。今津さんはすまし顔でうなずいた。

「あなたの行動をどうとらえるか、私なりに考えたことを順を追って話しています。腹を立てずにまずは聞いてください。真っ先にストーカーが浮かんだのはほんとうです。あなたは湘東台一丁目に住む幡野さんを、彼女の実家だと睨《にら》んだのに、そこに住んでいる人に確かめることなく、中学生を使って探りを入れようとした。自分が捜していることは知られたくないともはっきり言っている。なぜですか。家族に知られては、彼女本人に連絡が行ってしまうからですか。彼女は川端さんに会うことを望んでいないのですか。考えれば考えるほど、あなたへのストーカー疑惑は深まるばかりです」

川端さんは唇を結んで今津さんを睨みつける。激昂《げきこう》し立ち去るわけではないので、今津さんの話を聞こうとはしているらしい。

「疑問は他にもあります。なぜ彼女、山本美由紀さんの実家を、執拗《しつよう》に捜そうとしているのか。すでに独立して都内で暮らしている女性にとって強い結びつきがあるとは限りません。引っ越してまで捜そうとする熱意が解《げ》せない。彼女の姓の『山本』と実家の苗字が異なっているのは、親の離婚や親族への養子縁組などが考えられますが、だったらいっそう細い結びつきになっているのでは。もっと簡単な、実家と苗字がちがう理由はあります。結婚です。彼女は結婚して山本姓になった。離婚してももとの苗字に戻さなかった。あるいは、離婚がまだ成立していない。そんな事情もありえるかもしれません」

よどみなく滔々《とうとう》と流れるようなテンポで語られ、花南子は追いかけるのがやっとだ。どこまで理解できているのかはわからない。山本美由紀さんが結婚している説は、花南子も思いついていた。隠して川端さんと付き合っていたなら、これ以上は隠し通せないと思い姿を消したのかもしれない。

ありえるようでいて、気になるのは写真だ。秘密を持っている人にしては開けっぴろげな笑顔だった。SNSなどに掲載されたら、かつての自分を知る人に気付かれ、既婚者であることがバレてしまうのではないか。

「いろいろ考えるにつれ美由紀さんがどういう人なのか知りたくなり、あなたの行きつけのバーへ、実はもう行ってみたんです」

「え？　どうやって？　おれは店の名前など言ってない」

川端さんはうろたえたような声を出す。

「インスタか。いや、こっちに来る前に写真も記事も削除したはず。履歴がまだ見えるのか」

「もっと簡単な話です。中学生たちに美由紀さんの画像を渡しましたよね。バーで撮った写真でした。カウンターにコースターが置いてありまして、そこにお店のマークらしきものやロゴが写っていたんですよ」

今津さんはそう言ってボディバッグのポケットから印刷物を取り出した。カウンター部分が拡大された写真だ。

「アルファベットは途中で切れていますが、ぎりぎり『lotus』と読めます。蓮だとすると、丸が描かれたマークは蓮根。店の名前は『lotus root』ではないかと予想しました」

「こんなところから見つけるんですか」

「職業柄と思ってください。オーナーの好物は蓮根ですか。それともお名前に蓮が付くとか」

「両方です」

川端さんは答えながら肩を上下させた。深く息をついたのだ。ついさっきまでの憤慨するような苛立《いらだ》つような強い表情は影を潜め、精彩を欠いた顔になる。

「店に行ったなら、おれの話は聞きましたか」

「マスターの口は堅かったです。でも話し好きの常連さんがいらっしゃいました」

「望月《もちづき》さんか和田《わだ》さんか。平松《ひらまつ》さんもいたかな。おれはあの人たちにずいぶん泣きついたので、いきさつをよく知っているんです」

「皆さん、あなたのことをずいぶん心配していました。戻ってきてほしい、またいっしょに飲みたいと」

「戻れませんよ、金を取り戻すまでは」

金？　なんの話だろう。

花南子たちが聞き返す前に今津が言う。

「あなたは山本美由紀を名乗る女性に、大金を盗まれたんですね。四百万とも六百万とも聞きました」

川端さんは低く重く「はい」と返す。

「スポーツバーを開くための資金でした。ジムでインストラクターをしながら、こつこつ貯めたんです。都心は無理でも場所を選べばなんとかなりそうで、来年のオープンを目標にしていた。そんな話も余すところなくしていたのに」

今津さんは小さくうなずいた。理解を示すような、宥《なだ》めるような仕草だ。

「ひどい目に遭いましたね」

「相手を信じきっていたので、現実がなかなか受け止められなかった。単に裏切られたんじゃなく、向こうは最初から騙すつもりで近づいたんですよ。一緒に過ごした時間のすべてが嘘っぱちであり、見抜けないおれを陰で嗤《わら》っていたにちがいない。彼女にとっておれは『いいカモ』でしかなかった」

川端さんは淡々と言う。どの言葉も、らしくないように花南子には思えた。川端さんは都会的なすっきりとした目鼻立ちで、均整の取れたすらりとした体格も、メリハリのある表情も、聞き取りやすい声も、日の当たる明るい場所こそ似つかわしいように感じていた。自然と芽生えてしまう警戒心は、自分との隔たりがありすぎるからだと気付き始めていた。

でも今の川端さんは枯れた雑草や古びた石段にすんなり同化している。白茶けた地面の寒々しさと同じものをまとっている。

どう受け止めていいのかわからずにいると、今津さんが話しかけてくれた。

「悪い人はほんとうにいるんだよ。何があっても人の物を盗んではいけない。そんな当たり前のことを都合よく忘れる人がいる。川端さんにはどうしても見つけ出したい人がいた。無理からぬ理由があったんだ」

川端さんはそれを聞いて「すみません」と声を振り絞った。

「この子たちには言えなかった。つまらないプライドが邪魔をして。今津さん、あなたの言うようにストーカー的執着心もたしかにありました」

「いくつかのヒントをもとにこの町を割り出し、あなたは幡野さんのお宅を見つけたのですね。幡野さんを探っているうちに、同僚である根尾さんのアパートに空き室があるのを知って、そこに入居を決めた。順番はそんなところですか」

「はい。東京にいても何も手に着かないので、藁《わら》にもすがる思いで越してきました。もっとも荷物のほとんどはトランクルームに置いてきましたが」

川端さんは大金を奪われたいきさつも話してくれた。女性との半同棲を始め、すっかり気を許した頃、地方でのイベントに参加するため二泊三日で出かけた。帰宅すると女性の姿はなく、自宅のパソコンを立ち上げると、振り込み手続きを知らせる銀行からのメールが届いていた。心当たりがなく不審に思って調べると、ネット操作により自分の口座から第三者の口座に数百万円が振り込まれていた。

まさかと思い、女性と連絡を取ろうとしたがスマホは繋がらない。住んでいるはずのアパートにもおらず、働いているはずの職場には該当する女性がいなかった。血の気の引く思いで、冷や汗が吹き出したという。生活を共にしていたことで、暗証番号などを見られていたのだろう。

警察に届け出ると、すでに振り込まれた金は別の口座に移され、複数の仮想通貨に換金されるなど、そこから先の捜査は難航を極めている。素人の犯行ではなく、裏で犯罪組織が動いているのだろうとも言われた。

「四方八方手を尽くしたんですけど何もわからず、せめて実名を知りたかった。嘘っぱちの偽名ではなく、ほんとうの名前。でも彼女の友だちだと思っていた人も偽名しか知らず、昔ながらの知り合いではなかったんです。おれが見ていたのはすべて虚像でしかなかった」

「そんな中で、手がかりをくれた友だちもいたのでしょう?」

今津さんの言葉に川端さんはうなずく。

「バーで会いましたか？　平松さんのことですよね。彼女は美由紀と韓流グループのコンサートを見に行く仲で、ちょっとした雑談の折に、子どもの頃にやったボランティアの話になったそうです。美由紀は懐かしそうに目を細め、町内を流れる川のゴミ拾いを手伝った、近くに警察学校があってそこの生徒たちも参加していたと話したらしい」

「あなたはその内容と、出身は神奈川県というもうひとつのヒントをもとに、この町を突き止めた。けれど『川端』の『端』から『幡』、そこからの連想である『幡野』にはいささか無理があるのでは」

「幡野さんには離れて暮らしている二十代後半の娘がいるそうです。名前も美由紀だった気がすると、近所のおじいさんから聞きました」

「娘さんは北関東にある某窯元で陶芸の仕事をしてします。名前は美郷《みさと》です」

川端さんはくしゃりと顔を歪《ゆが》めた。

「他にも『幡』の付く家はあるんじゃないですか。この子たちの言っていた名簿があれば見つけられるかも」

今津さんはボディバッグから町内会の名簿を取り出した。

「これのことですよね。預からせてもらい、じっくり眺めました。そして『幡』とはちがう名前を見つけました」

かさこそと道路を転がる枯れ葉の音が、ふいに大きく花南子の耳に聞こえた。石段の下の道に人影はなく、通り過ぎる車もない。南西側に小高い丘があるせいか日は陰り、あたりは薄暗くなっていた。

「何があったんですか」

川端さんが硬い声で尋ね、今津さんは「あそこです」と指した。石段からほど近い、北西角地に建つ家だ。北側の路地に面しているのは玄関で、庭に臨む掃き出し窓などの開口部は見えない。玄関先のブロック塀には表札が埋め込まれているようだが、これも遠くて見えづらい。

花南子たちが身を乗り出して目を凝らしていると、今津さんがスマホで撮った写真を見せてくれた。拡大していくと表札に書かれた名前がわかる。「平松」だ。

川端さんの身体がぐらりと揺れた。

「まさか平松って」

「あなたに警察学校というヒントをくれたのは、平松さんという女性ですね。私はあいにくバーで会えませんでした。かわりに望月さんという人がいろいろ話してくれました」

「待ってください。彼女の家があそこだと言うんですか。美由紀と彼女は同じ神奈川県の出身と聞いたけど、町まで一緒だったんですか」

「そうとは限りません。美由紀さんは、数ヶ月と言えどもあなたとひとつ屋根の下に暮らしていながら、自分に繋がる手がかりを残さなかった。最初から入念に準備し、細心の注意を払っていたとしか思えません。そういう人が、警察学校だの川清掃だの自分にとってほんとうの思い出話をするものか。たとえ相手が友だちであっても、うっかり漏らすなど私には考えられません。でも平松さんは美由紀さんの話としてあなたに語った。どういうことなのかと疑問を持ってしまったんです」

横で聞いていた根尾が口を開く。

「警察学校と川清掃の話だけでは、湘東台を突き止めるのは難しいんですよね。日本全国に警察学校はあるから。神奈川県と限定されなきゃここにはたどり着けない。その神奈川県を川端さんに教えたのは誰でしたっけ」

川端さんが答える。

「美由紀だ。付き合い始めて間もなくの頃、一度だけ、自分と平松さんは同じ神奈川県の出身だと言った。それを聞くまで平松さんは東京の人だとばかり思っていたんだ。そう本人が話していたから。もともと平松さんはあのバーの常連で、知り合ったのも美由紀よりも先だ」

「今津さんの言うように、美由紀さんはたぶん自分の素性を徹底的に隠していた。でも平松さんの出身地は知っていて、自分のそれとはちがうからこそ、『私も』と便乗したのかもしれない。もしそうなら、平松さんは神奈川の生まれだとバレていることを知らず、警察学校や川清掃の話を川端さんにした。まさかそれで場所が特定されるなんて思いもせずに」

「いや、待ってくれ。平松さんはなぜおれに嘘をついたんだ。おかしいじゃないか」

気色《けしき》ばむ川端さんに今津さんが言う。

「おっしゃることはごもっともです。私にしても名簿で『平松』という名前を見つけたときは判断しきれなかったです。なので一昨日、あの家を訪ねました。平松さん、下の名前は志帆《しほ》さんですね。彼女があの家の関係者かどうかをはっきりさせたくて」

一昨日訪ねたのは午前中の九時頃だったと言う。あいにく誰もいなかったので近くで待っていると、昼前に七十代前後の女性がバス停の方角から歩いて帰ってきた。今津さんは声をかけて、「こちらには志帆さんというお嬢さんがいますよね」と切り出した。「いますか?」ではなく、「いますよね」だ。

女性はたちまち顔を曇らせた。それを見て慎重に、「東京でちょっとひどいことがありまして、家族の方はご存じでしょうか」とほのめかした。

女性は狼狽《ろうばい》した。「また何かあったんですか」と口走る。「また」だ。前にも問題を起こしているらしい。食材を詰めたレジ袋を下げたままおろおろする女性に、今津さんはこちらが被害者であることを印象づけつつ、相手がさらにあわてるであろう、「やっぱり警察か」というようなつぶやきをわざと聞かせた。

女性は今津さんの腕を摑み、「待ってください」と訴えた。あの子は真面目にやってる、ちゃんと働いてる、だから、都合した分だってちゃんと返してくれたんですよ、全部ではないですが残りもきっと。ほんとうです。

いったい何を返してくれたのか。今津さんはさらに踏み込んで言った。

「それは昨年の、秋くらいの話ですよね?」

「はい。働いて貯めたお金だから大丈夫。心配しないでって」

わかりましたとうなずく。

「もう一度、本人とよく話がしたいです。明後日の夕方また来ますので、志帆さんに伝えてもらえますか」

それで翌々日の今日、花南子たちや川端さんを呼び寄せたのだ。

話を聞いて川端さんはぼんやりしていた。両腕をだらんと垂らしている。

「志帆さんのお母さんの言葉から、いくつかわかったことがあります」

今津さんは相変わらず冷静だ。

「志帆さんは真面目に働いて得た金と言って、昨年の秋、お母さんにまとまった額の金銭を渡しているようです。それは前にお母さんが都合した分への返済だったらしい。つまり志帆さんは以前にも金銭をめぐるトラブルを起こし、実家の親に尻拭いをしてもらっているようです」

「彼女もおれを騙したのか。美由紀とグルだったのか。金を盗《と》られて右往左往しているおれに、美由紀とは無関係の話をして面白がっていたのか」

「見つからないと高をくくって、自分の思い出話を語ったのかもしれませんね。以前からあのバーに出入りしていたなら、偽名を使うタイミングはなかった。平松は珍しい苗字ではないという油断があったのでしょうか。たしかに珍しくはないですが、よくあるほどでもない。じっさいこの町内会では一軒だけです」

「ひょっとしたら彼女こそが、ちょうどいいカモがいると、おれのことを美由紀に教えたのかもしれない」

「川端さん、今は気持ちに蓋《ふた》をしておきましょう。正念場ですよ。やられっぱなしではなく、やり返すのですから。あなた自身があなたのために」

「おれが？」

だらんとしていた両手がぴくぴく動く。

「今日の夕方、もう一度来ると言い渡しました。私ではなく、あなたがあの家を訪ね、志帆さんと話をしてください。そのさい、これを使ってほしいんです」

今津さんはボディバッグから小さな機械を取り出し、それを川端さんの羽織っていたシャツの胸ポケットに入れる。

「高性能のマイクです。こちらで受信し、やりとりを録音します。操作はこちらでするので何もしなくて大丈夫です。あなたは冷静に、志帆さんの話を引き出してください。ちゃんと考えて話しかけるんですよ。志帆さんと美由紀さんの関係、この場合は共謀の一端が摑めれば次の道が開けます。目指すは美由紀さん本体。それをけっして忘れずに」

川端さんはあえぐように「でも」と声を漏らす。

「ほんとうに平松は来るのか」

「もう来ています」

今津さん以外の三人は息をのむ。

「三時四十分頃、タクシーでやってきました。彼女は彼女で対策を練っているでしょう。でも必ず尻尾を出します。実家を押さえているという点で、アドバンテージはこちらにある」

それが励ましの言葉になったようで川端さんの顔に生気が戻る。深呼吸をするうちに表情が引き締まる。握りしめた拳は震えていなかった。

「やってみます」

「楽しみに録音していますね」

階段に向かって歩き出した背中に、花南子は思わず「川端さん」と声をかけたがあとが続かない。根尾も口をぱくぱくさせるだけで言葉にならない。

川端さんは振り返り「励ましてくれる？」と白い歯を覗かせた。

「頑張ってください」

「応援してます」

「ありがとう。君たちに迷惑をかけた分も頑張るよ」

5.

それまでは立ち話だったのだが、川端さんを見送ると今津さんは桜の古木の根元、ブロック塀の欠片《かけら》に腰を下ろした。花南子と根尾も石段の一番上のはじっこに並んで座る。

すっかり腹をくくったのか、石段を降りた川端さんは迷うことなくまっすぐ角の家に向かい、ドアのチャイムを鳴らした。インターフォン越しに名乗ると、しばらくして玄関ドアが開いた。若い女性が顔を出すなり「あれっ」とすっとんきょうな声をあげた。

「一昨日、ここに来たのは川端さんだったんですか」

「お久しぶり。ほんとうにここがあなたの実家だったんですね」

「びっくりした！　まさかこんなところでお会いするなんて」

殺風景な路地に犬を連れた人が通りかかり、女性は人目を気にするように川端さんを玄関に招き入れた。ドアを閉めても高性能マイクは声をきれいに拾ってくれる。

「平松さんが美由紀の手がかりを教えてくれたでしょう？　警察学校のそばに川が流れる町に住んでいたらしいって。それを手がかりに湘東台をつきとめ、引っ越してきたんですよ」

「川端さんが？」

「二丁目のアパートにちょっと前から住んでいます。仕事も辞めて毎日この町内を歩きまわっているんですよ。そしたら平松さんのお宅を見つけました。驚きましたよ。美由紀と町内会まで同じだったんですか」

「ちがいます。まったく。何言うんですか」

「でも、平松さんも警察学校の近くに住んでいたんですね？　この家はそうじゃないですか」

「私はあまり意識してなくて。美由紀ちゃんの話をふと思い出して川端さんに聞かせただけです。学校はあちこちにあるでしょう？」

「ないですよ。神奈川県でたったの一校。分校を入れても三校です」

「うそ」

思わず出てしまった一言だろう。

「ほんとうですよ。警察学校はとても少ないんです。都道府県が特定されれば自ずと絞られます。美由紀は平松さんと自分が同じ神奈川県の出身だと話していました。ふたりの情報をすりあわせるとこの町にたどり着きます」

「あの子がそんな話を？　知らなかったわ」

「でしょうね。平松さんは生まれも育ちも都内と言っていた。でもほんとうは神奈川県だったんですね」

重苦しい沈黙が流れる。川端さんがその沈黙を易々《やすやす》と破る。

「バラされているのを知っていたら、川清掃の話はしませんでしたか。ああ、警察学校はたくさんあると思ってしゃべっていたのかな」

「おかしな言い方をしないで。私は出身地を意識してないんです。ずけずけとプライバシーに踏み込まないで」

「どの口がそれを言う。平松さん、あなたは金銭トラブルを抱えていたんですね。実家に尻拭いしてもらい、その返済にと去年の秋、まとまった額をお母さんに返した。どこからそんな金を用立てたんですか。まさか、おれの六百万円からってことはないでしょうね」

主導権を握っての爆弾発言だ。川端さんの突っ込みは冴えまくっている。ついさっきの今津さんがのりうつったかのよう。当の今津さんは口笛を吹いてからにやりと笑う。この先制攻撃もポイントが高いらしい。

「びっくりした。そんなのあるわけないでしょ。やめてよ」

「だったらまとまった金をどこから都合したんですか」

「もともとトラブルなんかないわ」

「お母さんが嘘をついたと？」

「母は関係ない。もう帰って。自分が困ってるからってあんまりよ」

「ちゃんと話してくれないなら、このまま警察に行くだけです。あなたについて徹底的に調べてもらう」

「好きにしたら？　いいから出てって」

「そのときはここに警察が来ますよ。お母さんにも取り調べがあるので、よろしく伝えておいてください」

なんでどうしてと、うろたえた声がする。

「昨年の秋に、あなたから金を受け取った人ですよ。そりゃ調べるでしょう」

そこに新たなる声が乱入した。近くで聞き耳を立てていたとおぼしきお母さんだ。志帆さんは押し戻そうとしたようだが、お母さんは警察なんてとんでもないとまくしたてる。ご近所に知られたらこの土地にいられなくなる、お父さんだって許さない、裕一《ゆういち》がどれだけ憤慨するか、まい子《こ》さんの実家も黙っていない、孫がかわいそう。

「お母さん、いいから向こう行って。私はなんにもしてないんだから、心配しないで」

川端さんが割り込む。

「なにもってなんですか。トラブルも起こしてないんですか。お母さんはあったと言いましたよ。お母さんの嘘なんですか」

「志帆、あなた何を隠しているの？　もうやめて。お金ならなんとかする。返せば大丈夫なんでしょ？　そうよね。もうたくさん。この家を巻き込まないで」

じっと耳を傾けていた今津さんが見かねたように、いや、聞きかねただろうか、「ちょっと行ってくる」と言って立ち上がった。録音の番を頼まれ了解する。

しばらくすると母と娘の激しいやりとりに今津さんの声が加わった。

「川端さん、もういいです。ここから先は警察と弁護士に任せましょう。この家族に関わらない方がいい」

川端さんはすぐに「わかりました」と応じたが、そこにお母さんの金切り声が入る。

「警察はやめて！　生きていけない。私に死ねというの」

悲愴感あふれる訴えに三人がどんな顔をしたのか。花南子にも根尾にも想像のしようもない。わずかな沈黙が流れる。次に聞こえたのは川端の声だった。「お母さん」とゆっくり話しかける。

「私が捜しているのは山本美由紀という、偽名を使った主犯格の女です。志帆さんがほんとうのことを話してくれたら、示談に応じます」

「じだん……」

「私は大事な自分の金を奪われました。取り戻したいだけなんです」

横から「よく言うわ」とあざ笑うような声がした。

「なんの苦労もなく都心のマンションをもらったくせに。数百万ぽっちで大げさな。あなただって整形美人に言い寄られて嬉しかったんでしょう？　作り物の顔にデレデレしちゃって。いい夢を見た代金だと思えば、安いもんじゃない」

たしかにそこから先は警察の仕事だ。弁護士が間に入るのが正解だ。

桜の古木の根元、石段にしゃがみこんだ中学生ふたりにも、よくわかる幕切れだった。


川端さんと別れての帰り道、根尾は逆方向になるのに花南子たちと一緒に歩く。川端さんと連れだってアパートに戻る気にはなれなかったのか。ひとりにさせてあげたかったのか。過激な出来事があり、気持ちの整理がつかないというならよくわかる。花南子もだ。

四丁目から離れ三丁目に入ってくると、見慣れた風景が広がりホッとする。洗濯物を取り込んだ家々、空き地、駐車場、自動販売機、小さな公園。何事もなかったように雑草が風にそよいでいる。灯りのついた窓の向こうから子どもの笑い声が漏れ聞こえ、さっきの修羅場が夢のようにも思えるのだけれど、となりを歩く今津さんがいつになく遅い足取りで、冴えないことをつぶやくのでやっぱり現実だ。

「川端さんのことは言えないな。まだ中学生の君たちを、呼ぶべきじゃなかった」

まるで悔いているような言葉だ。あんなに滔々と、自信たっぷりに真相を暴いていたのに。

「変に隠し立てをしてもと思ったが、今日のあれは露骨すぎた。大人としての配慮が足りなかった」

本音の吐露《とろ》だとしたら、花南子たちに聞かせてくれるのは珍しい。初めてかもしれない。いつも感じている壁だの隔たりだのが薄れたように思えて気持ちが弾む。

「そんなことぜんぜんないですよ。どっちみち私たち、ほんとうのことがわかるまでジタバタしてしまいます。ねえ」

根尾に声をかけると、すぐにうなずく。

「びっくりしたけれど、隠されないでよかったです。おかげで自分なりに考えられるし」

「あまり考えなくていいよ。悪い夢を見たと思ってほしい」

「おれたぶん、今津さんが心配してくれるのとはちがうことを今、考えています」

今津さんの足が止まり、尋ねかける視線を根尾に向けた。

「実家って、大人になっても関係があるんですね。おれの実家はどこかなと思ったら、今のアパートくらいしかなくて。でも大人になる頃は母親もたぶんあそこには住んでない。だったら帰るうちがないんだなって。帰りたいとも思ってなかったけど、いくつになっても頼れる場所があった方がそりゃいいのかなって、なんていうかちょっと、もしかしたら凹んでいるのかも」

つられて花南子も口を開く。

「そうだね。以前、となりの部屋に住んでいたお姉さんも、両親が迎えに来て帰ったし。私のお母さんも北海道の実家に帰った。待っててくれる人がいるってことでしょ。私にはさつきハイツがあるけど、十年も二十年も先のことを思うと……」

なくなっているだろう。五月さんが元気で仕切っていればこその場所だ。

「君たちの言う帰れるところって、いつでも子どもに戻れて、優しい親が待っている家なんだろうね。心配しなくていい。ほとんどの人が持っていないから。家があったとしても寛容な場所とは限らない。灼熱の砂漠とか酷寒の荒野かもよ。君たちこそ、大人になったときに懐かしく振り返る、この町の思い出があるのかもしれない。それだって多くの人が羨ましく思うことだよ」

花南子はきょとんして目を瞬いた。羨ましがられるなんて、自分の中には欠片ほどもない言葉だ。慣れない甘さにびっくりしながら、地味で平凡な住宅街をゆっくり眺める。根尾も「思い出」とつぶやく。

今津さんは慌て気味に言った。

「今日のあれはいい思い出にはならないね。早く忘れるように」

「とんでもない。名探偵の近くで事件の真相に迫れた最高の日ですよ」と根尾。

「すごいやりとりを秘密に録音したし」と花南子も。

「『ここから先は警察に』、かっこいい」

「『弁護士に任せましょう』、言ってみたいわ」

今津さんはさらに慌てる。

「だから、おれは名探偵じゃないって。ただの調査員だ。調査会社の調査員」

そのやりとりも日常に戻ってきた気持ちにさせてくれる。肩から力が抜け、胸の奥まで空気を吸い込む。足取りも軽くなり、五月さんのもとに「ただいま」といつもの声で帰れそうだ。

いつかこの日のこと、三人で歩いた夕暮れどきの空や風や匂いや音を、懐かしく思い出す日が来るのだろうか。そのとき抱えている寂しさやジレンマをやわらげてくれるだろうか。

6.

帰宅して五月さんに町内会名簿を返すと、「あら、こんなものを」と言いながら受け取ってくれた。どうして持ち出したのか問われたので、ちょっと知りたいことがあってと簡単に返す。それ以上は聞かれなかったのだけど、夕飯後の食卓に五月さんは一枚の紙切れを広げた。

覗きこんで驚く。克明な湘東台の地図だ。一軒一軒の家の形まで描き込まれ、その中に苗字らしきものが記されている。

「すごい。これなに？　なんでこんなものがあるの？」

「ゼンリンの地図よ。昔からあって、れっきとした市販品。これは一枚の地図で取り寄せ品なんだけど、ふつうは区ごとや市ごとで閉じられた地図帳の形をしていて、本屋さんで売られている。知る人ぞ知る、なのかしらね」

「個人情報の時代に、ここまで詳しいのが売られているなんて。いいの？」

「前に誰かが言ってたわ。表札が掲げられてると、それを公の情報ととらえて地図会社は作成しているらしいって」

大急ぎでさつきハイツを探し当て、知っている家をいくつか見つけてから、今日の夕方、衝撃的な修羅場が繰り広げられた四丁目を指でなぞる。平松家はあるだろうか。

見つける前に、すぐそばで言われた。

「あら珍しい。そこに何があるの？　四丁目なんてこれまで花南ちゃん、行ったことないでしょう？」

顔を上げると五月さんがにやりと笑う。ひょっとして、根掘り葉掘り尋ねて無理やり聞き出すのではなく別の方法をとったのか。なんてことだ。口をしっかり結んでいても、ちょっとした行動で手がかりを与えかねない。ぼんやりしている自分など、巧みに誘導する人がいたらあっという間にボロを出す。

「四丁目ねえ。ふーん」

その、巧みな人なのだろうか五月さんは。

侮れない人は二階にもいるのに。

花南子の視線が一〇一号室の天井に向けられる。それを見ていた五月さんの目が猫のように細まったことに、花南子は気付かなかった。


修羅場から数日経って、川端さんは今津さんに相談し、今津さんおすすめの弁護士に平松家との交渉を一任することになった。

録音された玄関内でのやりとりは、話を進める上での重要な手札になるらしく、平松さんを説得する勝算は十分あると言われ、川端さんはホッとした顔をしていた。平松さんが自分の罪を認めれば次の一手に移れる。気の済むまでやり切ると決意を新たにしていた。

湘東台にいる理由はなくなったので、早々に引っ越すと思いきや、せっかく慣れてきたので今のところ出て行くつもりはないと言う。仕事先を探して働き、スポーツバーのオーナーをめざしもう一度頑張るそうだ。

中学生の自分にもきちんと報告してくれる川端さんに、花南子は好感を持ち始めていたが、根尾の冷ややかさは続いている。「君にも迷惑をかけた」「今回の件をお母さんに包み隠さず話したい」と言われ、そんなことはしなくていいと強く意見したのが最新情報だ。

根尾にとっての隣人の悩みはしばらく続くのかもしれない。

「そっちはどう？　五月さんは元気にしてる？」

「うん。張り切りすぎたあとの昼寝が長くなるくらい。腰の痛みも再発せずに落ち着いてる。だからそっちはよかったんだけど」

「別のところで何かあった？」

火曜日の放課後、久しぶりに私服姿で根尾と会い、稲荷橋の欄干《らんかん》から流れゆく川面《かわも》を眺めていた。

「つい昨日、近所の人に聞かれたの。さつきハイツはなくなるのかって」

水面の片側に二羽の鴨《かも》がいて、清掃されたばかりの岸辺に可愛らしいアクセントをつけていた。遊歩道を歩く子どもが気付き、指を差して親の腕を引く。

「そんな話が出てるわけ？　五月さんから何か聞いてる？」

「ぜんぜん。ただのデマかも。直接本人に確かめればいいんだけど、退院してきたばかりと思うと聞きづらくて」

遊歩道にいた子どもはその場にしゃがみ込み、柵の間から鴨を見ている。飽きることなくいつまでも。

自分にもあんな日があったなと、まるで大人になった気分で花南子は思った。

おばあさんがいっぱい

1.

「え？　なんですか、それ」

花南子は思わず口にした。中学三年生の一学期が始まって二週間。クラスの雰囲気や時間割に少しずつ慣れてきたときだった。

春休みを機に花南子が引っ越してきたさつきハイツ一〇二号室のとなりには、今年九十歳になる渡辺さんが住んでいる。小さな庭先で顔を合わせ、こんにちは、モッコウバラが咲きましたね、などと立ち話をしていると、ふいに渡辺さんが言ったのだ。

「二階の今津さん、いなくなっちゃったねえ」と。

意味がわからず聞き返すと、渡辺さんはさらに言った。

「一昨日、引っ越して行ったでしょ。あれ？　花南ちゃん、知らなかった？」

青天の霹靂《へきれき》という言葉が脳裏をよぎる。なんの前触れもなく突然、予想だにしない事態に見舞われるという意味ではなかったか。だとしたらぴったり。今津さんが、ここを出て行ったって。

一昨日ならば当然のように学校に行っていた。朝の八時から夕方の三時半まで不在で、その間、引っ越しのひとつやふたつあったとしても気付きようがない。小さな2Kの間取りだ。荷物が多くなければ一時間もかからず搬出は終わってしまう。

「聞いてないです。ぜんぜん」

「そうか。急だったのかねえ」

「引っ越しって、どこにですか」

「さあねえ。どこだろ」

渡辺さんは眉を八の字に寄せ、申し訳なさそうな顔になる。花南子は立ち話を切り上げて、大急ぎで二階に向かった。今津さんのいた二〇三号室のドアを叩いてみるがなんの反応もない。

なんで、どうしてと、声にならない言葉を繰り返し鼻の奥がツンと痛くなる。曽祖母の五月さんがぎっくり腰で入院して以来、にわかに交流を持つようになったのが近所に住む同学年の根尾新太と、さつきハイツ二階の住人、今津さん。

近所で起きたちょっとした事件や不審者の出没、根尾の悩みに、今津さんはしぶしぶながらも付き合ってくれた。調査会社に勤める調査員の彼は毎回、的確な分析や推理で真相を導き出し、花南子と根尾から、生まれて初めて出会ったリアル名探偵と絶賛された。

本人はいつも嫌がっていたけれど、困っている中学生ふたりをほんとうの意味で突き放すことはなかった。春休みという短期間ながらもそれなりの関係性を築けた、つもりだった。

なのに、いきなり引っ越しとは。挨拶のひと言も掛けてくれないとは。

花南子はポケットからスマホを出した。今津さんとはＬＩＮＥで繋がっている。けれど確かめるまでもなく未読のメッセージはない。「なんで」「どうして」をまたしても唱えたくなるが、幸いもうひとり、ドアやスマホではなくぶつける相手がいる。

階段を駆け下りて、一〇一号室のドアを形だけノックして、合鍵を使って中に入った。

「さっちゃん！　さっちゃんってば」

「あら花南ちゃん、さっきからドタドタ階段を上り下りしてるのはあなただったの」

お茶をいれようとしていたらしく、五月さんは湯飲みを片手に花南子をたしなめる。

「ダメよ、もっと静かに歩かなきゃ」

「二階の今津さん、引っ越したってほんと？　なんで！　どうして！」

「あーあ」

「さっちゃんはいつから知ってたの？　知ってたんだよね！」

「前から話はあったの。私の入院で気を遣わせちゃったけど無事に退院できたでしょ。だから予定通りに越していった」

それだけよというあっさりとした言い方に、花南子の気勢はそがれる。

「ちっとも知らなかった。私には何も言ってくれなかった」

とにかくお茶でも飲みましょうよと手招きされ、食卓を囲む椅子のひとつ、花南子なりの定位置に座らせてもらう。

四月の半ばとあって日はだいぶ長くなっていた。五時でもまだ明るい。レースのカーテンが下がる窓辺には西日が斜めに当たり、観葉植物の緑が生き生きと輝いている。食卓を彩る小花も復活し、咲いたばかりのモッコウバラが生けられていた。五月さんの退院と順調な回復ぶりを物語っているようで嬉しいけれど、気持ちは黄昏《たそがれ》たままだ。

「私がいない間に花南ちゃん、今津さんとずいぶん親しくなったのね」

「向こうは親しいなんて思ってなかったみたい」

「そんなことないわよ」

「もともと迷惑がられていたから、しょうがないんだと思う」

物わかりのいいことを言って、自分の言葉に傷つく。ティッシュを取って鼻に押しつけた。五月さんはお茶と一緒に白あんのおまんじゅうを勧めてくれる。落ち込んでいてもミルク風味の白あんはなめらかで美味《おい》しい。

「花南ちゃんが学校に行ってたから知らせる暇がなかったのね。わざわざ言いに行くのもおかしいと思ったんだろうし」

「今津さんの引っ越し先ってどこなの?」

「横浜市内よ。勤め先の近くと言ったかしら」

「遠くじゃないんだ。でももうきっと会えない」

同じアパートに住んでいたから、ときどき顔を合わせることもできた。口もきけた。相談事も持ちかけられた。さつきハイツという共通項があればこそだ。なくなったら繋がりも消えてしまう。

「また会えるかもよ。ほら、不思議なご縁ってあるでしょ?」

「どうかな。さっちゃんにはあったかもしれないけど。今津さん、なんでさつきハイツに住んでいたの?」

五月さんは湯飲みを手にしたまま、西日に照らされるカーテンに目を向けた。

「きっかけそのものはいい思い出じゃないわ。だって私、もう少しで大金を騙し取られるところだったの」

「さっちゃんが？」

「ええ。不名誉なレッテルまで貼られてね。思い出すだけで口惜《くや》しいやら、冷や汗が出るやら」

事の発端は今から五年前だそうだ。アパートの外壁に入っている亀裂が気になって補修を考えたけれど、長年頼んでいた工務店が社長の入院やら作業員不足やらでしばらく見られないという。困っていたところ、隣町でアパート経営をしている同業者が紹介してくれて、五月さんにとって初めての工務店がやってきた。

さっそく見積もりをしてもらうと、外壁だけでなく階段や外廊下なども調べて、あそこもここもと指摘する。修繕費用はみるみるうちに跳ね上がり、予算的に厳しくなる。返事を保留していると、その工務店は町内のあちこちに声をかけ、一戸建ての屋根に上ったり床下に潜ったり。問題点を指摘してリフォームを勧め、そのさい「さつきハイツの仕事を請け負ったので、それが始まる前なら時間がある」と、まことしやかに語る。「お宅も頼んだところなら安心ね」と町内の人に言われ、五月さんは青くなった。契約もしていないのに名前を使われ、何かあったときには迷惑を被りかねない。

工務店を紹介してもらった人にかけ合うと、自分のところは塀の改修という注文に、その通りの施工をしてもらった。価格も良心的だったという。外壁や床下も調べられたが、いくつかのアドバイスを受けただけで無理やりな営業はなかったそうだ。

だったらおかしな工務店ではないのだろうか。考え過ぎだろうか。

もらった名刺を頼りにネットで調べれば、自社サイトには施工例が数多く掲載され、口コミ評価も悪くない。

判断しかねていると、調査会社の調査員と名乗る男性が訪ねてきた。法外な工事費を請求された人から依頼を受けて、件《くだん》の工務店を調べているそうだ。彼らは最近、湘東台に出没しているらしい。噂では、最初の契約者はさつきハイツとなっていますがほんとうですかと。

五月さんはすぐに事情を打ち明けた。見積もりを受け、あまりの高値に契約をためらっていることなども包み隠さず。それを聞いた調査員は契約前ならば、くれぐれも判子を押さないようにと繰り返した。五月さんは戸惑い、紹介してくれたのは顔見知りの同業者、嘘をついているとは思えない、そう訴えた。調査員は厳しい顔になり、臨機応変にまともな仕事を挟み、別の案件を紹介してもらってそこで悪事を働くのが手口だという。ネットに掲載されている施工例も口コミ評価も真っ赤な偽物だと言い切る。

説得力のある言葉だった。でも相手もまた初対面の人間。どこまで信じていいものか。逡巡していると、工務店の事務所に足を運ぶよう勧められた。ネットに掲載されているオフィスが実在するかどうか、自分の目で確かめればいいと。

「それでさっちゃん、行ったの？」

五月さんは自分も白あんのおまんじゅうを食べながら、首を縦に振る。

「行ったわよ。住所の場所にビルはあったけれど、工務店のオフィスはなかった。その場所から電話をかけると繋がって、とても愛想のいい声が返ってくるのよ。でもオフィスのことを尋ねると引っ越したばかりですって。住所を聞いたらちゃんと答えてくれない」

「いんちき臭いね」

「でしょう？　私、その足でもう一枚の名刺の場所にも行ってみたのよ」

「もう一枚？」

「調査員の会社。今度は名刺通りの場所に事務所があって、訪ねていった私に所長さんがきちんと応対してくれた。待たせてもらうと例の調査員が現れて、私を見るなりにっこり微笑んだの」

それが今津さん。五月さんは善後策の相談に乗ってもらい、工務店の契約はきっぱり断った。声をかけられていた近所の家についても一軒ずつまわり、自分のところを引き合いに出されて迷惑した点も包み隠さず話した。中にはすでに契約済みの人もいたが、着工には至っていなかったので解約できたという。

「工務店をうちに紹介した人も責任を感じて協力してくれた。それにも助けられたわ」

「同業者だっけ」

おかしな工務店を勧めたとあっては信用に傷が付く。五月さんも同業者も禍根《かこん》を残さぬよう、速やかに動いたらしい。この土地でアパート経営を続けていくには良からぬ評判は禁物だ。逆に言うと、長年培《つちか》ってきた大家としての信用に目をつけられたのかもしれない。相手はバレてもかまわないくらいの考えで荒稼ぎをもくろんだ。

うかうかしていられない仕事だと花南子は今さらのように思い知る。そんな仕事を五月さんはあと何年続けてくれるのだろうかと気持ちが凹んだ。さっきハイツがもしも閉鎖されたら住むところに困るだけでなく、大事な支柱をなくしてしまう。

今津さんひとりの引っ越しに、泣いたり怒ったりしている場合ではない。もっとしっかりしなくてはと思うのだけれど、やっぱり今日は心に開いた穴が大きくて。

情けない自分を持て余していると、五月さんもやけにぼんやりしていた。気がついて声をかける。

「さっちゃん、どうかしたの？」

「ううん。なんでもない。ただちょっと」

「ちょっと？」

「入院しているときに古い友だちと電話で話したの。それを思い出して」

「古い友だちって？」

「誠子……花南ちゃんのおばあちゃんがよちよち歩きの頃よ。だから六十年くらい前からの友だち」

それはすごい。目を見張る花南子に五月さんは笑みを向け、ぽつぽつと語り始めた。

当時の五月さんはまだ二十代。花南子にとっての曽祖父、剛さんと結婚し、翌年には女の子が生まれて誠子と名付けた。ささやかな幸福の中にいたけれど、次に授かった子は流産してしまう。その次の子も。昔からよくしゃべりよく笑い、友だちも多く、元気いっぱいだった五月さんにとって、初めて味わう試練であり大きな悲しみだった。

そんなとき、病院で知り合ったのがひとつ年下の希実子《きみこ》さんだった。向こうには男の子がひとりいて、間もなく次男を授かった。女の子がひとりきりという五月さんとは相違点が多かったが、一緒にいると気持ちの休まる優しい人で、子どもの頃に読んだ本の話や、流行のテレビドラマの話をするのも楽しかった。それでどれだけ慰められたか。

一番つらいときにそばにいてくれた恩人のようにも思っていたところ、あるときその恩人に信じられない嫌疑がかけられた。彼女は土地持ち農家の次男と結婚し、分家の嫁という立場だったのだが、家の中にしまってあったというお姑さんのアクセサリーや時計が行方不明になり、一方的に疑われた。

「何それ。どういうこと?」

「ひどい話なのよ。希実子さんの嫁ぎ先は湘東台の隣町、上原町《うえはらちょう》に大きな家を構える、相馬《そうま》さんというお宅でね」

当時は六十五歳になる富司郎《とみしろう》氏が一家の主《あるじ》で、かなりのやり手だった。妻は志乃《しの》さん。希実子さんのお姑さんに当たり、その日は友だちと伊豆《いず》方面にドライブに出かけた。志乃さんが家を出たのは九時過ぎだったが、その前に長女の雅美《まさみ》さんが着物の帯締めを借りに来て、志乃さんと一緒にアクセサリーを選んだ。そのときまではアメジストのネックレスもダイヤの指輪もブランドものの時計も、たしかに部屋にあったという。

出かける間際になって、近所に住んでいる長男の嫁、カズ江《え》さんが日傘を持って現れた。志乃さんから使い勝手の良いコンパクトな日傘を貸してくれと頼まれていたのだ。それを受け取り、志乃さんは友人の車で出発した。

長女の雅美さんと嫁のカズ江さんもそれぞれの家に戻り、昼過ぎに次男の嫁である希実子さんがやってきた。泥付き野菜の下ごしらえを言いつけられていたのだ。用事を終えて帰宅したのは十四時前後。一時間後の十五時過ぎに志乃さんが帰宅した。そしてアクセサリー類がなくなっていることに気付いた。

「ふつうは泥棒を疑うよね?　空き巣って言うの?」

「その日は植木の手入れで庭師がふたり入っていて、外部からの侵入者はいなかったと証言したそうなの」

「誰もいない家の中に入ったのは希実子さんだけ?」

「もうひとりいる。住み込みのお手伝いのノリちゃん。バツイチで三十過ぎの、おとなしい子と聞いたわ。彼女と希実ちゃんのふたりが疑われたわけ」

「お手伝いさんがいたんだ」

そんなにも大きな家なのかと思ったが、五月さんによれば当時は珍しくなかったらしい。実家に居づらい、あるいは本人が都会に出たがっている、そういった親類縁者の子を引き受け、自分の家に住まわせて家事雑事を手伝わせる。いずれ縁談の口や仕事先が見つかればそちらに送り出す。相馬家にいたノリちゃんは直接の親類ではなく、知人から頼まれた形だったので、「お手伝いさん」という位置づけで給金ももらっていた。

「でもさ、疑いやすい人を疑うって安直だよね」

花南子の言葉に五月さんは「それそれ」と語気を強くする。

「やらない人はどんな状況だってやらないわよ。当たり前じゃない。真っ先に疑われるのがわかっていて盗むってこともおかしい」

「お姑さん、ほんとうになくしたのかな。嘘ついて隠しただけじゃない？　狂言ってやつ。ダイヤの指輪が偽物だから盗まれたことにしたとか。長女の人も長男のお嫁さんも、さっと家に入ってパパッとどこかにやっちゃうことはできたかもしれない。庭師の人だって、トイレくらい借りたりしたでしょ。家の中に入れたってことにならない？　あ、旦那さんって人は？」

「富司郎さんは二日前からゴルフ旅行で北海道に行ってたの。庭師の人がトイレに行ったのは二回で、どちらも近くにノリちゃんがいた。トイレ以外には行ってないそうよ」

「希実子さんのことも、ノリちゃんが保証してくれるんじゃあ……」

「希実ちゃんは一時間くらい家にいたから、ノリちゃんが近くにいないときもあったのよ」

さらに顔をしかめて五月さんは言う。

「帰りがけ、希実ちゃんは大きな袋を下げていた。いつものように形の悪いきゅうりやピーマンをもらって帰ったそうなんだけど、それがまた疑われる材料になってしまって」

気の毒にと花南子も思う。身の潔白を証明するのはきっととても難しい。

「ノリちゃんはずっと家にいたの？」

「らしいわ。彼女も持ち物を徹底的に、感じ悪く調べられたんだと思う。何も出てこなかったようだけど、間の悪いことにその日の昼前、郷里のお姉さんが訪ねてきたんですって。庭師たちが見ていたのよ。お姉さんは家に上がることなく、ノリちゃんと玄関先で立ち話をして帰ったらしい。でもそのとき、小さなものなら渡すことができたと疑われて」

お手伝いさんと次男のお嫁さん。ふたりとも盗む時間と、それを外に持ち出す機会はあったということか。

「とにかく高価なものだからうやむやにはできず、富司郎さんの指示もあって警察へ届け出たそうよ。受理されて捜査の手は入ったものの、外から侵入した形跡はないという報告があっただけ」

内部犯と断定されたようなものだ。疑われたふたりにはさらなる針のむしろが待ち受けていたにちがいない。

「すごくすごく、いたたまれなかっただろうね」

「希実ちゃんは憔悴《しょうすい》のあまり倒れてしまったわ。私もふたりの男の子をたびたび預かった。耳に入る噂話だけでも相馬家の人々はひどくって、怒鳴り込みに行ってやろうかと本気で拳を握りしめたわ。

そしたら希実ちゃんの旦那さんが腹をくくってくれたの」

「腹？　どんなふうに」

「自分の奥さんを犯人呼ばわりする人とは縁を切るって。実家近くの、父親名義の一軒家に住んでいたんだけれど、そこを出て藤沢《ふじさわ》市内に引っ越した。子どもふたりを抱えて仕事も変わったから大変だっただろうけど、親子四人の新しい生活が始まって、それはそれで良かったとも思ったものよ」

「頑張ったたね、旦那さん」

五月さんは何度も首を縦に振ったのち、「でも」と言い足す。

「希実ちゃんへの疑いが晴れたわけじゃない。それが口惜しくも腹立たしい。いつかきっと真実を暴き出すと誓い、もうどれくらいになるかしら。私が三十七だっけな、それくらいだから……」

「四十六年前？」

「わあ、もうそんなになるのね。半世紀じゃないの」

「それからもずっとアクセサリーは見つかってないの？」

「そう。なんにもわかっちゃいない」

「ノリちゃんは？」

「あの子も気の毒に。疑われたままお手伝いを辞めて田舎に帰ったわ」

まさに泣き寝入りだ。

「おかしいよね、それ。ネックレスや指輪がひとりで歩くわけはないんだから、誰かがどこかにやったんでしょ。犯人はいる。真相はちゃんと暴かれなきゃ！」

「花南ちゃん、その言葉嬉しい。なんの罪もないふたりが濡れ衣を着せられつらい目に遭って、事件が闇に葬られるなんて。あっていいわけない」

五月さんの膨らませた鼻の穴に、花南子も強くうなずく。日はすっかり暮れていた。あら大変、もうこんな時間と五月さんは腰を上げ、花南子もレースのカーテンの上に遮光カーテンを引いてまわった。

その日の夕飯は大急ぎで作った野菜炒めやけんちん汁で、もらい物の焼き豚は思いのほか美味しく、皿に並べられたほとんどを花南子が食べてしまった。


夕飯を食べて一〇二号室に戻り、翌日の学校の用意や寝る支度まで終えたところで、根尾にLINEを入れた。〈すごくびっくりな話がある〉というメッセージに、間もなく電話がかかってきた。

夕方の話はなぜか相馬家のアクセサリー事件に流れてしまったが、今津さんの転居を忘れたわけではなかった。花南子としては安眠を妨げるほどの重大事件だ。

分かち合う相手は根尾しかいない。期待に応えるがごとく根尾は驚き、怒り混じりに「なぜどうして」と憤《いきどお》った。怒りは理不尽な運命に対してだろう。花南子はよくわかる。やみくもに吠えたくなるような感情の嵐がやや治まると、相手から突き放されたような、たやすくポイ捨てされたような、わびしさや寂しさに襲われるのも同じだろう。

察することはできても掛ける言葉は見つからず、口数の少ない通話相手に向かい、花南子は五月さんと今津さんの出会いなどをぽつぽつ話した。ときどき「へえ」とか「ふーん」とか返ってくるので長々としゃべる。

さらに、ついでといってはなんだが、相馬家に起きた事件も話す。探偵小説好きの根尾は面倒くさがったりせずに、質問を挟んだりして熱心に耳を傾けてくれる。

事件についてはタ飯のあと、五月さんがさらに話をしてくれた。半世紀近く経《た》っても進展が見られないのは、相馬家にとって屋台骨をひっくり返すような、びっくり仰天な出来事があったからだ。

アクセサリーやら時計やらがなくなった二年後、志乃さんが脳溢血《のういっけつ》で急死した。享年六十五。そのわずか三年後、七十歳になっていた富司郎さんが、二十七歳も年下の女性と再婚した。四歳になる男の子を連れたバツイチの、厚子《あつこ》さんという女性だ。家族に報告したときにはすでに入籍済みだったという。

気が強く造作も華やかな厚子さんは我が物顔で本家に君臨するようになり、長男夫婦や長女夫婦とは当然のように対立した。長男たちは朝に晩にと父親をなじり、お母さんが可哀想《かわいそう》と嘆き、面と向かって厚子さんを非難もしたが、翌年には連れ子の男の子と富司郎さんの養子縁組も決まり、血縁関係にこだわる人なのにと驚かれつつ、厚子さんの地位はますます盤石となった。

そして再婚から十年、富司郎さんは八十歳でこの世を去り、厚子さんはさまざまな雑音を蹴散らし相馬家の主に収まった。

「もとが農家だった相馬さんちは、土地を切り売りしたり貸したりして、富司郎さんが生きていた頃から羽振りが良かったんだって。その財産の半分を厚子さんが相続したわけで、都内に別宅を構えたり、息子を海外の学校に入れたり、豪華船クルーズを趣味にしたりと、優雅な人生を今なお送っているみたいよ」

「まだご存命なのか」

「うん。今年、八十四歳。五月さんのひとつ上」

根尾は「へえー」っと感嘆の声を出しつつ尋ねる。

「希実子さん夫婦はどう思っていたのかな。旦那さんは富司郎さんの息子だよね」

「縁を切るときに相続権放棄の書類に判子を押したから、行き来はなくなっていたけれど、志乃さんのお葬式には出席したらしい。富司郎さんの再婚も他の家族と同じく驚いたけれど、その富司郎さんが亡くなったとき、相続権放棄の書類が手続きされていないとわかり、遺産の一部をもらえたんだって。希実子さんも旦那さんも予想外の出来事で、これまたびっくり。ちょうどその頃、旦那さんが病気で入退院を繰り返していたので、とても助かったと希実子さんは言っていたそうよ」

「富司郎さん、わざと手続きしなかったのならいいとこあるね。希実子さんのことを信じてくれていたのかな。それとも真犯人の心当たりがあったのかな」

「そっか。どちらもありえるね。希実子さんの旦那さんはすごく喜んでいたらしい。お父さんの気持ちを良い方に受け取ったんだと思う。でも真犯人の心当たりがあったなら、それを言わずに黙っていたのは良くないよね」

「うん。旦那さんのきょうだい、相馬家の長男と長女はどういう反応だったんだろう」

「ぶうぶう文句を言ったみたい。相続放棄したんだから、今さら遺産を受け取るなんておかしいって。それできょうだいの縁は切れたまま。その数年後、希実子さんの旦那さんは亡くなったと、五月さんは話してた」

依然として真相は不明だ。女性ふたりにかけられた嫌疑は晴らされていない。

翌日、話の続きがまだあるのなら聞いてみたくて、花南子は学校から帰るとすぐに一〇一号室を訪ねた。五月さんはおらず、食卓に書き置きがあった。「ちょっと調べてくるわ」と。

何を調べるのだろう。どうやって調べるつもりだろう。

知りたくてうずうずしたが五月さんは帰ってこない。日が暮れても、夕飯の時間になっても、夜の九時になっても。待ちくたびれてＬＩＮＥのメッセージを入れたが既読にならない。電話も通じない。さすがに心配になって九時を過ぎてから伯母の宏美に連絡した。昨夜の会話については話さず、短い書き置きだけでまだ帰らないと控えめに相談する。今までの宏美だったらやんわり言っても過剰に心配して、すぐ行く、すぐ捜すとあたふたするのに、今日は珍しく慎重だった。

八十歳を過ぎていても五月さんは頭がしっかりしている。ぎっくり腰の後遺症もなく今のところ足腰も達者だ。心配ではあるが、出先で予定外のことが起きたのかもしれない。小さな子どもではないので、もう少し様子を見てもいいのではないかと花南子をなだめた。なんだかやけに大人なヒロちゃんだ。

「連絡がないのはおかしくない？」

「さっちゃんのスマホ、充電が持たなくなっていたのよね。買い換えなきゃと話したばかり。たぶん電源が入らないんだと思う」

「充電もできないところにいるってこと？」

「もしくはどこかに置き忘れたとか、故障したとか」

考えられる話ではある。スマホが使えなければちょっとした連絡もしにくいだろう。

逡巡していると、心配なのはわかるので、一緒に捜そうかと言われた。その言葉で気持ちが少し落ち着く。明日になればひょっこり戻ってくるのかもしれない。大げさにするとかえって厄介なことになりかねない。

何かあったら連絡すると言って宏美との電話を切った。大丈夫、大丈夫と、おまじないのように唱えて花南子は眠りに就いた。けれど翌朝になっても五月さんは帰ってこなかった。

土曜日だったので学校はお休みだ。となりの気配を気にしながら朝食をすませ、根尾に五月さんの安否不明を伝えると、洗濯物を干し終わる頃にやってきた。

「まだ連絡なし？」

「うん。近所の人や友だちに聞いてみればいいのかもしれないけど、今にも帰ってきそうで踏ん切りが付かなくて」

「状況を知っている人がいれば、安住さんに知らせに来てくれるんじゃないかな。五月さん本人は、安住さんが心配するのを一番よくわかっていると思うんだ」

「そうだね。なら、どうすればいいんだろう」

アパートの入り口付近にある低いブロックに腰かけ、根尾と話しながら花南子の目は何度となく二階に向けられる。そこには自分たちが名探偵と勝手に呼んでいた人が住んでいた。素っ気ない態度を取りながらも、心配事や困り事に解決の糸口を示してくれた。

「あのさ」

根尾がおもむろに腕を組んで言う。

「五月さんが調べようとしていたのは、相馬家のアクセサリー事件に関することじゃないかな。前の日に考え込んでいたんだから」

「私もちょっと思った。希実子さんは今、藤沢市内にある公団住宅に住んでいるらしい。膝を痛めているのに、エレベーターのない三階の部屋だそうで、たぶん思うように動けない。だから代わりに自分がと、五月さんなら考えてもおかしくない」

「もうひとつ、相馬家の事件は、五月さんが詐欺に遭いそうになった工務店のトラブルに、絡んでいるのかもしれない」

「なんでそう思うの？」

「今津さんとの出会いを話していたら、いつの間にか相馬家の話題になったんだろ。五月さんの頭の中で繋がるものがあったからでは」

今津さんの引っ越し、ブラック工務店、相馬家のアクセサリー事件。白あんのおまんじゅうを食べながら、たしかに三つは語られた。

根尾はさらに言う。

「もしもあったとすると、五月さんが調べるためにどこに行ったのか、何をしようとしたのか、今津さんにはわかるかもしれない」

「え？　ほんと？」

「だからこれから行ってみない？　今津さんの働いている調査会社のオフィスに！」

最後の一言を口にするとき、根尾はクレーンゲームでぬいぐるみを摑んだ瞬間のような顔をした。やったぜという手放しの喜びようであり、わくわくの大安売りだ。

それを見て花南子は眉をひそめた。最初から行きたい場所あっての、こじつけではないか。半ばあきれつつも、今津さんにもう一度会えるチャンスかと思うと無下にはできない。五月さんの安否について、何かしらの情報が得られるならばなおのこと。

「根尾くんは今津さんが働いている事務所、知ってるの？　私は知らないよ」

「となりの川端さんが名刺を持っている。貸してもらうから、駅で待ち合わせしよう」

わかったと応えて根尾と別れた。部屋に戻って身支度を整えながら、誰もいない隣室、一〇一号室と共有する壁を見つめた。五月さんの今の様子を想像しかけたがうまく描けない。

花南子は不安を飲み込み、「待っててね」とぼやけた像に話しかけた。

2.

根尾が借りてきた名刺には「今津カホル」とフルネームが記されていた。

「『カホル』って言うんだ。なんか、珍しくない?」

「おれの親戚には『カホリ』さんがいるよ。わざと旧仮名遣いっぽくしてるんだね。親の趣味なのか、姓名判断の画数問題か」

花南子は「へえ」っと返した。「ホ」でも「オ」でもかまわない。彼の名前を初めて知ったという事実に気持ちが上を向く。

名刺には所属している調査会社の住所も明記されている。グーグルマップで場所を確認し、最寄り駅であるJR鶴見《つるみ》駅に向かう。駅に着いてからは西口に出て、信号を渡って徒歩五分ほど。それらしい雑居ビルを見つける。三階の窓には「ささおかリサーチ」という看板も。まちがいない。移転していなければ五月さんもここを訪れたのだ。そう思うと、手がかりは必ず得られると肩に力が入る。

根尾の住んでいるアパートの隣人、川端さんによれば事務所は土曜日でも営業しているらしい。時間は十一時の少し前なので誰かはいるだろう。根尾と共に小さなエレベーターに乗り込む。

三階フロアにいくつかドアはあったが、窓にあったロゴと同じ看板を見つけてチャイムを鳴らすと、出てきたのは四十代くらいの男性だった。がっちりした体格で顔もエラが張っていて大きい。相手を威圧するような風貌だが、口を開いたとたん印象が一変する。

「いらっしゃいませ。おや、どなたかな。はじめまして、ですよね」

ぎょろりとした双眸《そうぼう》が細くなって目尻が垂れる。砕けた口調と満面の笑みは家電量販店のスタッフを彷彿《ほうふつ》させる。根尾が挨拶代わりに今津さんの名刺を見せると、とにかく中へと招き入れてくれた。

ふたりにとって初めての調査会社、というよりオフィスそのものが珍しい。興味津々で見回してしまう。いくつかの机とキャビネット、ホワイトボードとソファーセット。机にはファイルや、パソコン、紙袋などが置かれ、書類や雑誌、新聞なども積まれている。雑然としているがその分、仕事のリアリティが感じられる。

「君たち、もしかして中学生？」

「はい」

「だったら今津が最近知り合ったという、近所の子どもたちか」

ぎょろ目の男性はポンと手を叩くようにして踵《きびす》を返した。

「そうかそうか。それはすごいな。大歓迎だ。よく来たね。会えて嬉しいよ。ぼくはここで所長をやっている笹岡《ささおか》っていうんだ」

デスクのひとつから持ってきた名刺をふたりに差し出す。二枚あったのでそれぞれ受け取る。今津さんが自分たちのことを職場の人に話していたのは意外だった。じわじわと嬉しさが広がって思わず口にする。

「今津さん、うちのアパートから急に引っ越してしまったんです」

「ああ、引っ越しね。うん。まあ、たしかに」

「いきなりだったのですごく驚いて」

どうしてですかと喉元まで出かかったが、すんでのところでこらえた。いとも簡単に切り捨てられた寂しさを訴えに来たのではない。

「たぶん事情があったと思うので引っ越しはいいんです。いや、ほんとうはよくないんですけど、それは横に置いておくとして、すごく困ったことが起きました。どうしても今津さんに聞いてほしくって。ここで待っていたら会えたりしませんか。絶対に邪魔しないので、どこかで待たせてもらえませんか」

「やつならそろそろ来る時間だよ」

「ほんとですか！」

「ここでクライアントとの打ち合わせがあるからね。そのために来るんだ。君たちと話せるタイミングはあるかなあ。打ち合わせのあと、そのままクライアントと出かけることになっているし」

時計を気にする所長さんに「ちょっとだけでもいいんです」などと訴えていると、ドアが開いて今津さんが入ってきた。

相変わらずの黒っぽい上下に長い前髪、履き古したスニーカー、ボディバッグ。今までもしょっちゅう会っていたわけではないが、アパート周辺でも湘東台でもなく彼のオフィスでの再会とあって、すぐには言葉が出ないほど花南子は胸がいっぱいになった。彼も身を強《こわ》ばらせるほど驚いている。

棒立ちの花南子に気付き、根尾が言ってくれた。

「すみません。おれたちだけではどうすることもできないことが起きて、来てしまいました」

今津さんは険しい顔で睨《ね》めつける。

「非常識だろ。そんなことも考えられないのか」

所長さんはあわてて「まあまあ」と間に入るが、今津さんに冷たくあしらわれるのはむしろ慣れている。花南子も果敢に割り込んだ。

「五月さんが昨日から帰ってこないんです。連絡もありません」

「は？」

「今津さん、五月さんと知り合ったきっかけは悪徳工務店の良くない企《たくら》みのせいでしょ。それと隣町の相馬さんってお宅は、何か関係があるんですか」

「いきなりなんの話だ。さっぱりわからない」

所長さんが両手を広げて言う。

「だったら奥の部屋で話をすればいい。ここでやり合わない。クライアントが来たら少しくらい引き留めてあげるから」


オフィスの奥には小部屋があり、机と椅子の置かれたそこで、花南子と根尾は一昨日から今日までのことを早口で報告した。

今津さんの突然の引っ越しがきっかけではあるので、それに触れるときは恨みがましい顔や声にもなったが、あっさり無視された。工務店の話のときもポーカーフェイスだったが、物思いにふけった五月さんがひょいと話題を変えた下りになると、今津さんは眉根を寄せて首をひねった。

そこからのアクセサリー事件についてはかいつまんで話したが、ひととおりしゃべり終わると、希実子さんの件は聞いたことがあると言われた。工務店のトラブルを機に五月さんから誘われて、今津さんはさつきハイツに引っ越した。それからしばらくして、友だちの家に行った帰りという五月さんに駅でばったり会った。アパートまで歩く道すがら、「昔こんなことがあってね」と語られたそうだ。

「話を聞いて、今津さんはアクセサリーの在処《ありか》がわかりましたか？」

「いや。ただ、なくなってから数十年経っているのに、実物はおろか手がかりも見つかっていない。そこから考えられることがあるのかもしれない。たとえば何者かが隠し持っているとしたら、数十年の間にひとつくらい表に出てきてもおかしくないだろ。抗《あらが》いがたい衝動にかられつい使ってしまうとか。気が緩んで誰かに見せてしまうとか。いかにもありそうなのにまったく漏れ聞こえない。ということは、アクセサリー類は何者かが持ち去り、すでに売りさばかれたあとなのか。あるいは誰ひとり知らない場所で、ひたすら眠り続けているのか。どちらかなのではと」

「持ち去られて売りさばかれた、というのはわかります。ずっと昔に遠いところに行ってしまったんですよね。でも、誰ひとり知らない場所で、眠り続けてるってどういう意味ですか？」

「相馬家の、敷地内のどこかに今なお隠されている。おそらく家の中のどこか。隠した当人はもちろん在処を知っている。けれどその人物が相馬家からいなくなれば、あとに残るのは知らない人だけだ」

いなくなると言われ、花南子は顔を伏せた。事件をきっかけにあの家にいられなくなったのは、希実子さんとノリちゃんだ。どちらかがアクセサリーを隠し、相馬家から出て行ったと今津さんは言いたいのだろうか。疑われる人間がふたりいれば、自分ではないと主張もできる。

もしそうだとしても、心労のあまり倒れた希実子さんとはとうてい思えない。小さな子どもと離れて入院までしたのだ。旦那さんは相続権を放棄して相馬家との縁を切った。アクセサリー事件は災いしかもたらしていない。

ではノリちゃんはどうだろう。住み込みのお手伝いさんなら、特別の隠し場所を見つけていたのかもしれない。ほとぼりがさめてから、回収したとは考えられないだろうか。

花南子がめまぐるしく頭を働かせているとドアがノックされた。約束していたお客さんはすでに現れていたらしい。しばらく所長さんが相手をしてくれたようだが、そろそろとタイムアウトを告げられる。

別れ際、今津さんからは「おとなしく家に帰るように」と念を押された。五月さんはもう戻っているかもしれない。あるいは連絡があるかもしれない。手が空いたら自分もＬＩＮＥをするから、それを待つようにとも言われた。

うなずいて事務所をあとにする。

鶴見駅から電車に乗り、最寄り駅で降りて改札口を抜ける。ノリちゃんは今どこで何をしているのだろう。相馬家を再び訪れることはなかったのだろうか。もしもアクセサリーを隠したとしたら、どこだろう。回収できたとしたら、やはり売りさばかれたあとなのか。事件当日、お姉さんがやってきたのは偶然だろうか。

そんな話を根尾としながら、最寄り駅の目の前にあるマックで一緒にお昼を食べた。たびたびスマホをチェックしたが五月さんからの連絡はない。マックを出てアパートに戻っても一〇一号室に変わりはなかった。

「私、上原町に行ってみようかな」

根尾の返事は早い。

「自転車の方が便利じゃないか？　おれ、取ってくる」

「根尾くんを待ってる間に、相馬さんちの場所を調べとくね」

空腹も落ち着き、時計を見ればまだ午後一時だ。薄曇りのよい天気で昼寝にもぴったりだが、自転車で近所を一周するにも適している。何より、五月さんが心配で昼寝などしていられない。


花南子は一〇一号室にあがって本棚から折りたたまれた地図を引き抜いた。以前、五月さんが見せてくれた、一軒一軒の名前が入った詳細地図だ。上原町の部分に目を凝らし、大きそうな家を探しては名前をチェックした。二丁目の途中で「相馬」を見つけた。他の相馬もあるかもしれないが、根尾が来たので地図の写真を撮って表に出た。

コンビニや幼稚園、お寿司屋さんや整形外科など覚えのある目印をたよりに上原町を進む。わからなくなると地図の写真を覗き込んで、なんとかそれらしい家を見つけた。


風格ある青銅の表札には「相馬」とある。自転車を降りて家のまわりを慎重に歩いた。東南角地という広い敷地で、道路に面した南の正面と路地に面した東の側面は、灰色の石積みと生け垣が組み合わされている。空き地に面した西側は途中から茶色い金属製の板に変わり、北側も同様らしい。傷みがあって造り替えたのか。まだ新しそうだ。

「茶色い塀は出来てからどれくらいになるのかな」

花南子の言葉に根尾は首を傾《かし》げる。

「ほら、例の工務店を紹介してくれた人。その人は自分のところの塀を直してもらったらしい」

「ああ。そのときはまともな工事だったから、五月さんに紹介したんだよね」

「そうそう。同業者ってことはアパートの経営者かな」

花南子はスマホで検索してみた。いくつかキーワードを組み合わせていると、それらしい物件が出てきた。

「あったよ。『ソーマグリーンハイツ』『ソーマスカイハイツ』『ソーマグランテ』『ソーマエトワール』、所在地はほぼ上原町。相馬さんが所有している建物じゃないかな。五月さんは今津さんと出会ったきっかけを話しているうちに相馬さんを思い出し、希実子さんの身に起きた出来事を私に語ったんだね。根尾くんの推理、当たってるよ」

五月さんの頭の中には、上原町に建つこの家がよぎっていたにちがいない。

大事な友だちを責め立て、追い出した人たちが住む家だ。

「それにしても、複数のアパートを所有してるってすごいな。相馬家は農家から不動産業に乗り出して、成功を収めたんだね」

根尾はすっかり感心した顔で、生け垣の間から中をうかがう。

「五月さんの話からすると、富司郎さんがやり手だったらしいよ」

花南子も生け垣の隙間を探す。

「しっかり者のお父さんが財を築いたのか。息子や娘にしてみればありがたい話だよ。いずれ自分たちのものになるんだから。子どもが三人だったら、ひとりがもらえるのは三分の一か」

言いながら根尾は腕を組んで首をひねる。

「次男が相続権を放棄したなら子どもはふたりになる。三分の一から二分の一に。額が大きいとずいぶんなちがいだ。三億円あったとして、一億円と一億五千万円。五千万円もちがう」

五千万円の差異はたしかにすごいが、それ以上に花南子はつっこまずにいられない。

「遺産相続にくわしいんだね」

「この前読んだミステリにくわしく書いてあった」

「へえ」

「結果的に相続権放棄が通らなくて二分の一にならなかったけど。そういうこともあってお兄さんやお姉さんは猛抗議をしたんだろうな。もっともその前に、お父さんの再婚がある。ふつうは遺産の二分の一が再婚相手のものになり、残りの二分の一を子どもたちで分け合うんだ」

「富司郎さんは再婚相手の子どもを、相続権付きの養子にしてるよ」

「ってことは、二分の一を長男、次男、長女、養子の四人で分け合う。長男長女がもらえたのは八分の一だ」

根尾のあげた数字に、花南子は思わず「うわー」と声をあげた。父親が再婚せずに亡くなり、次男の放棄も有効だったなら、長男長女は遺産の二分の一を相続できた。単純に言って大きな家の半分、経営している不動産の半分だ。けれど八分の一ならアパートの一棟あればいい方。もちろん価値は大きいが、四倍の権利はあったと思うと長男長女の口惜しさは相当なものだろう。なにしろ病気で困っている次男のもとに、八分の一が舞い込んでも文句を言う人たちだ。

「富司郎さんが再婚したときもだけど、亡くなりそうになったときも大騒ぎだっただろうね」

「相手の女性って、富司郎さんよりずいぶん年下だっけ」

根尾に問われ、昨夜整理したメモを思い浮かべながら花南子は答える。

「名前はたしか厚子さん。再婚当時は四十三歳だったと思う。ちなみに長女の雅美さんと長男のお嫁さんのカズ江さんも同じ歳」

「それを聞くとよけいに恐いね。でも法律に則《のっと》って分配されたとしたら、厚子さんのひとり勝ちだ」

根尾の言葉にうなずいて花南子は昔ながらの古い家に目を向ける。瓦屋根の佇《たたず》まいやすすけた白壁にふと思う。

「法律で決まったとしても、長男家族や長女家族は諦められたかな。諦めるしかないけど、この家で生まれ育った人がいて、思い出も愛着もあったかと思うとちょっと複雑な気持ち。希実子さんにつらく当たった人たちだから好意的にはなれないけれど」

「そうだな。消えてなくなったならまだしも、ここにこうして建っているわけだし。家の中には先祖代々の写真とか仏壇とかあるんじゃないの？」

「それ、未練増幅装置だよ。『わたしの家』『おれの家』がずっと抜けない」

「八分の一の財産でも、建物だけなら譲ってもらえるかもしれない。土地は高いから難しいだろうけど、家だけならさ」

「長男や長女がここに住めるってこと？」

「交渉次第でありえるかも。ただし、アパート一棟の方がわかりやすく金になるね」

根尾がシビアなことを言っていると、すぐ近くに足音が聞こえて花南子は振り向いた。小さな女の子だ。幼稚園の年中さんくらいだろうか。そばまで来て、咎《とが》めるような強い眼差しを向けてくる。

「こんにちは。どうかした？」

「なにしてるの？」

「ああ、私たちね。なんでもない。ちょっと立ち話をしてただけ」

「昨日のおばあちゃんは?」

「おばあちゃん?」

後ろからベビーカーを押したママらしき人がやって来た。「ダメよ、ちさちゃん」とたしなめる。

「ほら、行くわよ。誰にでもすぐ話しかけないの」

女の子は不満げに口を尖《とが》らせる。

「すみません、この子の言う『おばあちゃん』って?」

「そんなこと言ってた? たぶん昨日ここにいた人ね。あなたたちのいる場所に、同じように立っていたのよ」

花南子は根尾と顔を見合わせてから、さらに尋ねる。

「どんな人でした? 背は私より少し低くて、体型はほっそりしてて?」

「まあそうかしらね」

「私のひいおばあちゃんかもしれません。捜しているんです」

女の子のママが怪訝《けげん》そうな顔をするので、花南子はスマホの画像の中から五月さんの写真を見せた。

女の子のママも女の子も、「この人かも」という雰囲気でうなずく。

「見かけたのは何時頃でしたか」

「幼稚園の帰りだったから、今日より少し早い二時半過ぎかしら」

「話をしましたか」

「向こうからいろいろ話しかけてくださったの。いくつなの、とか、かわいいのね、とか。髪型も褒めてくれて」

女の子はきれいな編み込みヘアだ。

「たわいもないやりとりばかりよ。ただ別れ際にちょっと……」

言いながら視線を動かすのでその先を見ると、相馬家の立派なお屋敷がある。

「この家のこと、何か言ってました？」

「最近、変わったことはないかしらって。私は思いつかなかったから首を横に振った。それだけ。住んでいるのは相馬さんとこのアパートなんだけどね」

「そうなんですか」

「子連れにも優しくて親切で、いいアパートよ。壁も床もしっかりしているし」

「大家さんはどんな人ですか」

「おしゃれでしゃきっとしたおばあさん。この家にひとりで住んでいるみたい」

厚子さんには息子がいたはずだが。

「男の人はいませんか」

「さあ。私はひとり暮らしって聞いたけど」

「おばあさんのお名前は？」

女の子のママは覚えていないらしく肩をすくめた。女の子によれば、昨日のおばあちゃんはそのあとこのうちに入って行ったそうだ。振り向いたときに見えたと言う。

貴重な情報をもらい、花南子たちはお礼を言って親子連れを見送った。五月さんの行動をなぞるように正門へと移動する。

相変わらず五月さんが何を調べようとしていたのかはわからない。

相馬家内部に何かしらの異変が生じ、希実子さんからそれを聞いた五月さんは、放っておけず様子を見に行ったというのはだいたい想像がつく。相馬家はさつきハイツから二キロも離れていない。書き置き一枚で「ちょっとそこまで」という感覚にもあっている。親子連れの話からしても日の高い時間に訪ね、女の子とおしゃべりするくらいの暢気《のんき》さもあったらしい。

問題はそのあとだ。

「ここに住んでいるのは誰なのかな。厚子さんだとばかり思ってたけど、根尾くんのさっきの説からすると他の人かもしれないね」

「おばあさんであることはまちがいないね。厚子さんなのか、長女の雅美さんなのか、お嫁さんのカズ江さんなのか」

「元お手伝いのノリちゃんも、今ではおばあさんだよ」

「希実子さんも」

「それはさすがにないでしょう。藤沢の公団住宅に住んでるって五月さん言ってたし」

「一番怪しくなくて、誰もが除外する人がもっとも怪しいんだよ、推理小説では」

なにそれと、花南子は笑う。

「怪しい人ではなく、ここに住んでいるのは誰かって話だよ」

「ノリちゃんで意表を突かれたから、おれだって何か言わなきゃ」

根尾の変な理屈にあきれていると正門にたどり着いた。チャイムを鳴らすといったい誰が出てくるのやら。臆する気持ちもあるが、五月さんの行方を知りたければ、ここに当たらなくてはならない。

3.

門から玄関まではほんの数メートルだが、そこを歩いている間にも花南子はいろいろなことに気がついた。雑草の類《たぐ》いがほとんどなく、植木がきちんと刈り込まれている。中身のなくなった空の植木鉢も形は揃えてまとめられ、水場に置かれたホースは真新しい。

ずいぶんちゃんとした家だ。手入れが行き届いている。

玄関にはモニター付きのインターフォンが設置されていた。ボタンを押すとしばらくして女の人の「どなた?」という声がした。

「安住花南子と申します」

返事がない。

「昨日、私のひいおばあちゃんである小池《こいけ》五月が、ここにお邪魔したはずなんですけど。うかがいたいことがありまして」

反応がない。どうしたものかと思っていると、玄関に人の気配がして鍵が開けられた。中から現れたのはまさにおばあさんだ。白髪頭で柄物のカットソーにズボンをはいて、割烹着《かっぽうぎ》みたいなエプロンをつけている。五月さんもときどきこういう恰好をしていた。

「誰かと思ったらユカちゃん? そっちはリョウくん?」

いいえと頭を振る。インターフォンで言ったことは聞いていなかったのだろうか。「私は安住花南子と言いまして」とまた説明する。

おばあさんは困惑顔になり、「昨日ねえ」とつぶやいて玄関に引っ込む。花南子たちはあとを追う形で三和土《たたき》に入らせてもらった。

「昨日は誰も来てないと思うけど。ああでも、銀行の人が来たかしら」

「いえ、私のひいおばあちゃんなので、八十歳を過ぎています」

「まあそんなにお年の方？」

いやいや、あなたもですよと言いたくなるが、ぐっとこらえる。

「ひいおばあちゃんは湘東台でアパートの大家をやっているんです。さつきハイツという小さなアパートで」

「湘東台と言えばおとなりよねえ」

「昨日ここに来たはずなんですけど」

「湘東台の人がなんの用事？」

ほんとうに来てないのだろうか。もしくはこの人に応対してもらっていないのだろうか。

小首を傾げた拍子に、三和土の隅っこに置かれた靴が目に入った。ヒールのない茶色のウォーキングシューズだ。花南子はかがんで覗き込んだ。

「これ、五月さんの靴です。やっぱりここに来て、この家にあがったんですよね。靴があるってことは、まだ中にいるってことになりませんか」

エプロンを着けたおばあさんは、花南子が手に取った靴を見るなり顔をしかめる。

「それ私の靴よ。いつも履いている靴。だからそこに置いてあるの。おかしなことを言わないで」

「は？」

いやいや、五月さんのだと言い返したいが、ひょっとすると同じ靴をこのおばあさんも持っているのかもしれない。老人向けの靴は種類が乏しいという気もしてくる。だいたいどれも似たように見える。同じに見えてほんとうはちがうのかも。

急に自信がなくなって靴を元の場所に戻していると、エプロンのおばあさんはしきりに家の中を気にする。

「どうかしたんですか」

「お鍋を火にかけていたのよ。今日は私の母の祥月命日で、好物だったおはぎを作ろうと思って」

根尾が「それは大変です」と前に進み出た。

「早く行った方がいいです。もう焦げ付いているかもしれない。なんか焦げ臭い匂いがするし。おれたちも一緒に行きましょうか。危ないから。なあ」

小突くように言われ、花南子はとっさに話を合わせた。

「おはぎだったら小豆《あずき》ですか。あれ、焦げやすいですよね」

「そうなの。だから目を離さないでいたのに」

花南子たちは大急ぎで靴を脱いで家にあがり、おろおろするおばあさんを促して玄関から廊下に進んだ。台所はどちらですかと聞きながら歩くのだけど、家の中でおばあさんは迷う。襖《ふすま》を開けたところが畳敷きの和室だったりトイレだったり。しかもおばあさんはダイニングルームのフローリングにびっくりし、その先にあるシステムキッチンに「こんなに変わって」と眉をひそめる。言うほど新しくはない。食器棚などは黒光りするほどの年代物だ。

キッチンはオール電化になっていて、コンロに鍋はあったが空っぽだった。火も点《つ》いていない。小豆はシンクに置かれた笊《ざる》の中だ。

「私の母が好物だったのよ、おはぎ。だからお彼岸でなくても作ってあげたくて」

おばあさんはおっとりと水栓のレバーを動かし小豆を洗い始める。

「ユカちゃん、お手伝いするなら手を洗ってきてちょうだい」

返す言葉を失う。ぼんやりしていると根尾に引っ張られた。連れだって廊下に出る。

「どうなっちゃってるの。鍋は火にかかってないし」

「それよりも絶好のチャンスだ。家の中を見せてもらおう。五月さんがまだいるかもしれない」

そんなことしていいのかと思うも、いいに決まっていると考え直す。高齢女性の安否がかかっている。さっきのおばあさんがひとりで暮らしているのなら、誰かと鉢合わせする心配もないだろう。

うなずいて根尾と共に初めてのお宅を見てまわる。廊下に並んだトイレや洗面所、襖を開けて和室。玄関に出てしまい、そこから反対側の廊下にまわると中庭があった。日の光からすると中庭を挟んで東側に玄関やダイニングルーム、台所があり、壁も床も天井もリフォームされていた。西側は古びていて廊下はぎしぎし音がする。くすんだ色の土壁は触れると粉がついてくる。昼間なのに暗く、家に染みついた匂いが充満している。

廊下に面した襖も開けづらく、何度かごとごとやってようやく開いた。仏間だ。人の背丈よりも高くて大きな仏壇が、暗い部屋の奥で圧倒的な存在感を放っている。花南子たちを睥睨《へいげい》しているようにも思え、「誰もいないね」と囁《ささや》くのがやっとだ。

「押し入れの中とか見る?」

「え? やめて。恐いこと言わないで。見るなら根尾くんがひとりで見て」

「おれだって恐いよ」

「電気をつければいいじゃない。電気はどこ」

叱咤《しった》するような口調で冷たくしなった畳に足を置く。肩をすくめて室内を見回していると、仏壇の前に置かれた座布団へと目が吸い寄せられた。その横に何かある。おっかなびっくり近づいて覗き込む。

「これ、五月さんのだ」

折りたたまれた風呂敷ではないか。

「ほんと？」

「まちがいない。ねえ、仏壇への供え物も見て。包み紙に見覚えがある。五月さんがよく買っている和菓子屋さんのだよ」

「菓子箱を供えて、風呂敷を置き忘れたのか」

「五月さん、やっぱりこの家に来たんだね。今、どこにいるの」

思わず大きな声を出してしまった。根尾に「しっ」と咎められる。花南子は口に手をあてがったが、根尾は唇の前に立てた指をなかなか外さない。

「何か聞こえないか？」

「え？」

「ほらまた」

たしかに、耳を澄ますと物音が聞こえる。かすかな振動まで伝わってくる。

台所とは離れた場所だが、あのおばあさんがこちらに来たのだろうか。それとも他の誰かか。

大急ぎで仏間の襖を閉めて音のする方に向かう。ここだと思われる場所までくると、硬い物を打ち鳴らす音に加え、聞き取りづらい声もした。舌打ちするような乱暴な言葉が発せられている。

花南子と根尾は顔を見合わせ、襖の取っ手に指を当てた。ゆっくり力を入れて十センチほど開く。隙間から部屋を見回し息をのむ。部屋の片側、開け放たれた押し入れから足が一本、突き出していた。靴下は履いているものの、ふくらはぎがむき出しだ。

花南子たちはさらに襖を開いて部屋に入った。押し入れに近づく前に、ふくらはぎが揺れてもう一本、にょきっと出てきた。さらにスカートらしきものに包まれたお尻も現れる。

全身が明らかになり、そこにいたのは見知らぬおばあさんだった。向こうも花南子たちに気付いてぎょっとする。

「あんたたち、誰」

「わ、わたしたちは……」

「トシコんとこの？　そうだね、あそこの子だね。何しに来た！」

怒鳴られすくみあがる。相手は身長百五十センチに足りないくらいの小さなおばあさんだ。大変な剣幕に恐れをなしただけではない。おばあさんの手にはハンマーが握られていた。それをふりかざして今にも飛びかかってきそうで、花南子も根尾も部屋から逃げ出した。軋《きし》む廊下を夢中で戻る。中庭をぐるりとまわり、東の住居部分に出たところで、台所に行くべきか玄関かを迷った。

ハンマーのおばあさんは誰なのか。エプロンのおばあさんに問いただしたい気もする。もしくはおばあさんをほったらかしにせず守るべきだろうか。花南子と根尾は目と目を合わせ、互いにどうしようかと問いかけていると、玄関に続く廊下の角から人影が現れた。

鮮やかなエメラルドグリーンのワンピースをまとったおばあさんだ。

花南子たちに出くわし目を見張る。

「見かけない子ね。どこのどなた？　なぜここにいるの」

美容院帰りのようにセットされた茶色の髪で、眉は整い、ファンデーションやチークなど、メイクもかなりしっかりしている。

「あの、私、湘東台にあるさつきハイツの、大家のひ孫で」

「あら。それなら五月さんの？　あなたが孫？　いえ、ひ孫って言ったかしら」

花南子は脱力のあまりへたり込みそうになった。やっとまともに話せる人が現れたらしい。

そう思ったのもつかの間、廊下の西側から荒々しい足音が聞こえ、そちらに目を向けたとたん、ワンピースのおばあさんは柳眉《りゅうび》を逆立てた。花南子たちを怒鳴りつけたおばあさんがハンマーを握ったままやってくる。

「相変わらずケバケバしい。あんたとその子たちは知り合い？　はーん、なるほど。そういうことか」

「どういうことでもないわ。そんな物騒な物を持って何やってるの」

「これ？　奥の部屋を直してただけ」

「勝手なまねをするなと、何度言ったらわかるの。聞こえてる？　今すぐ出て行って！」

「何様のつもり。えらそうな。出て行くのはそっちでしょ」

「つくづく時間の無駄。もううんざり」

「は？」

「う、ん、ざ、り」

ふたりが大声で言い合っていると台所からエプロンのおばあさんがやってきた。

「なんの騒ぎかと思ったら、あなたたちなの。いい歳して罵《ののし》り合いなんて品がない。これだから育ちの悪い人はいやだわ」

おばあさんふたりは「なんですって」と食ってかかる。

「大きな声を出すならもう来ないで。ここは私の家よ」とエプロンのおばあさん。

「あんたじゃない。私の家よ」とハンマーのおばあさん。

「ふたりとも、私の家から出て行きなさい」とワンピースのおばあさん。

三人とも一歩も引かない強さで睨《にら》み合う。

花南子と根尾は雰囲気に飲まれて立ち尽くした。頭がまったく働かず、息をするのがやっとだ。そこにチャイムの音が鳴り響き、玄関ドアを叩く音が聞こえた。ワンピースのおばあさんが一番近くにいたので、いかにも鬱陶《うっとう》しそうに玄関に向かう。話し声がしてすぐに戻ってきた。ぽっちゃりしたおばあさんと一緒だ。

「あらまあ、皆さんお揃いで」

残っていたおばあさんふたりが、「あんたまでなんなの」「何しに来たの」と噛みつく。

「この家が心配で来たに決まってるでしょ。いつもの顔ぶれかと思ったら珍しい人が。そちらのお若い方、どこのお子さん？」

「えっと、となり町の湘東台にさっきハイツってアパートがありまして、そこの大家のひ孫で」

ぽっちゃりしたおばあさんはたちまち目を輝かせた。

「さつきハイツ？　もしかしてさっちゃんのお孫さん？　あ、ひ孫」

「そうです。さっちゃん、ご存じですか」

「もちろんよ。昨日から連絡が取れなくてやきもきしているの」

「私もです。こっちは近所に住んでる友だちの根尾くんで」

「ボーイフレンド？　まあ素敵」

微妙な表現にひるんでいると再び玄関から声がした。こんにちは、どなたかいませんか、勝手に入りますよと。

おばあさんたちはお互いに顔を見合わせるだけだ。相談にもならないうちに、角から人影が現れた。今度は男性だ。花南子と根尾は顔を見て飛び上がるほど驚いた。

「今津さん！」

おばあさんたちは怪訝そうな顔になったが、ワンピースのおばあさんは会釈して「久しぶりね」と笑いかけた。

「玄関の鍵が開いていましたよ。閉めてきたのでご安心を。日本に帰ってらしたんですね」

「今朝着いたばかりよ。おちおちバカンスを楽しんでもいられない。日本は、というかこの家はいっつも騒がしい」

「お疲れさまです。皆さん、いきなりお邪魔してすみません。今津と申します。五年前に工務店の件で厚子さんと知り合いまして。見ての通りの若輩者なのでいろいろ勉強させてもらっています」

ワンピースのおばあさんが厚子さんらしい。富司郎さんの再婚相手。

「で、そこの中学生のふたり。家でおとなしくしていろとあれほど言ったのに」

話しかけられて肩をすぼめる。

「相変わらず無茶ばかりだな」

「今津さんこそ午後も仕事でしょう?」

おばあさんが代わってくれたんだ。五月さんの件で、何か摑んだか?」

おばあさんたちに向けるのとはちがう目つきや声に、ぼんやりしていた頭の中もしゃんとする。それなりに要点のみを説明した。相馬家の塀のそばで親子連れに会ったこと。その人たちによれば昨日、五月さんとおぼしきおばあさんがこの家に入っていったらしいこと。

玄関で見つけた靴の話になると、ハンマーのおばあさんからサイズを問われた。

「二十三センチで、五月さんと同じです」

「だったらこの人のじゃないわ。この人、足は大きいの。二十四センチ。最近、物忘れはひどいし勝手に話を作るし。信用できないのよね」

エプロンのおばあさんは聞いているのかいないのか、他人事《ひとごと》のような顔をしている。

「他には?」と今津さん。

「家に上がらせてもらい、ちょっと捜させてもらったんですけれど、仏間の座布団の脇に五月さんの風呂敷がありました」

廊下の向こうを指差すと今津さんはすぐに歩き出す。みんなもぞろぞろとあとに続いた。仏間の襖を全開にして中に入れば、座布団の横に折りたたまれた花柄の布がある。

「風呂敷を見つけたあとはどうした?」

「もっとちゃんと部屋の中を調べた方がいいのかと話していたら、物音がしたんです。根尾くんが気付いて一緒に見に行きました。そしたら奥の部屋の押し入れに、こちらの方が潜り込んでいて」

花南子が目を向けるとみんなの視線もハンマーのおばあさんに集まる。

「やあね。飛び出している釘があったからトントンやってただけよ」

「下手な嘘つくんじゃないわ。押し入れで何やってたの！」

厚子さんが一喝する。

いつの間にかハンマーのおばあさんの背後に、ぽっちゃりしたおばあさんがまわり込んでいて耳元で言う。

「四十六年前になくなった、お義母《かあ》さんのアクセサリーを捜しているのよね。トシちゃんから聞いたわ。ひとつ出てきたって。カズ江さんはひとつと言わず、全部を捜しているんでしょう？」

ハンマーのおばあさんは忌々《いまいま》しそうに「あのおしゃべり」と吐き捨てる。

「今すぐすべて話して。でないとみんなで叩き出すわよ、カズ江さん」

「ほんの二週間前よ。この人……雅美お義姉《ねえ》さまが勝ち誇ったように見せびらかしてきたの。お母さんのお宝がついに出てきたって。そんなの、今までもさんざん聞かされてた。作り話をするようになってから、嘘八百を好きなだけ並べるのよ。でも今回はネックレスの実物を持っていたから、暇つぶしに町の質屋まで一緒に行ったの。そしたら驚きなさいよ、本物だってさ。アメジストもそのまわりの小さなダイヤも全部本物。泥棒に盗まれたんじゃなく、やっぱりこの家にあったのよ。すごい大発見でしょう？　なのに雅美義姉さんときたら、どこで見つけたのか覚えていない。聞くたびにちがうこと言うんだもん」

「それでカズ江さん、この家に足繁く通ったわけね」

「実物がなきゃ話にならないでしょ」

ぽっちゃりのおばあさんによれば、エプロンのおばあさんはこの家の長女・雅美さん。敏子《としこ》さんはその娘だ。

雅美さんが亡くなった両親のお位牌に線香をあげたいと朝に晩に言うので、敏子さんはこの家の主である厚子さんに、長期不在のときもなんとかならないかと泣きついた。厚子さんは敏子さんが同行するときだけという条件を出して合鍵を渡した。敏子さんは約束を守り、母の雅美さんと共にときどき訪れ空気の入れ換えなどをしていたのだが、あるとき雅美さんがどこからかネックレスを見つけてきた。何を聞いても要領を得ず、預かろうとしたが目を離した隙にネックレスはどこかにいってしまった。

そのうち出てくるだろうと思い帰宅したものの、以後なぜかカズ江さんが現れるようになる。狙ったように敏子さんたちの訪問時にやってきて、家の中で好き放題。用事があって行けない日には、「私が面倒を見るから」と半ば強引に鍵を持ち出し、雅美さんを伴い行ってしまう。意見してもちっとも聞いてくれない。困った敏子さんはぽっちゃりのおばあさん、希実子さんに相談した。

希実子さんはそれを五月さんに話し、気になった五月さんは様子を見に来たらしい。

一方、相馬家の不動産を管理している人は、たびたび出入りするおばあさんたちを見とがめ、厚子さんに報告した。それで急遽《きゅうきょ》、海外の滞在先から戻ってきたというのだ。

おばあさんが相馬家に集まってきた理由はわかってきたが、花南子にとってはもうひとりのおばあさんが最重要課題だ。今津さんが仕切り直してくれる。

「アクセサリーも気になるでしょうが、今は五月さんを捜すのが先です。カズ江さんは昨日、五月さんに会っていないし見かけてもいないのですか」

「そうよ。ぜんぜん知らない」

「今日と同じようにハンマーで壁や柱を叩いてはいましたか」

「ちょっとだけよ。どう考えても見つかったのは西側の部屋なんだから」

「だったら仏間まで来た五月さんも物音に気付いたでしょう。そしておそらく見に行った。昨日の午後の二時半から三時までの間に、変わったことはありませんでしたか」

「ないけど。ただ三時なら、雅美義姉さんがおやつの時間よと言いに来たっけ」

「おやつを食べに行ったのですか？」

「持ってきてもらい、廊下に座って食べた。カステラがふた切れ。窓が開いてたから中庭に足を下ろしてね。風がちょうど気持ちよかったし」

そのとき五月さんはどこにいたのだろう。花南子が思ったままのことを、となりに立つ根尾がつぶやく。そうだねと応じて考える。

「物陰に身を寄せて隠れたんじゃないかな。カズ江さんが何をやっているのかもっと見たかったと思う。私ならそう」

「物陰ってどこにある？」

どこだろう。ふたりは仏間の出入り口にいたので、すぐに隠れられそうな場所を探し始めた。五月さんにとっては馴染みの薄い家だ。間取りも熟知してない。ほんの短時間のつもりだったのではないか。

そこでアクシデントに見舞われたのかもしれない。連絡の出来なくなる何か。アパートに帰れなくなる何か。

カズ江さんのいた部屋のまわりを見て歩き、閉じてある扉を開けて、置いてある荷物の裏や押し入れの中も調べる。同じく探索に加わった今津さんが「五月さん」と声をあげた。「聞こえてたら返事してください」と。

それを聞いて花南子も根尾も呼びかける。

「五月さーん」

「捜しに来ましたよー」

中庭に降りて縁の下も覗き込む。

西側に一カ所、まったく動かない引き戸があった。鍵がかかっているのかと思ったが、鍵穴らしいものは見当たらない。

「ここ、なんですか」

おばあさんたちに尋ねても首をひねるだけだ。ワンテンポ遅れ、雅美さんが「布団部屋よ」と言った。それを聞いて厚子さんが立て付けの悪さをぼやく。引き戸はするりと開く日もあれば、てこでも動かない日があるらしい。

今津さんが「しーっ」と人差し指を立てた。

「何か聞こえる」

カズ江さんだけがぜんぜん聞こえないと騒ぎ、希実子さんに「黙って」と注意された。しーんとなった古い家屋の一角に、耳を澄ますとかすかな物音がする。トントン、トントンと。弱々しくか細い音に花南子は胸がいっぱいになる。ここかと思うそばから泣けてくる。

「根尾、手を貸せ！」

男性ふたりが布団部屋の引き戸を荒々しく叩いた。枠を持ち上げ、わずかにできた隙間に指をねじ込む。ガタガタと揺さぶりようやく十センチ、十五センチと戸が動く。「さっちゃん」「さっちゃん」と、連呼する花南子の声が吸い込まれていく。

半分まで開いたところで男たちが中に入り、布団の間にへたり込む五月さんを見つけた。「大丈夫ですか」の声に、「ありがとう」と返ってくる。五月さんの声だ。根尾が戸に体当たりしてやっと全開になった。

「救急車を」という声があったが、「それよりも水を」と今津さんが言い、花南子は大急ぎで台所に走った。コップを手に戻ってくる頃には布団部屋の入り口に五月さんの姿があった。座り込んでいるところを希実子さんに支えられている。丸一日ぶりに廊下に出られたのだ。

花南子が水を差し出すと、希実子さんが受け取り五月さんの口元に持っていく。半分を飲み干し、息をついた。

「はあ。死ぬかと思ったわ」

まさに生還者の言葉だった。

4.

五月さんの話によれば、お線香をあげさせてもらうという名目ならばなんとかなると考え、花南子と話した翌日にお供え物を持って相馬家を訪れたそうだ。ほぼ毎日のように押しかけているらしいという希実子さんからの情報通りに、誰もいないはずの家に応対してくれる人がいた。

長女の雅美さんであることは見当が付いた。根掘り葉掘り聞かれることもなく家に上げてくれて、仏間に通された。そこからどうしようかと思っていたところ、雅美さんは台所のお鍋が気になると行ってしまった。

ひとり残され、カズ江さんを捜そうとしていたところ、物音がしてこっそり見に行くとそれらしき人物が奥の和室にいた。これ幸いと観察していたのだが、雅美さんがやってきておやつにしましょうと呼びかける。あわてて近くに隠れようとした。ほどよい物陰はなく、納戸らしい引き戸をみつけて中に入った。それがとんでもない大失敗だったのだ。

しばらくして出ようとしたら、戸は微動だにしない。揺さぶってみても持ち上げてみても身体を押しつけてもびくともしない。手提げ袋は持っていたがスマホの充電は切れていた。腕時計は持っていたので時間を見ると夕方の五時近かった。雅美さんたちが引き上げるとこの家は無人になる。

急に恐くなり、戸を叩いて助けを呼んだ。耳を澄ませばカズ江さんの発しているとおぼしい物音はまだしている。すぐ近くにいる。さらに戸を鳴らし声を張り上げた。けれどなんの反応もない。

いつしかまわりは静かになり、夜になれば身体をくるむものだけはある。布団部屋なので。あとでわかったことだが、カズ江さんは耳の聞こえが悪くなっているそうだ。近くにいても五月さんの発する物音や声に気付けなかった。

「自業自得とはこのことよ。深く反省しながらぐったりしていたんだけれど、もうダメだとは思わなかった。だって花南ちゃんがいるから」

きっと捜しに来てくれると思ったそうだ。それを励みにおとなしく待つことにしたと言われ、花南子は感無量だった。自分のことを足手まといのお荷物と思いがちで、じっさいできることはごくわずかだ。怠け者でいい加減という性格もよくわかっている。欠点だらけという自覚があるだけに、「あなたがいて良かった」という言葉やニュアンスが、砂漠に垂らされた水のように染み入る。

それで一件落着とはならないのが今回の騒動だ。五月さんが這々《ほうほう》の体《てい》で自宅に戻り、体力回復に努めている間、事態は今津さんの手で動いていた。バカンス先から帰国した厚子さんが、行方不明になっていたアクセサリーの探索を正式に依頼したのだ。

五月さんが布団部屋に閉じ込められた翌週の水曜日、厚子さんから電話があった。アクセサリーが台所の物入れから発見されたそうだ。詳しいことは会って話したいと言われ、今度は厚子さんの方がさつきハイツに来ることになった。

根尾にも声をかけ、約束の土曜日に一〇一号室で待っていると、言われた時間の午後二時に厚子さんと今津さんが連れ立ってやってきた。

「途中から首を突っ込んだ中学生ふたりも、四十六年前に何があったのかが気になるよな」

椅子に座れるようになった五月さんを含め、食卓を五人で囲み、お茶などが行き渡って間もなく今津さんから言われた。

「そりゃ気になりますよ。今日は全部聞かせてもらえるんですよね」

「先週の土曜日は驚いた。相馬家に出向いたら関係者一同がほぼ揃い踏みで、実に壮観だった」

引っかかる言葉がひとつある。含みのある眼差しを向けられたので、わざとなのだろう。

「『ほぼ』ですね。ひとり足りない。そのひとり、お手伝いさんだったノリちゃんは、今どうしているんですか」

「ずいぶん前に亡くなっている。進行性の癌《がん》だったらしい」

「前って、いつ頃ですか」

「調べたところによれば、相馬家から富山にある実家に戻り、そのわずか二年後」

五月さんも初耳だったらしい。目を見張って「そんなに早く」とつぶやく。

再び今津さんが花南子と根尾に話しかける。

「四十六年前にアクセサリーがなくなる騒ぎがあり、外部犯の仕業か内部犯なのか、それさえうやむやになっていたけれど、今回の発見で内部犯であることがはっきりした。みんなの知る人物が、何かしらの目的のために意図的に隠したんだ。相馬家のトラブルはその前後は起きていないようなので、アクセサリーを隠した人物の目的は達成されたのではないかと想像する。では事件の結果、何が起きたのか。変化はふたつ。次男一家が相馬家と縁を切り上原町を出て行った。お手伝いの法子《のりこ》さんが仕事を辞めて富山の実家に帰った」

「どちらかを犯人が望んでいたってこと？」

花南子の問いに今津さんは首を縦に振る。

「そのうちの次男一家については、結果として縁は切られていなかった。犯人の意図はそこになかったのではないかと思うんだ。ではもうひとつの変化、法子さんについてだが、これはぜひとも厚子さんからうかがいたい。お願いできますでしょうか、厚子さん」

いきなり水を向けられ、厚子さんは憮然《ぶぜん》とした面持ちになった。

「なぜ私？　知るわけないでしょ、と言いたいところだけれど、調査会社の調査員って厄介ね」

「すみません」

「どこまで調べが付いているの？　何を摑んでて、何を知らないの？　わからないから、とぼけ方に悩むわ」

「悩まないでください。もう『今さら』なんですよ」

今津さんはさらりと微笑む。

「私は一連の話を聞いて、富司郎さんが厚子さんの子をすんなり養子にしたことが気になりました。血縁関係にこだわる人のようなのに、なぜと。一部では血の繋がっているほんとうの子どもだからと噂されているようですね」

厚子さんは肩をすくめる。

「いかにもみんなが言いそうなことよ」

「もしも富司郎さんの実子だとしたら、母親は誰ですか」

厚子さんの連れ子なのだから厚子さんの子に決まっていると、そのときまで花南子は思っていた。根尾も五月さんもそうらしい。「え？」と聞き返す顔で固まる。

厚子さんはそういった一同を見回してから口を開く。

「母親は相馬家を追い出された法子よ」

実家に帰るなんて、中身のない空っぽな言葉だと厚子さんは言った。相馬家を出て生まれ故郷に戻ったものの、法子さんに帰れるような家はなく、小さなアパートを借りて住み始めた。厚子さんが訪ねていったときにはすでにお腹《なか》が大きく、働くことも出来ずに困窮していた。

その頃すでに結婚生活がうまくいかなくなっていた厚子さんは離婚して仕事に復帰し、法子さんと生まれた子の暮らしを支えた。ミルク代を稼ぎ、おむつも取り替えてやったんだから、親と変わらないわと厚子さんは胸を張る。

子どもを保育園に入れられるようになると法子さんも働き始めたが、その矢先、病に倒れる。三十五歳という若さでこの世を去った。

亡くなる前にようやく子どもの父親、富司郎さんについて、法子さんは厚子さんに話した。相馬家で働いているときに関係を持ち、そこを出てすぐ、富山に帰ってから子どもができたことに気付いたそうだ。富司郎さんに打ち明けると、どうすることもできないの一点張り。出産後は養育費的な生活費をもらっていたという。

その金をなるべく使わず、子どものためにと貯めていた法子さんに、厚子さんは「私がちゃんと育てる」と約束した。富司郎さんのもとにも出向き、法子さんが亡くなる前に見舞いにも来させたし、葬式にも参列させた。毎月の養育費を値上げして、子どもを認知するよう迫った。

そんなやりとりをしているうちに、妻を亡くした富司郎さんと、離婚して独り身になっている自分が結婚してはどうかとひらめいた。

「だって私はほら、美人で賢くて性格も強いでしょ。社交的で商才だってある。法子を追い出した相馬家に……なんていうのかしら今どきは、ほら、り、り」

「リベンジ?」

「それそれ。奥さんのいない富司郎さんを口説き落として、鼻息荒く乗り込んでやったわけ」

結果はみんなよく知っている。彼女は相馬家の主となり悠々自適の今を過ごしている。

「すみません、聞いてもいいですか。厚子さんと法子さんのご関係は?」

花南子がおずおず言うと、厚子さんはにっこり笑った。

「妹よ。たったひとりの。相馬家の人たちは知らないわ。富司郎さんにも言わないよう頼んだ。よけいなことをごちゃごちゃ言われたくなかったから」

お姉さん？　それを聞いて花南子は思い出す。

「もしかして、アクセサリーがなくなった日に、ノリちゃんに会いに来ていたお姉さんというのは？」

「私よ」

思いがけないところで話が繫がる。

今度は今津さんの方を向き、花南子は強めの口調で言った。

「アクセサリーを隠したのは誰なんですか」

「誰だと思う？」

相馬家の主は住み込みのお手伝いさんと関係を持つ。あるとき奥さんのアクセサリーがなくなる。盗んだ疑いをかけられたお手伝いさんは辞めて郷里に帰る。

「奥さんの自作自演？」

今津さんより早く根尾がうなずいた。同じことを考えていたのだろう。

五月さんも横で長く深い息をつく。

「そういうことだったのね。なるほどだわ。希実ちゃんは巻き添えだったのね」

根尾が横から言う。

「長男長女はそれに乗っかったんじゃないですか。奥さんが疑われたことに腹を立てた次男が家を出て行けば、財産の分け前が増える」

ひどい話だがのちの言動からするとありえそうだ。

富司郎さんは薄々わかっていたから、次男の相続権をそのままにしておいたのか。

いつの間にか肩に力が入っていた。ぬるくなった紅茶を飲んで心も体もほぐす。

見つかったアクセサリーは誰のものになるのだろう。また揉めるのかもしれない。

自分の家で見つかったものだと厚子さんは言い、自分の母親の持ち物だと雅美さんも主張する。ハンマーを握っていたカズ江さんにしても、順当にいけば長男である夫が家を継ぎ、自分はあの家で暮らしているはずだった。

三人のおばあさんの睨み合いを思い出していると、今津さんが厚子さんに言った。

「もうひとつ、聞いてもいいですか」

「何かしら」

「四十六年前、厚子さんは相馬家を訪れています。それは自発的な訪問ですか。それとも来るように言われての訪問でしたか」

昔話を終えて、手土産に持ってきた焼き菓子を振る舞っていた厚子さんは、どうぞと差し伸べていた手を止める。

「なぜそんなことを聞くの？」

「アクセサリーが台所で見つかったからです。発見した雅美さんがよくいる場所であり、リフォーム後も年代物の棚がいくつか置かれていたので、これのどこかに隠しスペースがあるのではと見当をつけました。じっさい引き出しのひとつにそういう場所があり、経年劣化で一部に穴が開いていました。雅美さんはそこに指を入れて、ネックレスを引っ張り出したようです。残りのアクセサリーも見つかりました。ただ、捜す前から決めていたんです。志乃さんの部屋で見つかったならさっきの質問はしない。台所で見つかった場合はしようと」

四十六年前、相馬家への訪問は厚子さん自身の意思によるものなのか、誰かに言われたからなのか、という質問だ。

「聞くからには、あなたの中で答えが出てるのでしょうね」

「妹の法子さんに呼ばれましたか」

「富山から出て行ったんじゃないのよ。その頃の私は東京に住んでいたから」

「日付とだいたいの時間は指示されたのですね？」

厚子さんは遠い目になってつぶやくように言う。

「奥様に挨拶してほしいって言われたの。東京に住んでるお姉さんに会いたがっているからと」

けれど奥様は不在だった。お友だちとドライブに出かけたから。その予定を法子さんが知らないわけはないのに。

「急用ができて出かけてしまったと、玄関先で謝られた。奥様なんてそんなものよと言ってすぐ帰ったわ。私がアクセサリー事件を知ったのは結婚して相馬の家に入ってから。雅美さんたちはともかく、近所の人たちは法子のことを気の毒がっていた。意地悪されて追い出された子がいた、働き者だったのに可哀想と。富司郎さんを問いただしたら、あれは志乃がやったのかもしれない、法子は濡れ衣を着せられてここにいられなくなった、庇《かば》ってやれずに申し訳なかったとうなだれるの。私は憤るやら口惜しいやら。自分が呼び出されたのはその日だと、頭が回らなかった」

「いつ気付いたんですか」

「植木屋さんとしゃべっていたらその話になって、あの日は自分たちも仕事をしていたと、懐かしそうにひょいと言うの。私が来たときも植木屋さんがいた。ひょっとしてと思ったけれどそれ以上は考えなかった。振り返らない方がいいような気がして。なのに今津さん、あなたは台所からアクセサリーを捜し出した。自分から頼んだくせに思ったわ。見つけないでほしかったと」

それはつまり、隠した人間は志乃さんではなかったからか。

友だちと約束していた志乃さんは、帯締めを借りに来た雅美さんにアクセサリーを見せたそうだ。そのあと隙を見て志乃さん自身が隠すとしたら、自分の部屋か、奥の部屋のどこかだろう。台所は人の目に付きやすい。けれど法子さんならば、みんなが出払った後ゆっくり隠せる。台所は自分のテリトリーだ。

でもどうして、なぜ。

わざわざお姉さんを呼んでまで、自分に疑いを向けさせる理由はなんだろう。

わからなくて根尾を見ると冴えない顔をしている。ふたりで今津さんをうかがうと、仕方なさそうに口を開いた。

「もしも事件がなかったら、富司郎さんとの仲を咎められ、おそらく追い出される。事件があって濡れ衣を着せられれば、やはり追い出される。結果はたぶん同じだ」

「同じなのに、なぜ疑われる方を選ぶんですか」

「事件のあるなしでちがう点がひとつある」

なんだろう。それが知りたい。花南子は目に力を入れたが、今津さんはすっと視線をそらした。五月さんが「同情かしら」と言った。

「富司郎さんの同情が買える。その情はもしかしたら金銭に結びつく。ねえ厚子さん、ここを出て行くとき、法子さんのお腹には赤ちゃんがいたんじゃないかしら」

厚子さんは苦笑いらしきものを口元に浮かべた。

「私もそうだったと思うわ。遅かれ早かれここから出て行かなくてはならない。ひとりで産んで育てなきゃいけない。あの子は頭を働かせたのよ。富司郎さんにより哀れまれた方が、金銭の取引がしやすい。賢いじゃないの。でもね、いざ子どもが生まれてみると、あの子は変わった。変えるくらいの力があるのね、赤ちゃんって」

余命わずかとわかったときは、この子の笑顔を守ってほしいと厚子さんは頼まれた。願いごとはひとつだったが、そのひとつが難しい注文だったと外連味《けれんみ》たっぷりに顔をしかめる。相馬家に来たらまわりは敵ばかり。雑音が大音量で日夜飛び交う。そこで子どもは全寮制の学校に入れ、大学も海外に行かせた。

「花南ちゃんと根尾くんだっけ？　いい？　聞かなくてもいい騒音はたくさんあるの。大事なのは本質、根っこの部分よ。相手のそれを見抜き、自分のそれを磨く。わかるわね？」

ふたりとも背筋を伸ばしてうなずき、五月さんが「忘れないよう書いときなさいね」と笑う。そして、「息子さんは今どうされているの？」と。

「昔から鳥が好きな子でね。大学の学部もそういうところに行って、今も研究室に所属している。渡り鳥を調べているんだって。自分は飛行機に乗っていろんな空を飛び回っているわ」

スマホの写真を見せてくれた。日に焼けた細面の男性が、白くて大きな鳥を腕に乗せて笑っている。中年のおじさんにも大学生にも見える若くて飾り気のない笑顔だ。厚子さんは妹との約束を守り通したらしい。とてもとても難しい注文だったのに。

「アパート経営もバカンスも興味なくて。ソーマハイツはどうしようかしら」

「うちも先々の見通しがないわ。悩みの種よ」

「いずこも同じ？」

「みたいね。上原町のおうちはどうするの？」

「今度こそ売り払う気満々で帰ってきたんだけど、あのふたりがまたやってきて、端午の節句の用意をするっていうの。ひな祭りのときも七段か八段のすごいのを引っ張り出してくるのよ。近所の小学生が見学に来るんだから。一年のうちにそんなのが何度もあって」

「へえ、面白そう。私もお邪魔したいわ」

おばあさんたちの賑やかなおしゃべりが始まり、花南子は立ち上がってお茶のおかわりを用意する。モッコウバラが咲きましたね、あの男の人は来たのかな、まだかなと、根尾が今津さんに話しかけている。

花南子は窓辺に歩み寄り、レースのカーテンを大きく開いた。今津さんの座っているところから庭が見えるように。

彼は音や明るさに気付いて視線を窓に向ける。でもその目は外の花にではなく窓枠を背にして立つ花南子をとらえ、しばらく動かなかった。

優しくも寂しくも感じられる不思議な眼差しだった。

ここから上がる

1.

学校からの帰り道、同じクラスの友だちと別れてひとりになったところで、コンビニから出てきた根尾とばったり会った。花南子は思わず笑いかける。「やあ」と声をかける雰囲気だ。向こうも「よう」と気安く応じる。

春休みにさつきハイツに引っ越してきた花南子にとって、根尾はご近所友だちであり、いくつかの事件や出来事を経てすっかり気心の知れた間柄。学校でのクラスはちがうため、あんなことがあった、こんなことを聞いたと話題に事欠かない。

今日も根尾のクラスでは担任の先生が自分の名前の由来についてしゃべり、昼休みも友だちと盛り上がったと言う。

「おれのはぜんぜん大したことなくってさ。『新しい』という漢字を使いたかった親が、それ以外を画数で選んで『太』をくっつけたんだって。安住さんの名前も、由来って何かある？」

川沿いの遊歩道を歩きながら尋ねられ、花南子はうなずく。

「お母さんのお腹にいるときに性別がわかって、お父さんは女の子なら『花』のつく名前がいいと言ったんだって。お母さんにも好きな漢字はあるかと聞いたら、『南』って」

「花はわかるけど、南はなんで？」

「根尾くん、いい質問だよ。お母さんは北海道の人だから南に憧れがあったらしい。思わず言っちゃってから、名前につけたい漢字とはちがうとあわてたけれど、お父さんは面白がって『花南子』とつけたわけ」

　この話をするときの父の笑顔がよぎる。小さい頃の自分も無邪気に目を輝かせて聞いていた。母の大好きな漢字が入った名前が誇らしく、母の憧れも愛情も込められているような気がして嬉しかった。語る方も聞く方も飽きずにニコニコ顔になる、安住家の鉄板ネタだ。

　けれど幸せな思い出話がこれだけだと、気付いたのはいくつのときだろう。そんなに前の話ではない。たぶん小学校の高学年。誰に教えられたわけでもなく、成長したから考えが及んだ。だったら成長とはなんて残酷な。いつまでも「南」という字に夢や希望を持っていたかった。

「いい名前だね」

　横から言われて我に返る。いつの間にか足が止まっていたらしい。根尾は遊歩道の柵にもたれかかり川面《かわも》を見下ろしていた。

「由来を聞くとよけいにそう思うね」

「そうでもないよ。お母さんと私の結びつきはほんとうにその字だけだから。これを虚《むな》しいと言わずになんて言うの」

　明るくおどけてみたが、作り笑いは下手くそだったらしい。

「ぜんぜん会ってないんだっけ」

根尾の声が重たくなる。

「まあね。私が三歳のときに離婚して、お母さんは実家の北海道に帰ったきり。たぶんもう再婚して、セレブな家庭を築いているんじゃないかな」

「やりとりはまったくないの？」

「厳密に言うと養育費はもらっている」

とたんに根尾が非難がましい目を向けてくる。

「いいな、それ。払ってくれてるんだ。どれくらい？　正直に言ってほしい」

「言いづらいけど、まあその、毎月五万円として年に一度、六十万円が振り込まれているらしい。お父さんから聞いた。シンガポールに行く前にもそんな話が出たから、今でも変わらないんだと思う」

「素晴らしいよ。行き来が途絶えているのに、支払いの約束を守ってるって偉すぎだ」

「そうかな」

「五万円を、毎月の稼ぎの中から出すのは簡単じゃないよ。自分にも生活があるわけだし。言うまでもなく、うちの父親はゼロ円だ」

根尾の話は理解できる。五万円の価値をけっして低く見ているわけではない。でも。

「お母さんの実家はお金持ちみたいなの。だからお母さんではなく、実家が払っているんじゃないかな。そう思うとありがたいというよりも寂しくなっちゃって。ごめん、暗いね。湿っぽいね。なんだっけ。そうだ、名前の話をしていたんだ。名前なら五月さん。五月生まれじゃないって言ったら驚くでしょ」

「え？　ちがうの？」

「ちがわない。やっぱり五月生まれだった」

ふたりとも声を出して笑い、それをきっかけにまたゆるゆると歩き始めた。

「アパートの名前の『さつきハイツ』は、『五月さん』からとったんだよね。それはどう？　ちがう？」

「ううん。だと思うよ。本人はアパートの完成が五月だったからと言ってるけど」

「五月さんでも照れくさいのかな」

アパートが建っている土地の半分にはその昔、古い平屋があったそうだ。曽祖父である剛さんが三十代の頃に購入し、平屋を補修しながら住んでいたのだけれど、剛さんは五十代で目を患《わずら》ってしまう。会社勤めが厳しくなり、田舎に引っ越すことも考えたが、家を建て替えて二階部分を人に貸してはどうかと考えた。あちこち相談しているうちに隣接する空き地を買い取り、アパートを建てないかと勧められた。

退職金だけでは足りず、かなりの借金を抱えねばならなかったが、まだ四十代だった五月さんは夫婦で頑張りましょうと剛さんの背中を押した。アパート経営に関してはまったく初心者だったものの、夫婦それぞれの鷹揚《おうよう》さと生真面目さがほど良くマッチしたらしい。さつきハイツは駅から徒歩圏という立地の良さも手伝って、空き室が長期間出ることもなくオーナー家族の生活を支えてきた。

ただ、出来てから三十年を超えて建物全体の経年劣化は隠しようもない。このところ家賃は下がり気味だ。貴重な一室である一〇二号室も貸し出していない。父の話では、花南子が正式な住人になったこの春から家賃を払うようにしているが、割り引き料金にしてもらっているようだ。

「あれからどうしてる？　二階の空き室に新しい人は入ってきた？」

「ううん。まだ」

借り人が退去したので室内の清掃が終わり次第、賃貸物件を扱う会社に仲介を頼む。早ければ今月中にも見学者が現れ、気に入ってくれれば契約後すぐにでも越して来るだろう。あの部屋は別の人の住まいになる。

「そう言えばうちのアパートの近くに住む直井さん、覚えてるよね？」

「うん。もちろん」

行方不明になったと騒ぎになったおじいさんだ。

「庭の手入れをよくしてるから、ときどき挨拶や立ち話をしてるんだ。今度、今津さんに仕事を依頼するみたいだよ」

「どういうこと」

「施設に入っている直井さんの奥さんに、長いこと連絡の取れなくなっている妹がいるんだって。会いたがっているけど、どんなふうに捜していいのかもわからない。それでプロに頼むことに」

直井さんの騒ぎがあったのは春休みに入ってすぐのことだ。今津さんと知り合うきっかけにもなった。根尾のアパートの近くに住んでいるので、騒ぎのあとも何度となく言葉を交わし、あのとき助けに入ってくれた男性は調査会社の調査員だと話していたらしい。

「ちょうどよかったと直井さんは言ってた。ふだん関わり合いがないから、そういうところに頼むなんて考えもしなかったって。たしかにふつうに暮らしていると、あまり縁のない職種だよね。直井さんは今津さんの言葉を覚えていて、あれを言ってくれた人ならば、ぜひとも頼みたいと」

「言葉？　どんな？」

「うーんと、直井さんの秘密について、ひねり潰さず、これくらいは持っていてもいいんだよと逆に励まして欲しい、人生の先輩として、みたいな。おれもほとんど忘れてたけど、直井さんが覚えてて教えてくれたんだ」

直井さんの記憶力は素晴らしいが、それだけ身に染みる言葉だったのだろう。

「人生の先輩としてって、いいね」

「うん。今朝も学校に行くときに直井さんに会った。今津さんが家まで来てくれるって嬉しそうにしてた。話を聞いてもらったり写真を見せたりするらしい」

今津さんがまた湘東台に。気持ちがふわっと膨らんだが、「そうなんだ」とつぶやいてすぐにしぼんだ。

「依頼するような案件がないと、関わることはもうないね」

「調べてほしいことならあるんだけどな。おれっていうか、おれの住んでいるアパートで」

「何かあったの？」

「二階の奥の部屋にちょっと前から子どもがいてさ。小学校にも行ってないような小さな子がふたり。そこには男の人がひとりで住んでいると聞いてたんだけど。だからどうしたのかなと思っていたら、子どもだけで留守番もさせているらしい。一階のおばさんがそれに気付いてすごい剣幕なんだ。親に注意しろ、大家さんに言わなきゃダメだ、児童相談所に通報した方がいいって。うちの母親だけでなくおれまで呼び止めて、無視はないだろと叱りつける」

「その人が大家さんに言えばいいのに」

「言ったらしいよ。でもひとりの訴えじゃ何もしてくれないんだって。親に直接言うのは恐いって」

「恐そうな人なのかな。そういう人もいるからね。川端さんもその人に捕まったりするの？」

根尾の部屋のとなりに住んでいる男性だ。スポーツジムのインストラクターをしてるくらいなので体格もしっかりしている。

「もちろん。ちゃんと意見してと詰め寄られ困っていた。入居したばかりだから他の部屋のことまでわからないって。川端さんも今津さんに調査してほしいと言ってたよ。もっとも相手はプロだから頼めば費用がかかる」

調査はボランティアではないのだ。直井さんは奥さんのために、納得して料金を払うのだからかまわない。ただ根尾のアパートについては具体的な対応が難しそうだ。


根尾と別れてさつきハイツに帰ると、花南子は自室の一〇二号室で着替えてとなりの一〇一号室に向かった。玄関を開けたとたん、話し声が聞こえてくる。お客さんではなく、五月さんが電話で誰かととしゃべっているらしい。

長電話になるかもしれないので上がろうか出直そうか迷っていると、「宏美もねえ」「尚哉《なおや》だって」と知った名前が聞こえた。伯母のヒロちゃんと、シンガポールに単身赴任中の父だ。

ただいまと言いながら部屋に入る。五月さんは花南子に気付くなり微笑んだ。

「お帰り。手を洗ってらっしゃい。おやつあるわよ」

電話の相手に「花南ちゃんよ」と話しかける。言われたとおりに手を洗って、冷蔵庫の中の冷たいお茶を飲んでいると五月さんは電話を切った。

「誰なの?」

「誠子」

花南子の祖母であり、五月さんのひとり娘だ。

出してもらったおやつは手作りの蒸しパン。サツマイモとレーズンが入っている。

誠子おばあちゃんはつい先週、五月さんの入院と退院のいきさつを聞いて、久しぶりにさつきハイツにやってきた。一〇一号室に二泊したので、花南子も学校や父のことをいろいろ話せたし、小遣いももらった。誠子おばあちゃんは五月さんと同じく働き者で、なんでもてきぱきしているところは似ている。でも五月さんの方が陽気で大らか。誠子おばあちゃんは生真面目で少し堅い。

ふたりはさつきハイツの今後についても話し合ったようで、その内容を五月さんはぽつぽつ聞かせてくれた。誠子おばあちゃんは自然に囲まれた今の暮らしをできる限り続けたいそうだ。さつきハイツを継ぐつもりはない。五月さんには自分のところに来てほしいらしい。

「誠子もね、大学の先輩がずっと好きで、卒業後の二十二歳で結婚したの。でもその人の勤め先が茨城に移転してしまい、ここから離れるしかなかった。ヒロちゃんがお腹にできた頃よ。慣れない土地で苦労もしたと思うけど、その後尚哉も生まれて幸せそうにしていた。身体にだけは気をつけてと口癖のように言ってたら、旦那さんの方が病気であっという間に亡くなってしまった。子どもふたりを抱え、そりゃもう大変になることは目に見えてるわ。私も剛さんもこちらに戻ってくるようずいぶん言ったの。でも、礼治《れいじ》さんが建てた家を守りたいって。子どもたちも頑張ると言っているからって」

誠子さんは湘東台には帰らなかった。言葉通りに子どもたちと茨城で暮らした。そして小学生だった子どもたちが高校に上がる頃、仕事先で今の旦那さんと出会い、再婚した。数年後に千葉の山奥で古民家カフェを開いた。

「あの子なりに長い時間をかけて、自分の家を見つけたってことかしら。そう思うと、いいことなんだとだいたい納得もできるのよ」

「だいたい？」

「ほんとうはやっぱり、もう少し近くがよかった。お腹の膨らみだしたあの子を見送った朝のことはよく覚えているの。寂しくて不安だった。ほかの誰でもなく私自身がね」

「同じ関東だよ。同じ日本でもある」

「そうね。今どきは海外だってありえるわね」

花南子は五月さんを励ましたくて「うんうん」と首を振ったが、誠子さんのあとに続く宏美の話は思いもしなかったことで驚いた。

栄養士の資格を持ちつつボランティア活動に励んでいた宏美は、子どものための無料食堂を開くべく準備を始めたそうだ。これまでずっと手伝いとしてできる範囲で参加していたのに、今度は主催者として責任を負う側にまわるらしい。ボランティアであることに変わりはなく、今の仕事も続けるそうだが。

ぜんぜんらしくないと、花南子は顔をしかめた。

「ヒロちゃんっぽくないよ。誰かに押しつけられたんじゃないの？」

「自分で考え、自分で決めたのよ。あら、誠子と似てる。やっぱり親子なのかしら」

宏美なりの覚悟の表れだとしたら、本腰を入れるという意味になるのか。

「どうしたの。さっきから恐い顔して」

「だって、無理することないのに」

「無理したいときもあるのよ。無理して初めて得られるものもあるし」

物わかりのいいことを言われ、ついムッとする。

「五月さんはそれでいいの？　さつきハイツをヒロちゃんに継いでほしかったんじゃないの？　もう帰ってこないよ、ヒロちゃん」

花南子の言葉に、五月さんは唇をきゅっと結ぶ。静かに目を伏せる。ひとり娘の旅立ちを見送った朝も、こんなふうにうつむいていたのかもしれない。寂しさと不安と失意を胸に。だとしたら自分はなんて嫌なひ孫だろう。何もできないくせに、生意気な口を利くことだけは一人前だ。

2.

翌日の放課後、花南子は出かけてくるねと五月さんに声をかけ、なんとなく自転車を走らせた。友だちと待ち合わせているようなことを言ってしまったが、そういった約束の類《たぐ》いはなかった。JRの最寄り駅に出て本屋さんをぶらぶらして、スーパーの二階にできた100均にも寄ってみる。

宏美の開く食堂の話ではついよけいなことを言ってしまい、そのあとの沈黙がひたすら重かった。助け船を出してくれたのは五月さんだ。息をひとつついたあと、「花南ちゃんにも心配かけているのねえ」と苦笑いを浮かべた。

「大丈夫よ、花南ちゃんが成人するまでは頑張るから。あと何年？」

「四年くらい」

「けっこう長いわね。ううん。これまでの経験からするとあっという間だわ」

朗らかな声につられて花南子も笑ったが、四年は長いのかと切なくなった。五月さんはもうすぐ八十四歳。四年後は八十八歳。たしかにかなりの年齢だ。不動産会社とのやりとり、入居者とのやりとり、定期的な設備点検の依頼や立ち会い、不具合が生じたときの対応、毎月の帳簿つけ、毎日の清掃業務、町内会や近隣住民との付き合い。花南子が知っているだけで仕事はこんなにある。

ふつうは八十歳を超えたらもっとのんびりしているのではないだろうか。ほんとうはとっくにリタイアしていい年齢なのかもしれない。

100均の売り場を行ったり来たりして、ジュースとお菓子を買って外に出た。再び自転車を走らせる。川沿いの遊歩道は人影がぽつぽつあるくらいでひどくのどかだ。あっという間にさつきハイツの近くに出てしまう。帰宅するなら曲がるべき路地を横目に通り過ぎ、バス通りに出る手前でハンドルを切った。住宅街を進むと根尾の住むアパートが目と鼻の先だ。

今顔を合わせたら宏美のことを言いたくなってしまう。あと四、五年、さつきハイツは存続できるのかという話も。黙っている自信はない。むしろ誰かに聞いてほしくてたまらない。八十歳を超えている曽祖母を頼ってしまう歯がゆさ。「なんとかなるさ」といういつもの能天気さが、どこかに行ってしまった息苦しさ。

誰かに聞いてほしいけど、誰もいない。こういうときの話し相手である宏美には言えない。頑張ってねと励ましたい気持ちはあるのだ。シンガポールにいる父も、弱音を吐けば過剰に心配するだろう。身近な学校の友だちは両親と共に暮らしている子ばかりで、どう話せば伝わるのかわからない。

根尾ならばと思いかけて首を横に振る。頼りすぎはよくない。甘えはよくない。あれはただのとなりのクラスの男子だ。たまたま近所に住んでいるだけ。春休みにちょっとした出来事が続いてやりとりが増えただけ。

考え事ついでに自転車を押して歩いていると、年季の入った門柱が見え、表札には「直井」とある。お元気だろうか。少しだけ覗く気持ちでいると、庭から人影が現れた。

「おや、誰かと思ったら」

「直井さん！」

曲がり気味だった腰をしゃんと伸ばし、直井さんが笑いかけてくれる。しかもピンクのポロシャツ姿だ。

「いつぞやはお世話になったね。おかげさまですっかり良くなったんだよ」

「お元気そうで嬉しいです」

「あなたは久しぶりだよね。男の子はちょくちょく会うんだよ」

「少し離れたところに住んでいるんで、たまにしかここを通らなくて。あ、その男の子から聞きました。あのとき一緒にいた調査員さんに、今度、仕事を頼むそうですね」

口にしてからまずかっただろうかと思ったが、直井さんは屈託なくうなずく。

「そうなんだよ。これも何かの縁ってやつだね。さっそく明後日来てくれるんだ」

奥さんの妹がもう見つかったかのような晴れ晴れとした顔で、花南子もつられてにこやかに笑みを返す。きっとうまくいくにちがいない。陰でこっそり「名探偵」と呼んでいる人なのだ。

「庭もだいぶ綺麗《きれい》になったんだよ。そのうち男の子と一緒に遊びにおいでよ」

「いいんですか？」

目尻を下げて口元をほころばせる直井さんに、ありがとうございますと声をかけ、花南子は直井さん宅から離れた。自分も綺麗な色のシャツや花柄のブラウスなど着てみようか。五月さんに言えば手土産のお菓子を持たせてくれるかもしれない。縁側でお茶したらきっと楽しいだろう。自転車を押しながら考えているともう根尾のアパートだ。

「コーポ鈴川」はさつきハイツと同じく、一階と二階に四部屋ずつの八部屋。間取りは少し広いのでさつきハイツより大きい。築年数も十年くらい浅く、薄茶色の壁に黒い屋根はモダンに見える。さつきハイツはアイボリーの壁に焦げ茶色の屋根だ。

道路から見て一番手前が一〇一号室。そこから奥に向かって一〇二号室、一〇三号室と続く。道路に面した壁に沿って階段が設けられ、上がってすぐが二〇一号室。根尾とお母さんが暮らしている部屋だ。そのとなりが川端さんの部屋。

そんなふうに立ち止まって見上げていると、二階の外廊下に動くものがあった。やがて階段を小さな人影が降りてくる。子どもだ。一段の高さがやっとというくらいの足の長さで、はらはらしながら見守っていると後ろからもうひとり現れた。りーくんダメ、戻ってと、前の子のシャツを掴む。無理やり引っ張って止めようとするが、やられた方は振りほどこうとしてもみ合いになる。

花南子は自転車を駐《と》めて階段の途中まで駆け上がった。

「危ないよ。こんなところでケンカしないの。ほら、手を放して」

あとから来た年上らしい男の子が「ケンカじゃない」と怒る。

「そうか、ごめん。止めようとしてくれたんだね」

上の子をなだめ、下の子を落ち着かせて、二階に戻ろうとしたのだけれど、ふたりは降りたがる。ずるずる階段の下に出てしまう。

アパートの入り口は車通りの少ない路地に面していた。少ないとはいえたまに通り抜ける車もあるし、バイクや自転車もやってくる。小さな子どもがうろちょろしては危ないに決まっているのに、まわりに誰もいないので頼めもしないし相談もできない。

困っている間にも下の子が路地に飛び出し、花南子はあわてて駆け寄った。

「ダメだよ。車が来たら危ないでしょ」

アパートの入り口に戻そうとするが身をよじって嫌がる。

「車にぶつかったらすっごく痛いよ。血がいっぱい出ちゃうよ。恐いから戻ろう」

迫真の演技で恐ろしがると、少しは通じたらしくアパートの塀まで歩いてくれた。動かないよう両手でガードしながら上の子に話しかける。

「おうちの人はどこにいるのかな。パパとか、ママとか」

上の子は花南子と視線を合わせず顔を伏せる。根尾の話からすると親は不在なのかもしれない。

「おうちには誰もいないの？」

「いるよ」

「そうなの？」

「病気で寝てる」

「そっか。だったら今ごろ心配しているね。早く帰ろう」

男の子はしかめっ面でうなずく。

「こっちの子はりーくんっていうの？　さっきそう呼んでたね。りーくん、おうちの人が待ってるよ。ここは危ないからお部屋に戻ろう」

けれどりーくんは首を横に振り、「ママ」と声をあげた。顔をくしゃくしゃにして「ママ、ない」とさらに言う。まずいと思うそばから、スイッチが入ったように泣き出した。これまで町内会の子どもをあやした経験からすると、一回泣き始めた子はなかなか収まらない。花南子は腰をかがめて小さな背中をトントンしたが、目から涙がこぼれ鼻水も垂れる。ママ、ママと、ときおり混じる声が切ない。そして、こんなに泣いている子がいるのに助けてくれる人は現れない。

デリバリーのバイクや自転車はあっという間に通り過ぎ、大荷物を抱えたおじさんやスマホ相手にしゃべりながら歩くビジネスマンは前だけを見ている。手押し車を押したおばあさんには何も聞こえないらしい。

「りーくん、もう泣かないで。お姉ちゃんまで哀しくなるよ」

「ママ、ない」

「おうちにいるんじゃないの？」

りーくんではなくもうひとりの男の子に聞いたが「ママはいない」と言う。

「おうちにいるのは誰なの？」

返事がない。

「病気で寝てる人がいるんでしょ？」

「おじさん」

パパでもなく、おじいさんでもおばあさんでもないのか。おじさんとは何者だろう。ママとどういう関係なのだろう。

考えても仕方のないことを頭から追い払い、花南子は泣いているりーくんの背中を半ば強引に押した。もうひとりの子は「ケイくん」というそうだ。

「りーくん、ケイくん、お姉ちゃんの名前を教えてあげるね。花南子って言うんだよ。可愛いでしょ」

そんなことを言いながら、ふたりをアパートの敷地内に押し込んだ。とりあえず交通事故の心配はなくなり、ホッとひと息ついて顔を上げ、花南子は危うく悲鳴をあげるところだった。

目の前に年配の女性が立っている。痩せて細面《ほそおもて》の、鶴のようなおばさんだ。顔の色艶や皺《しわ》の深さからすると七十前後かもしれない。

目が合ったとたん、「あんた、どこの子?」と眉をひそめられた。

「この近くに住んでいて、たまたま通りかかっただけです」

「このアパートの子じゃないね?」

「はい」

「まあそうか。見かけない子だもんね」

納得したように首を縦に振るものの、値踏みをするような目つきは変わらない。

「その子たちのことも知らないわけ?」

「もちろんです。あの、私はもう行かなきゃいけないので、この子たちのことお願いします」

「冗談じゃない。あたしだって知らないよ。あんたね、困っているならこの番号に電話しなさい。今すぐ」

言いながら花南子に紙切れを押しつける。数字の走り書きが記されていた。

「誰の電話番号なんですか」

「大家さん。ちっとも動いてくれやしない。でなきゃ警察だ、警察」

この紙を、もしかしたらいろんな人に渡しているのかもしれない。根尾も捕まっていろいろ訴えられたと話していた。

「でも今は誰かいるみたいですし。病気で寝てると言ってます。この子たちの部屋に連れて行けばいいんじゃないですか」

「そんなの嘘だよ。聞かれたらそう答えるように仕込まれてるんだ。誰もいやしないって。こんな小さな子を置いていくなんてどうかしている。何かあってからじゃ遅い。それくらいあんただってわかるだろ。世の中には物騒な事件がいっぱい起きている」

たしかに、おばさんの話には一理ある。見て見ぬふりは良くない。けれどいきなり大家さんや警察に電話というのはハードルが高すぎる。困り果てているとおばさんの背後でドアが開き、ずんぐりとした小太りの男性が出てきた。

「岡田《おかだ》さん！」

振り向くなり、おばさんは声をあげた。男の人はかすかに反応したが、こちらを見ようともせずドアを閉めて鍵を掛ける。

「ちょっと、あなたも住人なら無視はないだろ。何かあってごらんよ。大騒ぎになるに決まってる。ここにだって警察やテレビのレポーターが押し寄せて、仕事にも買い物にも出られなくなる。だから、早いとこ二階の江口《えぐち》さんに言ってやらないと。あんたも男ならしゃんとしな」

男性は顔を伏せ、何も言わず歩いてきたので、花南子は子どもと共に通路のはじっこに身を寄せた。おばさんはなおも話しかけたが男性は足早に出て行ってしまう。

「まったくもう、知らぬ存ぜぬで通すんだから。いっつも黙りくさって陰気な。挨拶くらいできないのかね。風呂もろくに入ってないからひどい臭いだし。それだって大家に言ったのにのらりくらりかわしてさ。らちがあかない」

花南子は声にならない声で「え？」と反応した。子どもたち以外の件でも苦情を言っているのか。おばさんは花南子をちらりと見て肩をすくめる。

「岡田さんのこと、最初に言ったのは上の人だよ。岡田さんは窓を開けてタバコを吸ってんだよ。煙はみんな二階にあがってく。大家に文句を言ったらそっちは注意してくれたんだけど、ひどいのはタバコだけじゃないの。部屋の中がゴミでいっぱい。あたし、この目で見たんだからまちがいない。そういうのは意見してくれないんだよね、あの大家」

舌打ちするように言われて、花南子としてはいたたまれないだけだ。子どもたちもいつの間にか静かになっていた。おばさんを恐れているのかもしれない。花南子はりーくんの手を取り、おばさんに会釈をして階段に向かった。ケイくんもおとなしくついてくる。

通報の件を蒸し返されたらどうしようかと身を縮めていたが、おばさんは睨《ね》めつけるだけだ。

階段の中ほどで突然、「あたしね」と言葉をかけられた。

「その子たちが隠していることを知ってるんだ」

花南子が目を向けるとおばさんは唇の片側を吊り上げて笑っていた。

「部屋の中にはたしかにもうひとりいる。生きていればね」

どういう意味なのか。考えるのも恐ろしくて花南子はつないだ小さな手をぎゅっと握りしめた。ケイくんもしがみついてきたので肩に手を回す。三人でひとかたまりになって一段一段、上がっていく。

二階の一番手前は根尾の部屋、次が川端さんの部屋、そのとなりのとなり。一番奥の玄関ドアをケイくんは無造作に開けた。鍵は掛かっていなかった。廊下から花南子は中をうかがおうとしたが、子どもたちは細い隙間からするりと入ってしまう。

ドアが閉じてしまう前に花南子は「ケイくん」と呼びかけた。

「大丈夫?」

「うん」

「ほんとうに誰かいるの? おじさんだっけ」

「うん」

それきりドアはぱたりと閉じた。中からはなんの物音もしない。

踵《きびす》を返し、外廊下を歩き、我慢できずに二〇一号室、根尾の家のチャイムを鳴らした。何度鳴らしても反応はなく、諦めて足早に階段を降りた。おばさんがいても無視するつもりだったが人影は見当たらず、駐めてあった自転車のサドルに跨《また》がると、たった今の出来事がすべて悪い夢に思えてならなかった。

ひとりの胸にしまっておけない話であり、これは言ってもいいだろうと、花南子は夜になるのを待って根尾のスマホにLINEを入れた。たまたまアパートの前を通りかかったら、小さな子どもふたりに遭遇し、恐いおばさんにゾッとすることを言われたという短い内容だったが、驚きを表すスタンプのすぐあとに電話がかかってきた。

しきりに恐縮する根尾の話によれば、あのおばさんは一〇二号室に住む菊池《きくち》さんだそうだ。そのとなりの一〇三号室には年配の夫婦が住んでいて、一〇四号室が岡田さん。出入り口から見て、一番手前にある一〇一号室は現在、空き室だそうだ。

二階は根尾と川端さん、そのとなりの二〇三号室に、岡田さんのタバコの煙に苦情を訴えた人が住んでいる。中年の女性だったと思うが、ほとんど顔を合わせたことがないと言う。一番奥の二〇四号室が子どもたちの入っていった部屋だ。もとは男性がひとりで住んでいたようだが、ここしばらく若い女の人が出入りし、子どもたちはその女の人が連れてきたらしい。

「菊池さんは前から恐かったけど、このところさらにだ。なんだろう、その隠しごとって」

「もうひとり誰かいるんでしょ。生きていれば。ああまたゾクッとする」

「ケイくんは病気で寝てるおじさんがいると言ったのか」

「おじいさんかもしれないね」

悪寒《おかん》を分かち合いつつ、子どもたちのことはやはり心配だ。

「子どもが道路に出たらほんとうに危ないよ。階段から落ちても怪我《けが》するし」

「それは母親に言っとく」

直接二〇四号室にかけ合うより大家さん経由になりそうだが、放っておけない状況ではある。よろしくねと言って電話を切った。

りーくんのママを呼ぶ声や、スピードを落とさず駆け抜けていくバイク、菊池さんの謎の言葉が頭の中をぐるぐるまわり、その夜の寝付きはここしばらくで一番悪かった。

3.

直井さんと久しぶりに会った二日後、中学校では教員の研修会のため六時間目がなかった。五時間目が終わってすぐ帰宅して、着替えて時計を見ると午後三時。五月さんは一〇一号室で町内会のお知らせを各班に分けていた。

今日は早かったのねと言われ、花南子は何か手伝おうかと声をかけた。

「この前、一丁目の鈴木《すずき》さんに渡したい物があるって言ってたでしょ。あれ、届けてこようか」

「昔の料理の本ね。中に載ってるレシピを聞かれて、本を見せた方が早いと思ったのよ」

「行ってあげる。自転車ならすぐだよ。クリーニング屋さんのとなりでしょ？　家も知ってるし」

五月さんは「そう？」と言いながら、メモ用紙を貼り付けた本を紙袋に入れ、誰もいなかったらドアノブに掛けてくればいいと花南子に渡した。

それを自転車の籠《かご》に入れて、サドルに跨がった。「用事があるからちょっとそこまで」という形になってホッとする自分がいた。もしも用事がなくても自転車を出していたと思うと少し落ち込む。

直井さんは今津さんが来るのを明後日と言ったが、午前なのか午後なのかは聞いていない。もうとっくに来てしまったのかもしれない。帰った後かもしれない。それなのにじっとしていられずアパートを出る自分を花南子は持て余す。

たとえ顔を合わせたとしても話すことなど何もない。向こうは鬱陶《うっとう》しそうな顔をするか、無視するか。そのあたりは十分承知している。わかっているのに、なぜ自転車を走らせるのだろう。人影を見つけるたびに目を凝らしてしまうのだろう。

相談する癖がついてしまったのだろうか。春休みからずっと困ったことがあるたびに話を聞いてもらっていた。

クリーニング屋のとなりの鈴木さんは不在だった。ドアノブに紙袋を掛けて自転車を反転させる。直井さん宅へとハンドルを切った。ぐるっと回るだけ、通り過ぎるだけと、誰にともなく言い訳をしながら。

根尾のアパートの前にさしかかったとき、焦げ臭い匂いがした。スピードを緩めて目を向ける。白い煙が立ち上っていた。もしやと思うそばから「火事だ！」とけたたましい声がした。

花南子は自転車から降りてアパートの入り口に向かった。同時に火災報知器が鳴り響く。

入り口から中を覗くと、一〇三号室の前に菊池さんがいて玄関ドアを叩いていた。根尾の話からすると年配の夫婦がいる部屋だ。

「火事だよ、開けて。大下《おおした》さん！」

叫びながら菊池さんはあたりをうかがい、棒立ちの花南子に気付いた。つい数日前、話をした女の子であることも思い出したらしい。

「何ぼんやりしてるの、二階！　早く行ってみんなを避難させて」

白い煙はどんどん濃くなり鼻を突く異臭が激しくなる。火元はどこだろう。花南子は菊池さんに言われるまま、口を押さえて階段に向かった。通りもざわついている。階段のあたりはまだ煙が薄い。火元は一階の奥の部屋だろうか。

二階に着いたとたん、手前からふたつ目のドアが開いて顔見知りの男性、川端さんが出てきた。花南子に気付き目を丸くしたが、ここにいる理由を話している暇はない。

「川端さん、奥の部屋の人に火事を知らせてください」

うなずいて、川端さんはすぐさま二〇三号室のチャイムを鳴らす。留守のようでさらに廊下の奥へと向かう。

花南子も根尾の部屋の玄関を叩いたが応答がない。学校からの帰り道、自宅とは逆の方向に歩いて行く根尾の姿を見かけた。友だちの家にでも行ったのだろう。

川端さんは二〇四号室のドアを激しく叩いていた。固唾《かたず》をのんで凝視しているとドアが開いて、小さな人影が現れた。川端さんは有無を言わさず引っ張り出し、子どもたちを早く早くと急《せ》かす。花南子も駆け寄り、小さい方の手を取った。身をかがめながら廊下を進み、抱きかかえて階段を降りる。

「ちょっと兄ちゃん！」

菊池さんの声がした。

「大下さんの旦那さんが転んで足をくじいた。動けない。部屋の中にいる」

兄ちゃんと呼ばれた川端さんは、階段の下まで降ろした子どもから離れ、一〇三号室に向かった。アパートの出入り口には近所の住民らしきおじさんがいたので、花南子は子どもたちを先に行かせてその人に預ける。

振り向くと菊池さんが手招きしていた。そばまで行くと火元は岡田さんちだと言う。やはり一階の奥の部屋だ。

「岡田さん、出て行ったから今はいないよ。おおかたタバコの火の不始末だろうよ。ゴミだらけの部屋でタバコなんて吸うから」

その声にかぶさるように破裂音が鳴り響いた。通路に面した一番奥の窓から灰色の煙が噴き出す。

そこは岡田さんの部屋で、たしかに火元らしい。

「それよりあんた、さっき降りてきた子どもはふたりだったね。もうひとりいるよ」

「え？」

「言ったろ、あの子たちは隠し事をしてるって。子どもは三人いるんだ。あたしはこの目で見たからまちがいない。もうひとりいる。でも最近はふたりしか見てない。だから『生きていればね』とあんたに言ったんだ」

花南子は混乱しながらも出入り口を出て、近所の人と共に不安げに立っている上の男の子、ケイくんのもとに駆け寄った。

「ケイくん、アパートの部屋にまだ誰かいるの？」

男の子は首を縦に振った。

「りーくんがいる。お熱を出して、今日は布団で寝てる」

「え？　りーくんならあそこでしょ」

花南子が抱えて階段から降ろした子は、年配のおばさんに付き添われ、背中をさすられている。

「あれはちーちゃん。みんなには内緒にしてる女の子」

「そんな」

「さっきのお兄さんには、りーくんがまだ中にいるって言ったよ。助けてくれるよね？」

花南子はそばにいたおじさんに再びケイくんを頼み、アパートの入り口から通路に入った。一〇三号室の玄関ドアが大きく開き、足を悪くしたらしいおじいさんに肩を貸して、川端さんは表に出ようとしている。警報器の音やら駆けつけた人たちのざわめきやら破裂音やら、さまざまな音が飛び交い、白だけでなく灰色の煙も立ちこめている。ケイくんの声は川端さんに聞こえなかったのだ。

花南子は階段に向かった。数日前に出会ったばかりのりーくんがまだ部屋にいる。

二階に着くと外廊下の奥にあるドアが開け放たれていた。中から煙が漏れている。階下の煙が内部からも伝わっているらしい。でもまだ薄い。

夢中で駆け寄りドアから中に入り、靴も脱がずに廊下を進んだ。扉を開けるとダイニングキッチンで、その奥の部屋に布団が敷かれていた。こんもり膨らんだ部分に飛びつき布団をはぐと小さな男の子が丸まっていた。

「りーくん、お姉ちゃんだよ、覚えてる?」

男の子は泣き濡れた顔を花南子に向けた。

「ママは?」

「そうだね。もうすぐ来るよ。ママのところに行こう」

近くにあったタオルを台所の水道で濡らし、りーくんの口にあてがう。掃き出し窓の向こうから声がした。おーい、誰もいないか、みんな逃げたか、と。

大急ぎで窓を開けると近所の人がすぐそばの塀をよじ登っていた。

「まだいたか」

「子どもがいるんです」

「渡してごらん。その方が早い」

男の人は塀の上に立ち、さらに隣家から伸びる植木の枝に片足を掛ける。手を伸ばすとベランダの柵まであと少しだ。声を聞きつけてさらに数人がやってきた。男の人の足下を支えてくれる。

花南子はりーくんを抱き上げ、渾身の力をこめてベランダの手すりから身を乗り出した。りーくんは危なげなく男の人の腕に収まる。今度はねえちゃんの番だと言われたのに、大きな音がしてあたりが白んだ。一階の掃き出し窓が割れて大量の煙が流出したのだ。斜め横から救助していたので男の人たちは無事だったが、もうベランダからは逃げられない。

「こっちは無理だ。玄関から逃げろ。火は大したことない。落ち着いて玄関に」

身振り手振りで指示され花南子は部屋に引っ込んだ。りーくんは大丈夫。助かった。あんなに呼んでいたママに会える。あと少し。きっともう少し。りーくんの頭にはずっとママがいて、ずっと呼び続けていた。だから会えるにちがいない。

自分にも思い描けるママがいればいいのに。会いたいと泣くことができればいいのに。

そうすれば願いは叶うのかもしれない。

部屋の中の煙は濃くなっていた。りーくんのために濡らしたタオルを鼻や口にあてがう。大丈夫、逃げられる。そう思うのに、狭い部屋の中で方向感覚を失う。どっちが出口だろう。何かに躓《つまず》いて転んでしまう。タオルを放してしまい、思い切り煙を吸い込む。苦しくて咳《せき》が出る。

「花南子！」

誰かがそう呼んだ。足音が近づいてくる。床についていた手を誰かが取る。

「花南子」

この世で、名前を呼び捨てにするのは父だけだ。シンガポールから帰ってきたのか。なんというタイミング。それで火事現場に遭遇するなんて。ちっともヒーロー体質ではない父が、ぎりぎりの場面で娘を救出するとは。そんな芸当ができるのならば、言ってやりたいことがある。

「お母さんがいい。お母さんに会いたい」

はっきり声に出して言うと、その口にさっき落としたタオルが押しつけられた。

「お母さんはいないない。もうどこにもいないんだ。でも、見守っている人はいるから」

それってどういうこと？　いないってほんとう？　やっぱりもう会えないの？

泣けてくるし煙もしみるしで何も見えない。無理やり腕を引っ張られ、まっすぐは立てずに中腰になる。それを脇から抱えられ、歩いているような宙に浮いているような、ふわふわした感覚のまま、たぶん玄関を出たのだと思う。空気ががらりと変わった。そこから別の人に抱き上げられる。廊下をぐいぐい進み、階段を速いテンポで降りる。涙に濡れる目を精一杯開けてみると、なぜかそこに根尾が見えた。

友だちのところから帰ってきたのか。大変なことがあったんだよ。火事なんだよ。言いたくても言えず、アパートの出入り口から外に出ると花南子の意識はふっと薄れていった。

4.

遠くで話し声が聞こえた気がして目を開けると、「あら」「花南ちゃん」と弾むような声と共に覗き込んでくる顔があった。ひとりは五月さん。もうひとりはわからない。あとから看護師さんだと気付いた。

「ここどこ？」と聞こうとして声がかすれた。身をよじって咳き込む。吸い飲みの細い管が口元にあてがわれ、それを飲むとだいぶらくになった。

「火事の煙を吸い込んだから喉がやられてるの。でも、幸いそれくらいだったのよ。怪我や火傷《やけど》の類いがなくてほんとうによかった」

「火事……」

そうか。あれは夢でなかったのだと思い返す。

「知らせを受けて、生きた心地がしなかったわ」

五月さんが手を伸ばし、花南子の頭や肩を撫でさする。

「お父さんは？」

「ん？」

「お父さん、シンガポールから帰ってきたの？」

手の動きが止まり、五月さんは驚いた顔で固まる。次の拍子に「花南ちゃん」と覆い被さってきた。

「会いたいのね。お父さんに帰ってきてほしいのね。わかった。よくわかった。今すぐ連絡する。大丈夫よ。ほんとうに飛んでくる。すぐよ」

「待って。お父さんは今までシンガポール？」

「うっかりしてたわ。私としたことが」

「お父さんじゃないんだ」

煙の充満するアパートの一室で自分を助けてくれたのは。

「さっちゃん、ちがうの。お父さんには連絡しないで。あとで私が……」

またむせて咳き込んでしまうが、頭はだいぶしっかりして身体を起こすこともできた。お医者さんがやってきて喉を見てくれたが症状は軽いと言われた。煙の影響で頭痛などがあるかもしれないので、念のため一晩だけ入院することになる。お医者さんと入れ替わりに伯母の宏美が病室に飛び込んできた。

心配させたくなかったが、無事でよかったと涙ぐまれると温かい気持ちになる。食事制限はなかったので飲み物やおやつを買ってきてもらい、五月さんのことを宏美に頼んで、アパートに帰ってもらった。

あえてだろうが、ふたりとも火事の話をほとんどしなかった。花南子も控えた。大怪我をした人がいなかったことだけ確認できたので、それがわかれば十分だ。一歩まちがえれば命の危機さえあった経験をして、やはり気が昂《たか》ぶっているのだろう。薬を処方してもらい、スマホを触ることなく眠りに就いた。

翌朝、よく晴れた青空を見てようやく気持ちが落ち着く。土曜日なので学校がないのは幸いだった。ゆっくりできる。スマホを見ると数多くの着信が届いていた。中には宏美が知らせたらしく父からの電話が何度か。留守電も入っていたのでそれを聞いてから、取り急ぎ元気にしていると返す。看護師さんにピースサインの写真を撮ってもらい、証拠とばかりに送信した。

中学の友だちにもその写真を返していく。五月さんにも宏美にも送った。

それで済まないのは根尾だ。喉の痛みも和らぎ頭もしゃんとしたところで、徐々にエンジンを入れていかなくてはならない。

みんなに送ったのと同じ写真を挨拶代わりにLINEしたのち、長文を書き込んだ。

〈昨日は運ばれた先の病院で早々に寝てしまった。よく眠れてほぼ回復。聞きたいこと、話したいこ

とだらけだよ。午前中に退院できると思うので、午後、さつきハイツに来られない？〉

七時には朝食が運ばれてきて、ありがたく完食した。トイレから戻ってくると根尾からの返事が来ていた。

〈昨日はほんとうに大変だったよね。安住さんが無事でホッとした。二階の子どもたちも無事だよ。火元は一〇四号室の岡田さんち。タバコの火の不始末らしい。多量のゴミのせいで煙が多く出たけど、火は大きくならず室内を少し焦がした程度で消し止められた。とはいえ奥の二部屋は上下とも水をかぶってたぶん大惨事だ。うちも部屋に入れず、急遽《きゅうきょ》、駅前のホテルに泊まった。よかったら午後、さつきハイツに行くよ。また連絡してくれる？〉

ＯＫのスタンプを返す。火事場となったアパートにはおそらく規制線が張られ、立ち入り禁止になっているのだろう。現場検証が終わっても後片付けは難儀しそうだ。

「結局、菊池さんの言ってたことは正しかったんだね。岡田さんは部屋を片付けるべきだった。タバコの火はとても危険だった。二〇四号室の人たちも、子どもたちだけに留守番させるなんて絶対ダメだった。子どもは三人いた」

花南子は病院から帰ってすぐ、沸かしてもらった風呂に入り、手作りの昼食をお腹いっぱい食べ、部屋でうたた寝をしたあと、根尾に連絡してさつきハイツに来てもらった。

五月さんたちは一〇一号室の食卓で話してほしかったようだが、ふたりだけで話したくて庭先に置かれたベンチに根尾と並んで座った。いれてもらった紅茶をトレイごと受け取り、開け放たれていた窓は閉めさせてもらう。

「菊池さんの観察眼はすごいけど、子どもがもうひとりいると言って、安住さんを二階に行かせたのは良くない。完全にNGだ。そこはうやむやにできない」

本気で不愉快そうに根尾が言うので花南子は首を縮めてうなずいた。結果的にりーくんを助けることはできたものの、けっして褒められた行動ではないと叱られているのだ。

「心配かけてごめん」

「安住さんがりーくんの救出劇をしている頃に、おれ、アパートに着いたんだ。子どもがもうひとりいた、女の子が部屋に入ってベランダから助けた、というやりとりが聞こえてきて、女の子って誰だろうと思ったら、菊池さんがこの前ここに来た子だと。おじいさんを介抱していた川端さんも安住さんに会ったと言うし。心臓がぎゅっと縮み上がったよ。肝心の安住さんはあたりに見当たらない。一階のベランダが割れて火の手が上がったと言い出す人もいて、もしも二階にまだいるのなら、動けなくなっているのかもしれない。助けにいかなきゃいけない。おれはそう思ってすごくあせったんだけど、後ろから押しとどめる人がいた。今津さんだよ」

花南子は目を閉じた。心拍数が跳ね上がるのをなんとか抑える。落ち着こう。根尾の話をちゃんと聞かなくては。

「たぶん、直井さんのところに来ていたんだろうな。もしくは行く途中で騒ぎを聞きつけたのか」

「どんなやりとりをしたの？」

「今津さんの顔を見て、おれは安住さんが危ないと訴えた。二階の奥の部屋にいるかもしれない、子どもをベランダから逃がしたあと、どこにいるのかわからなくなったって。そしたらおれを押しのけて、今津さんは階段を駆け上がっていった」

あのとき現れたのは今津さんだったのだ。ほんのちょっとのことで大惨事になりかねない場所だった。一階の部屋で本格的な火の手が上がっていたら二階の床が抜ける。火の海に落ちる。

それくらい考えられただろうに、彼は煙で白む室内に飛び込み、転んでうずくまる花南子を見つけ、横抱きにして玄関の外に出た。

「おれも後を追おうとしたんだけど川端さんに止められた。二階を見上げてじりじりしていたら、消防車が到着して消防隊員がやってきた。一番奥にまだ人がいると言ったらすぐ向かってくれて、隊員たちが玄関先にたどり着く頃、中から人影が出てきた」

「そのあたりは少し覚えてる。外の空気を感じると同時に別の人が私を担いで、あっという間に階段の下。消防署の隊員さんだったんだね」

本格的な消火活動が始まってからは根尾たちも追い立てられ、アパートから離れた場所で状況を見守るしかなかったそうだ。

「何度でも言うけど無事でほんとうによかった」

「私は病院に行ったけど他の人も？」

「足を痛めた大下さんや三人の子どもたちは救急車で運ばれたよ。みんな大したことはなかったらしい」

「今津さんは？」

根尾の顔がふと陰る。

「安住さんを乗せた救急車が出てすぐ、おれのところに来て、自分が二階に上がって助けたことは誰にも言うなって。大げさにせず通りすがりの人間にしとけって。そう話す間にも今津さんは喉を押さえて苦しそうにするんだよ。だから、口止めよりも病院に行った方がいいと意見した。診察を受けなきゃダメだと、おれなりに強く言って救急隊員を探そうとしたんだけど、そのちょっとの隙にいなくなってしまった」

花南子は「そうなんだ」とつぶやく。

「肝心の出火時のときにも役に立ってないし、今津さんは見失うし。おれ、いいとこないよ。せめてもと思って、昨日から今日にかけて情報収集は頑張った」

それによれば、二〇四号室にいた子どもの数は確かに三人。部屋の借主である江口さんから見て妹ふたりの子どもだそうだ。江口さんは静岡県の出身で独身、三年前からあのアパートにひとりで住んでいた。下の妹は結婚して女の子が生まれ、平塚《ひらつか》市内で暮らしていた。上の妹は結婚後、男の子ふたりに恵まれたものの、夫婦の折り合いが悪くて離婚。いろいろ問題のある元夫から逃げたくて、兄のもとにやってきた。

新しい住まいや仕事が見つかるまでと懇願され、短期間ならばと同居を受け入れたが、その妹が病気で倒れてしまう。一時は命の危機もあったそうで、下の妹が急遽駆けつけ、子ども三人の世話やら病院からの呼び出しやらに江口さんも下の妹も忙殺された。その中で、つい子どもだけで留守番させてしまったとのことだ。三人はさすがにまずいと思い、表向きはふたりを装うことにした。一番上のケイくんがしっかりしていたので、子どもだけでもちょっとの間なら大丈夫と思ったらしい。このたびの騒ぎで子どもたちとは病院で対面。号泣の反省会になったようだ。

話を聞きながら、花南子は目が潤んだりうなずいたり安堵《あんど》したりと忙しい。泣きながらママを呼んでいたりーくんも、年下の子たちを守ろうとしたケイくんも、心細い思いや恐ろしい出来事にも遭わないでほしい。

足を痛めた大下さんは骨折ではなかったようで、大事を取って入院したけれど、今日か明日には退院できるらしい。菊池さんは大下さんの奥さんと共に公民館の和室に泊まらせてもらい、川端さんは近所のビジネスホテル泊。火元となった岡田さんを始め、火事のさいに不在だった人のことはわからないと言う。

「川端さんも今津さんのことを気にして、電話をかけたりショートメールも送ったりしたそうなんだけど反応はないって。おれ、直井さんにも聞いてみたんだ。直井さんの家に今津さんが来るのは昨日の夕方の約束で、その頃に火事があったから会えずじまいだと言っていた。口ぶりからして連絡はないんだと思う」

花南子が神妙な面持ちで耳を傾けていると、根尾は「それでね」とさらに続けた。

「今日の十一時頃、思い切って今津さんの事務所に電話してみた。そしたら笹岡さんが出てくれて、話ができたんだ」

「笹岡さん、火事のこと知ってた?」

根尾は真剣な顔でうなずく。

「もう知っていたよ。おれが今津さんの様子を尋ねたら、元気にしてるから心配ないって」

ようやく情報が得られたらしい。

「今津さんと笹岡さんは連絡を取り合ってるの?」

「みたいだね。笹岡さんは会ったときと同じように、心配かけて悪かったねと気さくにしゃべるんだ。でも、直井さんの依頼について話したら、他にも優秀な調査員がいるからそちらに任せると言われた。

おれびっくりして、今津さんを替えるんですか、やっぱり具合が悪いんですかってすぐに畳みかけた。そしたら、大したことないけど疲れはあるだろう。たまにはゆっくり休めばいいと思ってと」

このタイミングで休暇？　違和感しかない。根尾も腑《ふ》に落ちない顔でいる。

「安住さん、顔色が悪いよ。疲れた？」

「ううん。あのね」

誰かに聞いてほしくて、その誰かは、またしても根尾しかいないようだ。仕方がないと思う。物事には成り行きがあり、巡り合わせもあるのだ。

「私、子どもをベランダから逃がしたあと、二〇四号室でパニックになっちゃったんだ。早く逃げなきゃと思うのに煙がすごくて、頭の中にいろんなことがパッパと点滅する感じ。そこに助けに来てくれる人が現れて、なぜか、お父さんだと思った。だから言ったの。『お母さんがいい。お母さんに会いたい』って。そしたらその、助けに来てくれた人が『お母さんはいない。もうどこにもいないんだ。でも、見守っている人はいるから』って。私の腕を引っ張って、玄関の外まで連れて行ってくれた」

根尾はしばらく間を置いてから慎重に口にする。

「お母さんのことをそんなふうに言ったの？」

気を遣われているのが伝わる。ありがたいような申し訳ないような。感傷的になってはいるけれど、りーくんのように大泣きするほど熱くもなれない。とっくに諦めているからか。それとも、もしかして諦めていないからか。いつもそばにいてくれるお母さんは物心ついた頃からいないけれど、自分の中にお母さんはまだいる。

花南子は息をついて空を見上げた。薄い雲がほのかに漂う空が遥か彼方《かなた》に広がっている。

「大丈夫。知りたくなったらお父さんに聞いてみる。北海道に帰ったあとのお母さんのこと、多少は知ってると思うんだ。それよりも二〇四号室に来てくれたのは今津さんだったんだね。根尾くんのおかげでよくわかった。火事のショックが私なりにあって誰にも聞けなかったの。あの場にいてくれて助かったよ」

「いや、おれは」

言いかけて口をつぐむので、花南子は肘でつついた。

「途中で止めないで。おれはなんなの」

「ぜんぜんダメだった。あのとき、サイレンの音がどんどん近づいてきて、安住さんのことは消防隊員に任せた方がいいのかもしれない、もうすぐ部屋から出てくるかもしれない、そう思って、すぐには動けなかった。正直に言えば、煙がすごくて恐かったんだ」

「それふつうだよ。私が二〇四号室に行ったときは、まだそんなに煙も出てなかったの。だから行けたんだもん」

「でも今津さんは迷わなかった。待つという選択肢がなかったみたいに、状況を聞いてすぐ飛び出した。勇敢で、立派だ。その一方、根性なしでダメ人間のおれはちょっと思った。二〇四号室にいるのがおれでも、助けに来てくれたのかなって。相手が誰であれ、今津さんは火事場に飛び込むのかなって。ぐるぐる考えていたら、今の安住さんの言葉だ」

「ん?」

「今津さんは、安住さんのお母さんを知ってるんだね?　ってことは安住さんのことも前から知ってたんだ」

たまたま住んだアパートの、大家さんのひ孫ではなく？

根尾はにわかに立ち上がり、狭い庭を行ったり来たりしながら「もしも」と口を開く。

「前から知っていたのなら、さつきハイツに住んでいたのは偶然ではないんじゃないか？」

「ちょっと待って。今津さんが住むようになったきっかけは、悪徳工務店のピンチを救ってくれたからだよ」

「詐欺に遭いそうだった五月さんのもとに、今津さんが現れて被害を免れた。たまたまの善意が窮地を救ったと、おれも違和感なく聞いたよ。でも安住さんを通じて五月さんを知っていたならば、おかしな工務店との関係を見過ごすことができなかったとも考えられないか？　五月さんを酷《ひど》い目に遭わせたくなくて、よその調査を装って話しかけたとか」

「どうして助けてくれるの？」

「五月さんを守ることが、安住さんを守ることになるから」

花南子は戸惑って首を振り、その拍子に部屋の中へと目が向いた。一〇一号室の台所には宏美が立っている。かつて付き合っていた男性が自分の友だちと結婚し、深く傷ついているときに、宏美は勤め先でパワハラにも遭っていた。二重の苦難だ。けれどパワハラについては会社の上層部に証拠材料を備えた告発状が届き、それがきっかけとなり事態は改善された。男性とはうまくいかなかったけれど、仕事はなくさずにすんだのだ。

あの告発状は誰が送ったのだろう。結果的に宏美は助けられた。宏美の平安は花南子のそれと無縁ではない。

もうひとつ、思い出すことがある。

父と住んでいたアパートの、となりの部屋にいたお姉さん。不審に思った父がはっきり娘にはかまわないでくれと言ったのに、父の目を盗んで花南子を部屋に招き入れ、近隣を連れ回すこともあった。日に日に言動がおかしくなっていたことを花南子自身も危ぶんでいた。そこに郷里の両親がやってきて、お姉さんはアパートから去って行った。

あのとき、両親はどうやって娘の居場所を知ったのだろう。漠然と誰かに頼んで調べてもらったのだと思っていたけれど、逆もありえるのではないだろうか。お姉さんを調べて、両親を捜し当てる。

「これまで私は知らないうちに誰かに助けられていたのかもしれない。でもどうして助けてくれるの？」

「心当たりはないかな。三十代の男性で、安住さんと実は深い繋がりのある人」

言われてふと思いつく。

「お母さんには弟がいるらしい。その人ならたぶん三十代だよね」

「安住さんにとって、実の叔父さんに当たるね」

母方の親族というのは今まで何ひとつ関わりがなかった。意識したことさえなかった。

「待って。名前がちがうよ。お母さんの旧姓は『山下』とか『山本』とか、そういうのだった」

「偽名を使ってるんだよ」

「もしもそうだとしても、なぜ私を助けたり守ったりしてくれるの？　ふつうの叔父さんはそういうこと特にしないよね？」

花南子に言われて根尾は「うーん」と考え込む。

「たとえば、弟がお姉さんにすごい恩義を感じていて、そのお姉さんのたっての望みが、離ればなれになった娘の穏やかな暮らしなのかもしれないよ」

「なんか今、相馬さんのことを思い出した。相馬厚子さんは、亡くなった妹から子どもの笑顔を守ってほしいと頼まれたんだよね」

似たようなやりとりが北海道でもあったのだろうか。もしもそうなら花南子の母はもうこの世にいないということ？　二〇四号室で今津さんが口にした言葉、「お母さんはいない。もうどこにもいない」にぴったり合っている。

「お母さんではなく叔父さんはいるってことか」

それが今津さん。ピンと来ないけれど。

嬉しいか嬉しくないかで言えば、圧倒的に嬉しくなかった。なぜかと言えば叔父さんよりお母さんを何万倍も望んでいるから。もしかしたら気がついたこと以外にも、何度となく助けられているのかもしれない。昨日の火事でも、あの救出のおかげで吸い込んだ煙の量が大幅に減った。感謝しても仕切れない恩義がこちらにはあるのだけれど、でも、たとえそうだとしても哀しい気持ちはどうしようもない。

ほしいのは叔父さんではない。

「根尾くんだったら、今津さんが叔父さんとわかったらすごく嬉しいよね」

「どうかな」

「え？　なんで」

「今津さんのことは尊敬してる。信頼してる。でも叔父さんならば、多少しっかりしてなくてもいいから、もっと優しくてしゃべりやすい人がいいな」

「ああ、わかる。ヒロちゃんみたいな」

「だね。ついさっき会ったばかりだけど、すごくいい人って伝わる。身内にいてほしい」

まさか今日の話題で笑みを交わせるとは思いもしなかった。強がりだろうがなんだろうが気持ちが軽くなり、今すぐ考えなきゃいけないことはない、という根尾の言葉にうなずくこともできた。

思い悩むことはしばらく棚上げだ。無事でよかったをもっと噛みしめよう。ゆっくり咀嚼《そしゃく》して、飲み込めるものは飲み込んで、あとはどうしよう。吐き出したいものを吐き出してもいいだろうか。

しばらく触れずにいるつもりだったが、夕飯を食べ終えた宏美が帰宅して、五月さんとふたりきりになるとつい言いたくなってしまう。

その夜は五月さんの部屋に布団を並べ、一緒に寝ることになったのでなおのこと。「あのさ」と話しかける。

「火事の中、私を助けてくれたのは今津さんなんだってね。さっちゃん知ってた？」

五月さんは「まあね」と応じる。病院に駆けつけたときには、通りすがりの人が救出してくれたとだけ聞いたそうだ。花南子が軽傷だとわかり、通りすがりの人にお礼が言いたくなって友人知人に聞いたところ、直井さん宅に訪問予定だった男性だとわかった。少し前までさつきハイツにいた人との情報もあり、今津さん以外には考えられなかった。

「ねえさっちゃん、ひょっとして今津さんって……」

言いよどみ、でもやっぱり口にする。

「私のお母さんに関係している人なのかな。もしかしてお母さんの弟？」

五月さんはしばらく無言だった。寝てしまったのだろうかと、身体を少し起こして顔を見ると目は開いている。

「さっちゃんってば。答えたくないなら答えなくてもいいけど、それが答えになっちゃうよ」

「ノーコメントが返事になるわけね」

「そうそう」

「でもやっぱりノーコメントだわ。いつか花南ちゃんにもわかる日が来るだろうから、それまで待っててよ」

ほんとうに答えだ。いつかとはいつだろう。

花南子は目を閉じ、深く息をつく。

「さっちゃんはいつから知ってたの？　工務店のごたごたのあと、さっちゃんの方からさつきハイツを勧めたと言ってたけど。そのときもう、今津さんがどういう人なのかわかっていたの？」

「ううん。しばらく経《た》ってからひょっとしてと思うことがあって。花南ちゃん、これだけは言っておくわ。私は今津さんが好きよ。信用してる。この先も花南ちゃんの良き話し相手でいてほしいと思っている。この言葉を忘れないでね。さっちゃんの遺言だと思って」

聞き捨てならない言葉が添えられ、花南子は抗議の声を上げた。

「やめてよ、遺言なんて」

「ごめん。でも先々のことを考えておくのは、私くらいの年齢になると大事な務めなの。昨日からヒロちゃんともいろんな話をしたわ」

五月さんはさつきハイツの今後について、新しい入居者を入れずに閉じていく方向だと言った。老朽化が進んでいるのはたしかなので、賃貸人を減らしつつ今後については不動産屋さんに相談していくそうだ。建て替えるのか、土地だけ誰かに貸すのか、土地も売り払うのか。

花南子がこれからもそばにいるならば、どこかに部屋を借りて一緒に住もうと言われる。

「部屋を借りて住むの？」

「そうよ。どんなところにしようか。おしゃれなマンションだっていいのよ。ピカピカのシステムキッチンで、ベランダからの眺めもいいとこ。それとも一戸建て？　ヒロちゃんは三人で住める家にしようって言うけど、それはまだ先ね。ヒロちゃんが来たときに泊まれる部屋は用意してあげようか。こう見えてちゃんと貯金があるから、家賃は心配しないでいいのよ」

「マンションに、一戸建て？　夢みたい」

「やだ、花南子ちゃん。夢はもっともっと大きいものを持ってよ」

みんなお父さんのことを忘れていると、気付いたときにはもう、五月さんは寝息を立てていた。一〇一号室に守られて、花南子もそっと目を閉じた。

5.

さつきハイツの今後の方針はほぼ固まったが、火事に遭った根尾のアパートはまだはっきりしていない。消火活動で水浸しになった部屋だけでなく、煙の臭いもおいそれとは取れないそうで、建て替えずとも大幅なリフォームになるらしい。今の住民たちは持ち出せる物を持ち出して転居になるという。

引っ越し代程度の見舞金は出る見込みだが、煙を吸い込んだ衣類や紙類は使えなくなりそうで、大幅な赤字だと根尾はしょげていた。火事場から一番離れた部屋でもそうなので、他はもっと悲惨だ。町内会でも金品を募り、差し入れがいろいろ集まっている。

もう人を入れないと言っていた五月さんも、短期間ならばと言い出して、一番身動きの取れない江口さんの妹家族を住まわせることになった。りーくんケイくんに加え、退院したばかりのお母さんもいて親子三人だ。

根尾のところはとなり町にある相馬ハイツに入居が決まり、川端さんはインストラクターをしている職場の近くに移るという。菊池さんや大下さんなど他の住民は、公民館を使わせてもらいながら転居先を探し中だ。

「ケイくんたちの保育園が決まりそうなの。みんなホッとしているよ。しばらくいろんな手当で暮らすことになるけど、詳しい人がいっぱいいるから、病み上がりのお母さんも小さな子どもたちもやっていけるはず。それが福祉のあるべき姿なんだよね」

久しぶりに根尾から声がかかり、駅前のマックでポテトをつまんでいた。

「おれも公的援助に助けられてきたんだよな。それを意識したってわけじゃないけど、ちゃんと勉強して高校受験を頑張ろうかと思うんだ」

「え？　そうなの？」

「塾にも入るつもり。母親に相談したら、それくらいなんとかなるって言われた」

「ひどい。貴重なダラダラ仲間だったのに」

ふざけた口調で言うと根尾は苦笑いと共に返す。

「安住さんも頑張りなよ」

「急に何よ。どういう心境の変化？　タイミングからしたらあの火事？　何かを開いたとか」

「何かではなく悟りだろ。でもそうじゃなくて、自分のことをダメ人間だと噛みしめ、とことん落ち込んだところから、もっとちゃんとしようと吹っ切れた気がする。なりたいものもできたし」

「なりたいもの？　聞いちゃダメ？」

根尾はコカ・コーラをストローで長々と吸い上げてから言う。

「調査会社の調査員」

「うそ」

「ほんとだよ。なってみたいと思ったら、もっと賢い人間にならなきゃと、やる気みたいなものが湧いてきたんだ」

花南子は自分のジュースで喉を潤す。よくわからないが、「ちゃんと勉強」はともかく「ちゃんとしよう」はいいことだ。なりたいものがあることも。調査員以外の選択肢も広がっていくだろう。

窓越しに見る新緑の木々よりも今日は根尾をまぶしく感じる。一歩先に行かれたほのかな寂しさも味わう。

「私はどうしようかな。根尾くんの話を聞いたついでで言うと、福祉関係の仕事はちょっと興味あるかな」

「いい目標じゃないか。らしいよ」

今度は花南子が苦笑いのような、照れ笑いのようなものを浮かべた。

そしていつかこの会話を懐かしく思い出すのだろうかと思う。何年後かにどこかの駅などでばったり会い、「久しぶり」と笑いかけ、「今どうしてる?」と尋ね、返事を聞いて「そうか」とうなずく。駅のホームからはマックの看板が見えて、中三だった自分がなりたかったものが頭をよぎる。そんな未来。

前にも似たような物思いにふけった。川端さんが被害に遭った事件をめぐり、四丁目の某所を尋ねた帰り道だ。三人で歩いた夕暮れどきの空や風や匂いや音を、懐かしく思い出す日が来るのだろうか、と。

あのとき今津さんは、「君たちの言う帰れるところって、いつでも子どもに戻れて、優しい親が待っている家なんだろうね。心配しなくていい。ほとんどの人が持っていないから。家があったとしても寛容な場所とは限らない。灼熱の砂漠とか酷寒の荒野かもよ」と言った。

今津さんがお母さんの弟ならば、「寛容な場所とは限らない」とは、北海道の自分の家を指しているのだろうか。そこはお母さんの実家でもある。

灼熱の砂漠や酷寒の荒野を喩《たと》えにするような、とても居心地の悪いところだとしたら、お母さんは離婚した後、どうしていたのだろう。

「今日はおれの、いつまで続くかわからない勉強宣言や、火事からこっちのいろんな話をしたくて安住さんに来てもらったんだけど、他にもまだあるんだ。ちょっと考えたことがあって。どうしても誰かに聞いてほしくて。でも誰でもいいわけでもなくて」

「あるね。そういうの。私でよかったらどうぞ。なんでも聞くよ」

根尾は歯切れ悪く逡巡する。

「言っていいのか、良くないのかがわからない」

「いいよ。大丈夫。私も根尾くんにいろんな話を聞いてもらったから」

「今津さんのことなんだ」

相変わらずどこにいるのかわからず、直井さんのところには別の調査員がやってきたという話は聞いている。

「居場所がわかったの？」

根尾は首を横に振る。

「名前だよ」

「ん？」

「安住さんのお母さんの旧姓には『山』がついていたようなことを言ってたよね。おれ、アナグラムを考えた。『今津』をアルファベットで表して、置き換えるんだ」

そう言って鞄からペンを取り出し、マックの紙ナプキンに書き込む。

ＩＭＡＺＵ
「これを並び替えると山の苗字ではなく、よく見て」

紙ナプキンの上、矢印の先に「ＡＺＵＭＩ」が現れる。

花南子は手品を見るような思いで目を凝らした。

「お母さんの下の名前はなんていうの？」

「晴子《はるこ》」

根尾はさらに真剣な顔になる。

「今度はＫＡＨＯＲＵを並び替えてみるね」

矢印の先に「ＨＡＲＵＫＯ」が記される。

「どういうこと？」

「今津さんの名前は、安住晴子さんのアナグラムだ。お母さんの弟が、お姉さんの名前を使うとも考えられなくはないけど、さすがにそこまではって気がする」

「だったら何よ。今津さんはいったいどこの誰なのよ」

煙の充満する二〇四号室で、お母さんはいないと言った。もうどこにもいないと言った。

あれはどういう意味？

煙の向こうに、苦渋を浮かべる顔があったような気がする。「花南子」と呼び捨てにしたのは聞き間違いではない。現実だ。お父さん以外でそう呼ぶ人。

「まさか今津さん自身がお母さんだったりしてね」

花南子はちょっと笑う。

「でもあの人は男の人だよ」

根尾は黙ったきりだ。

「なんか言ってよ。根尾くん」

「もしも今津さんが晴子さんと同一人物だとしたら、君のお母さんは生きている。生きて、ずっと君のことを見守っていてくれたんだ。おれは良かったねと言いたいよ。言っていいものならば」

それからどうやって立ち上がり店を出たのか覚えていない。気がついたら川沿いの遊歩道を歩いていて、橋が見えたのでなんとなくそちらに向かった。

となりには根尾がいる。ずっと付き合ってくれている。何か言った方がいいと思うのだけど、それがとても難しい。

「うまくしゃべれなくて。今何か言ったら、ひどいことを言いそう。自分で自分がすごく嫌いになりそうな、ひどい言葉。だから何も言えなくて」

「無理して言わなくてもいい。取り繕った上辺だけの言葉を聞かされる方がしんどい」

「そうかな」

「そうだよ」

「でも、いつまでも黙ったままじゃいられないでしょ。今にもこぼれそうな縁まで盛り上がったコップの水を、手に持って歩いている気分」

根尾は橋の欄干《らんかん》から流れゆく水面をじっと見つめ、しばらくしてから言った。

「コップを大きくすればいい」

「どうやって」

「安住さんも勉強しなよ。いろんなことを学んで、本を読んだり人と会ったりしていると、たぶんコップは大きくなるんだ。飛んでも跳ねても水はこぼれなくなる」

花南子は欄干の上に自分の両手を出した。重ねた左右の指の間に、小さなガラスのコップが見えるような気がする。受け止め切れない、もしかしたらの現実が、なみなみと注がれている。

ニュースや漫画などの創作物でしか見たことのない身体的特徴、それについて自分は偏見は持ちたくないと思っていたし、そういう人がいても分け隔てなく接するつもりだった。心ない言葉を投げつけるような人間を嫌い、つねに公平でありたかった。

思うのと実際の行動はたぶんちがう。心もちがう。他人事《ひとごと》と自分事でも大きくちがう。

今の自分は小さな小さなコップしか持たず、今すぐ川面に叩きつけたい衝動をこらえるのがやっとだ。

「安住さん、おれたちまだ十五歳だよ。変われる余地だけは山ほどあるよ。少なくともおれは、春休みの前と後ではずいぶん変わった。来年の春休みまでにはもっと変わっているかもしれない。今がすべてじゃないよ」

「私も変われる？　変われば……」

今津さんのことをもっとちゃんと考えられるようになるだろうか。

春休みになるまで、今津さんとは口を利いたこともなかった。一〇二号室に引っ越してすぐ五月さんが入院してしまい、直井さんの件で初めて関わりを持った。そのあと庭先に不審者が現れたので花南子が不安を訴え、解決に一役買ってもらった。川端さんのときは中学生コンビを危ぶんで、今津さんの方から事件の詳細を調べてくれた。

もしかしたら向こうからすると、予定外に近づきすぎたのかもしれない。それで五月さんが退院してすぐアパートを出た。そっと静かに離れていくつもりだったのに、火事が起きて危険な部屋に飛び込まざるをえなくなった。花南子と呼びかけ、母親について話してしまった。その直後から行方がわからない。

今津カホルという名前を使っていたわりに、徹底して関わりを避けていたのは、正体を知られたら娘は母親を失うとわかっていたからか。

娘。あの人にとって自分はどういう存在だったのだろう。

自分は母親をなくすのだろうか。

五月さんは今津さんのことを好きだと言った。それを忘れるなとひ孫に向かって念を押した。根尾がこだわっていた養育費は毎月の稼ぎの中から工面したにちがいない。北海道の実家はけっして居心地のいい場所ではなかったのだ。

いつも冷ややかな目つきと口調でとっつきにくく、迷惑だ構うなと絶えずオーラを放っていた人を、花南子は思い出す。邪険にされても不思議と気にならなかった。突然の引っ越しは胸に穴が開いたように寂しかった。もう一度会いたくて、自転車を走らせずにいられなかった。

顔を見たら、言いたいことがきっとあった。

「私も勉強しようかな。賢くなったら、とりあえず今より強くなれるよね」

「うん。おれも頑張る。目指せ、湘南《しょうなん》高校」

県下一の難関校だ。

「それは言い過ぎでしょう。根尾くんの成績、中の中？　中の下？　それくらいじゃなかった？」

「いいんだよ、ここから上がっていくんだから」

花南子はあきれたり笑ったりして、重ねていた左右の指をぱっと開いた。イメージの中のガラスのコップは川面に落ちることなく、放たれた鳥のように羽ばたいていく。

いつか両手で、父親ではないもうひとりの親を摑めるだろうか。南に咲く花のように強くたくましくなって。

自分はなくさない。自分の中の大切なものを。

「根尾くん、ありがと」

「え？」

「いいの。そう言いたくなったんだってば」

マックの店内では将来の想像として、「今どうしてる?」と根尾に尋ねていたけれど、その質問をしなくてもいい距離にいたい。できればこのままずっと。

欄干にもたれかかりながら、花南子は根尾と共に、彼方の空を飛び交う鳥の姿に目を向けた。

大崎梢（おおさき・こずえ）

東京都出身。二〇〇六年、『配達あかずきん』でデビュー。
近著に『もしかして ひょっとして』『めぐりんと私。』『バスクル新宿』『27000冊ガーデン』などがある。

初出

きらきらを少し	「ジャーロ」八十四号（二〇二二年九月）
ここだけに残ってる	「ジャーロ」八十五号（二〇二二年十一月）
マイホームタウン	「ジャーロ」八十六号（二〇二三年一月）
おばあさんがいっぱい	「ジャーロ」八十七号（二〇二三年三月）
ここから上がる	「ジャーロ」八十八号（二〇二三年五月）

春《はる》休《やす》みに出《で》会《あ》った探《たん》偵《てい》は

二〇二四年三月三〇日　初版一刷発行

◉著者　大崎《おおさき》梢《こずえ》

◉装幀　坂野公一（welle design）

◉装画　大庭賢哉

◉発行者　三宅貴久

◉発行所　株式会社光文社

〒一一二-八〇一一　東京都文京区音羽一-十六-六

電話　編集部　〇三-五三九五-八二五四

書籍販売部　〇三-五三九五-八一一六

業務部　〇三-五三九五-八一二五

URL　光文社　https://www.kobunsha.com/

◉組版　萩原印刷

◉印刷所　新藤慶昌堂

◉製本所　ナショナル製本

ISBN978-4-334-10259-3

さよなら願いごと

心躍る夏休み。琴美は、近所で起きた不思議な盗難事件の解決に大奮闘。祥子の母親への疑念は、三十年前の女の子の殺人事件の謎とつながる。沙也香は、新聞部の企画で町にある廃ホテルについて調べ始める。のどかな田舎町で思いがけない謎に出会った子どもたち。謎は意外なつながりを見せ、子どもたちは解明に突き進むのだが——。輝きと驚きに満ちたミステリー。

もしかして　ひょっとして

長年勤めてくれた家政婦さんが急に辞めてしまった理由とは？　友人が飼い猫を隠したのはなぜ？　高齢者施設にいる伯母の頼みを聞いたら、死体が現れた!?　——どこにでもいる少しお人好しの6人が、日常に現れた思いがけない謎に立ち向かう。謎が解けたとき、少しだけ、人生が、立ち止まっていた心が、前に進んでいく。「日常の謎」の魅力がたっぷり詰まった短編集。